世界三大短篇小说之父作品集

套中人

[俄] 契诃夫 著　　刘艳 译

远方出版社

图书在版编目（CIP）数据

套中人 /（俄罗斯）契诃夫著 ; 刘艳译. -- 呼和浩特 : 远方出版社, 2013.4（2020.4重印）

（世界三大短篇小说之父作品集）

ISBN 978-7-80723-944-4

Ⅰ. ①套… Ⅱ. ①契… ②刘… Ⅲ. ①短篇小说 - 小说集 - 俄罗斯 - 近代 Ⅳ. ①I512.44

中国版本图书馆CIP数据核字（2013）第076633号

套中人

TAO ZHONG REN

著　　者　〔俄〕契诃夫
译　　者　刘　艳
责任编辑　刘卫伟
封面设计　VIOLET
版式设计　赵艳霞
出版发行　远方出版社
社　　址　呼和浩特市乌兰察布东路666号　邮编：010010
电　　话　（0471）2236473 总编室　2236460 发行部
经　　销　新华书店
印　　刷　北京艺辉印刷有限公司
开　　本　160mm × 230mm　1/16
字　　数　156千
印　　张　16
版　　次　2013年4月第1版
印　　次　2020年4月第2次印刷
标准书号　ISBN 978-7-80723-944-4
定　　价　38.00元

[序]

安东·巴甫洛维奇·契诃夫 ，1860 年 1 月 29 日出生于俄国罗斯托夫省的塔甘罗格市。他的祖辈出身农奴。凭借勤劳与智慧，契诃夫的祖父当上所从属的地主家的糖厂的经理，并陆续积攒了一笔钱，终于在 1841 年为全家人赎身，成为自由人。获得自由后，契诃夫的父亲结了婚，并在本地开办一家杂货店，夫妇俩一共生育了 6 个孩子，契诃夫排行第三。由于杂货店生意惨淡，契诃夫从小备尝人间艰辛，用他自己的话说，“小时候没有童年生活”。他的父亲对孩子非常严厉，经常打骂。尽管如此，契诃夫对父母始终很尊敬。1876 年，他父亲的商店破产，全家人只好迁到莫斯科谋生。此时契诃夫正在法语学校学习，只得独自一人留在故乡。为了维持生计，16 岁的他一边求学，一边利用业余时间做家庭教师。1879 年，他从中学毕业后，考入莫斯科大学医学系。

契诃夫的文学生涯始于 1880 年。19 世纪 80 年代在俄国历史上是一个反动势力猖獗的时期，社会气氛令人窒息，供小市民消闲的滑稽报刊应运而生。由于家境困难，进入大学的第二年，契诃夫便开始以文学记者的身份，为一些幽默刊物供稿。这成了他文学活动的开始。他的大部分搞笑作品文学价值不大，但拥有一批稳定的读者。渐渐地，他的名声传开了。早期的幽默作品中有一些针砭时弊、讽刺社会不良现象和世态人心的作品，如《一个文官的死》《胖子和瘦子》《变色龙》等。

《一个文官的死》惟妙维肖地展示了沙皇俄国的官场：强者倨傲专横，弱者唯唯诺诺。蛆虫般的切尔维亚科夫及其奴才心理，正是这种官场生活的产物。幽默短篇小说《胖子和瘦子》一开始写两个自幼交好的朋友相遇于火车站，拥抱、接吻、热泪盈眶，无疑都出自人之常情。然而，当“做了两年八等文官”的瘦子得知胖子已是“有两枚星章”的三品文官时，突然脸色发白，耸肩弯腰，缩成一团。当胖子和他握别时，他竟只敢伸出3个指头，全身佝偻着鞠躬。

写于1884年的《变色龙》继续和发展了上述两篇作品的主题思想。在沙皇俄国，连将军家的狗都比普通人金贵。巡官奥丘美洛夫在有权有势者的家犬前毫无尊严，对百姓则张牙舞爪。《变色龙》是契诃夫送给世人的一面镜子，读者不难在百余年后的一些现代人身上看到“变色龙”的影子。

随着名声远播，契诃夫及其创作开始受到一些名作家的关注。1886年，作家格里戈罗维奇给他写信，信中除了肯定契诃夫的作品外，还希望他珍惜自己的才华，多写有意义的作品。他深受启发，开始以严肃的态度对待创作，逐渐写出具有深刻思想的系列名作。《套中人》是契诃夫最著名的短篇小说之一。无处不在的幽默和讽刺，成就了一个世界文学史上的经典形象。看似荒谬的故事，背后却是真实的现实生活。中学教师别里科夫顽固、保守，害怕并敌视一切新事物。不论什么时候，他都穿着雨靴、大衣，戴着帽子和墨镜，甚至用棉花堵住耳朵，嘴里总是念叨“千万别出什么事呀”。他监视人们的思想，控制人们的行动，使得人人都害怕他，以致十几年间全校全城的人都变得谨小慎微，“不敢大声说话，不敢写信，不敢交朋友，不敢看书……”。通过《套中人》，契诃夫揭露了旧制度卫道士的反动和愚顽，号召人们起来与之抗争。

1904年7月15日，契诃夫因肺结核逝世于德国巴登维勒，享年44岁。他的文学生涯仅有24年，但在这短短的24年中，契诃夫为人类留下一笔丰厚璀璨的文学遗产。苏联出版的《契诃夫全集》有30卷，其中作品18卷、书信12卷。

在中国，契诃夫拥有大量读者。要从契诃夫的几百部中短篇小说中选出十几篇组成一个集子，并非易事。限于本书篇幅，无法将其代表作中的名篇尽行囊括，只好尽可能精选做成两辑。希望读者通过本书能大致领略契诃夫小说的艺术魅力。如果能做到这一点，编译者于心亦安了。

编　者

目 录

套中人

兽医伊万·伊万内奇和中学教师布尔金由于耽误了时间，只得在村长普罗科菲的堆房里过夜，村长的住房位于米罗诺西茨科耶村边上。伊万·伊万内奇是一个又高又瘦的老人，留着长长的胡子。他的姓是一个相当古怪的双姓：奇姆沙－吉马莱斯基，他与这个姓一点也不相称[①]，所以全省的人都只叫他的本名和父名，也就是伊万·伊万内奇。伊万·伊万内奇一直住在城郊的一个养马场里，为了呼吸一点新鲜空气，他才有了这次打猎行动。而猎人中的另一位，也就是中学教师布尔金，对这个地区倒是特别熟悉，因为他每年夏天都到N姓伯爵家里做客。

两个猎人都没有睡觉，伊万·伊万内奇坐在门口，吸着烟斗望着外面，明亮的月光照在他身上。布尔金则躺在房间里的干草上，黑暗中谁也看不见他。

他们东拉西扯地闲谈着，还说起了村长的妻子玛芙拉。玛芙拉是一个健康、聪明的女人，但她一辈子也没有走出过村子，也从来没有见过城市和火车，她只是十年如一日地守着炉灶，偶尔在夜间才出来走走。

“这有什么可大惊小怪的！”布尔金说，“在这个世界上，性

① 旧俄使用复姓的人多为名门望族，而伊万·伊万内奇只是个兽医。

情内向，整天像蜗牛一样缩进自己硬壳里的大有人在。也许这也有退化的原因吧，也就是返祖现象；也许这只不过是人类的一种性格类型，谁又知道呢？我又不是博物学家，也没有能力探讨这一类的问题。我只是认为像玛芙拉这样的人并不稀奇，您就看一看别里科夫吧，这是一个近在身边的例子！别里科夫是我的同事，一位希腊语教师，他在两个多月以前去世了。他的名气可大啦，您可能也听说过他。他之所以出名，就是因为他在太阳高照的天气里也会穿上套鞋，带着雨伞出门，而且一定会穿上暖和的棉大衣。他总是把一切物品都装在套子里，雨伞装在伞套子里，怀表装在麂皮套子里，就连削铅笔的小折刀也是装在一个小小的套子里。让人觉得好笑的是，他的脸也好像装在一个套子里，因为他的脸总是藏在竖起的高高的衣领里。他常常戴着黑眼镜，穿着绒衣，耳朵还用棉花堵着，他坐出租马车时，也喜欢让马车夫把车篷支起来。总而言之，别里科夫总是想把自己包裹起来，好像要与世隔绝一样，不影响外界，外界也别想影响他。现实的生活让他坐立不安，时时处处刺激着他，惊吓着他。他总能为自己的做法找到理由，说现在的生活怎么怎么不好，总是称赞过去的事物，甚至称赞那些根本就不存在的东西。别里科夫的种种行为与他所教的古代语言也不无关系，使他容易远离现实的生活。

"'啊，希腊语是多么响亮，多么美妙啊！'他说的时候总是一副美滋滋的表情。为了证明这句话的深刻含义，他总是眯着眼睛，竖起一根手指头，念道：'Anthropos[①]！'

"别里科夫总是极力把自己的思想也藏在套子里，不管政府的告示和报纸上的文章写着禁止做什么事情，他都记得一清二楚。如果有告示公布中学生晚上九点以后不许到街上去，或者有一篇文章提倡禁止性爱，他的心里就会像明镜似的：这种事是被

① 希腊文：意思是"人"。

禁止的。而且，每当官方批准或者允许什么事情，他又总是觉得其中包含着某种隐隐约约、言犹未尽的东西，甚至包含着让人起疑的因素。每当政府批准在城里成立一个戏剧小组，或者一个茶馆，或者一个阅览室，他总是摇着头、叹着气说：

"'这个主意好是好，只是千万别闹出什么乱子来啊。'

"虽然好多事情看起来与他毫不相干，但他总觉得违背了法令、脱离了常规、不合规矩，因而总是垂头丧气。如果一个同事参加祈祷式来晚了，或者听说一些顽皮的中学生闹事，抑或看见一个女校的女学监很晚了还和军官一起玩，他也会觉得心慌意乱，一个劲地说：'千万别闹出什么乱子来呀！'他在教务会议上那种慎重、多疑、套子式的论调，把我们压得喘不过气来。他总是数落年轻人的种种恶劣行径，说他们在教室里吵吵闹闹，无论女生还是男生都是如此。哎呀，只求这种事别传到上司的耳朵里去才好啊！哎呀，可千万别闹出什么乱子来啊！他还要求开除二年级的彼得罗夫和四年级的叶戈罗夫，他不停地唉声叹气，一副垂头丧气的样子，苍白的小脸上架着一副墨镜（他那张小脸活像黄鼠狼的脸）。后来，其他老师不得已，只得作出让步，降低了彼得罗夫和叶戈罗夫的品行分数，关了他们的禁闭，最后还开除了他们。他还有一个古怪的习惯：常常访问我们的住处。他来到同事的家里，坐下来后就一声不吭，仿佛领导考察似的。有时他可以默默地坐上一两个小时，然后才走，还把这种行为美其名曰为'保持良好的同事关系'。当然，这类呆坐着的拜访，对别里科夫来说也是很难受的，但是他不得不来看望我们，因为他认为这是他对同事们应尽的责任。学校里的同事都怕他，就连校长也怕得不行。您瞧，我们这些教师都是有头脑、极其正统的人，还受过屠格涅夫和谢德林的教育，然而，这个总是穿着套鞋、拿着雨伞的别里科夫却把持了中学足足十五年！不过，仅仅把持中学还不算什么，令人震惊的是，全城的人都在他的管制之下。我们城里的太太们到星期六也不敢举办家庭戏剧晚会，因为担心被他知道；到了斋期，教士们不敢吃荤，不敢打牌，也是因为害怕被他知道。在别里科夫之流的影响下，最近十年到十五年间，全城的人已经变得什么都怕了，他们不敢写信，不敢高声说话，不敢交亲密的朋友，不敢周济穷人，不敢看书，不敢教人读书写字……”

听了布尔金的话，伊万·伊万内奇咳嗽了两声，似乎想说点什么，但他却先点着了烟斗，然后又看了看月亮，接着才一板一眼地说：“是啊，为什么受过屠格涅夫和谢德林教育的正派人还会向他屈服，容忍他的种种做法……问题出在哪儿呢？”

“我和别里科夫住在同一幢楼里，而且他和我还是对门邻居，所以我们常常碰面，我自然对他的生活习惯特别熟悉。”布尔金接着说，“他在家里也是如此：睡衣、睡帽、护窗板、门闩，把自己包裹得严严实实，还有一整套名目繁多的禁条和忌讳。‘哎呀，千万别闹出什么乱子来啊！’更是常被他挂在嘴边！他还认为吃素有害健康，但又怕别人说他吃荤不持斋，于是就吃用奶油煎的鲈鱼，这东西固然不是素食，但也称不上是斋期禁忌的食物吧。他也不用女仆，因为怕人家说他打女仆的主意，于是雇了一个六十多岁的老头做厨子。这个老头名叫阿法纳西，以前当过勤务兵，好歹会做几个菜，但却是一个酒鬼，总是醉醺醺的，神志不清。他经常把两只胳膊交叉在胸前，站在门口长叹一声，接着嘟哝道：

“‘现在和他一样的人可真是不少啊！’

“别里科夫的卧室小得就像一只箱子，床上挂着帐子。只要一上床，不管房间里多闷热，炉子里多响，厨房里的叹息声多大……他都会用被子蒙住脑袋。他战战兢兢地躺在被子底下，生怕小偷溜进来，生怕阿法纳西来杀他，生怕会出什么事。睡着了的他也不得安生，通宵的噩梦纠缠着他，早晨醒来他闷闷不乐，脸色苍白。他满心地害怕和厌恶学校里的人。跟他这样一个性情孤僻的人同行，显然也是一件痛苦的事情。

"'我们班上总是吵得很凶，'他说，好像极力要找一个理由来解释自己的愁闷似的，'简直太不像话了。'

"令人意想不到的是，这位希腊语教师，这个套中人，差一点还结了婚。"

伊万·伊万内奇快速地回头瞟了一眼堆房，说："您真会开玩笑啊！"

"我没开玩笑，尽管听起来有些奇怪，可是他的确差点就结了婚。我们学校里调来了一位新的史地教师，叫米哈伊尔·萨维奇·科瓦连科，原籍乌克兰。他高高的个子、黝黑的皮肤，手也挺大的，嗓音极好，是那种男低音，就像是从桶子里发出来的一样：嘭，嘭，嘭……米哈伊尔·萨维奇·科瓦连科不是一个人来的，他还带来了他的姐姐瓦连卡。瓦连卡三十岁上下，已经不算年轻了，不过她身材高挑匀称，弯弯的眉毛，红红的脸蛋，简直就是一枚蜜饯水果，处处招人喜爱。她性格活泼，谈笑风生，高兴时哈哈大笑，还喜欢唱小俄罗斯的抒情歌曲。我记得那还是在校长的命名日宴会上，我们初次了解了科瓦连科姐弟。那些死气沉沉、不苟言笑，甚至把这次赴宴看做应付公差的教师，与瓦连卡形成了鲜明的对比，她就像是从浪花里钻出来的阿佛洛狄忒，双手叉着腰，来回走动，笑着唱着，翩翩起舞……她饱含感情地唱了一首《风在吹》，接着又唱了一支抒情歌曲，随后又唱一首。当时大家，就连别里科夫，都被她迷住了。别里科夫竟然还挨着她坐了下来，并且露出了难得一见的笑容，说：

"'这柔和动听的小俄罗斯语令人想到了古希腊语。'

"别里科夫的话令瓦连卡感到特别受用，于是，她热情而恳切地向别里科夫讲起了她在加佳奇县的庄园，那里有她慈祥的母亲，蜜甜的甜瓜，多汁的梨，还有那么好的卡巴克！卡巴克是乌克兰人对南瓜的称呼，他们还把酒馆叫做希诺克。瓦连卡突然想起了他们用红甜菜和白菜熬的红甜菜汤，于是手舞足蹈地说：‘太好吃了，太好吃了，简直好吃得要命！’

“大家听到瓦连卡的欢呼，忽然灵机一动，心有灵犀地冒出了一个想法。

“‘如果他们两人能结婚，倒是个不错的主意。’校长太太悄悄对我说。

“不知为何，这时我们才想起来，我们身边的别里科夫到现在还没有结婚。这也是让我们感到奇怪的，为什么他生活中这么大的一件事，一直被我们完全忽略了呢？我们以前可从没关心过他对女人持什么态度！我们甚至认为，他这样一个整天把自己包裹得严严实实，睡觉还要挂上帐子的人是不会喜欢什么女人的。

“‘别里科夫也已经四十多岁了吧，瓦连卡呢，也有三十了……’校长太太企图表明自己的想法，‘我看他们能成。’

“我们内地的人，平时都闲得无聊，什么不必要的蠢事都是可以做出来的！而那些有必要去做的事，大家反而不去做了。就拿别里科夫来说吧，既然大家都不认为他是一个可以结婚的人，我们又何必突然要给他撮合婚事呢？但是，学监太太啦，校长太太啦，甚至我们中学里所有的太太们，都变得活跃起来，甚至因此而变得好看多了，仿佛忽然找到了生活的目标似的。校长太太在剧院里订下了一个包厢，当然，别里科夫和瓦连卡都被邀请来了，瓦连卡坐在包厢里面扇着扇子，满面红光，一副幸福的样子。她的身旁坐着别里科夫，他显得身材矮小，拱起的背脊看上去就好像刚被一把钳子从家里夹来的一样。就连我在家里举办小型晚会，太太们也要求我一定要邀请别里科夫和瓦连卡同时来参加。总之，所有人都在撮合他们，看样子瓦连卡也并不反对大家的好意。因为她在弟弟那儿生活得并不快乐，他们经常因为一些小事而吵架。比如说，有一次，又高又壮的科瓦连科沿着大街大步走着，上身穿着一件绣花衬衫，一绺头发从帽子底下钻了出来，盖住了他的额头。他左手提着一捆书，右手拿着一根有节疤的粗手杖。他的姐姐瓦连卡跟在他身后，也拿着书。

"'可是你啊，米哈伊里克[①]，你绝没有看过这本书！'她大声地争辩着，'我敢打赌，你根本就没有看过！'

"'我告诉你，我绝对看过的！'科瓦连科叫喊着，用手杖把人行道敲得冬冬直响。

"'唉，上帝呀，米哈伊里克！你发脾气有什么用？你要知道，我们谈的可是原则问题。'

"'我说看过就是看过嘛！'科瓦连科嚷道，声音更加响亮了。

"他们姐弟俩就是这样，无论在家里还是外面，都会不停地争吵。瓦连卡厌倦了这样的生活，急切盼望着能有自己的一个小家。况且，她的年龄也不小了，已经没有挑来挑去的资本了，她认为现在跟什么样的人结婚都无所谓了，即使是希腊语教师别里科夫，她也能将就，因此，瓦连卡对我们的别里科夫表现出无比的热情。

"而别里科夫呢，他也常常借机去拜访科瓦连科，但是，就像他来拜访我们一样：进门就坐下，一句话也不说。他一直沉默着，瓦连卡就给他唱《风在吹》，或者用她那双黑眼睛充满爱意地看着他，再不然就突然扬声大笑：

"'哈哈哈！'

"在恋爱方面，尤其是在婚姻方面，外人的怂恿有时会起到至关重要的作用。所有的人，包括他的同事以及他们的太太，都开始向别里科夫游说：你到了该结婚的时候了；你的生活里已经没有别的缺憾，只差结婚了。我们趁机向他道喜，还一本正经

---

① 米哈伊克里：米哈伊尔的小名。

地列出了各种俗套的话，比如‘婚姻是终身大事’之类。况且，瓦连卡长得也挺漂亮，招人喜爱，她还是个五等文官的女儿，家里拥有自己的田庄；尤为重要的是，她还是头一个待他这么诚恳而又亲热的女人。于是，他被大家游说得昏了头，认为自己真的应该结婚了。”

“哦，到了这个地步，他的套鞋和雨伞就应该拿掉了吧？”伊万·伊万内奇好奇地问道。

“您仔细想想，这种人会改变自己的生活方式吗？这是根本办不到的。虽然他的桌子上放着瓦连卡的照片，还不断地跟我谈起瓦连卡，谈起家庭生活，谈起婚姻大事；他也常常到科瓦连科家里去，可他的生活方式一点也没有改变。甚至还有些相反，他决定结婚后，像害了一场病似的，变得更瘦更白，好像比以前缩得更深了。

“‘我倒是喜欢瓦连卡的，’他露出一副无可奈何的苦笑说，‘人人都应该结婚，这我是知道的，可是……您应该清楚，这件事发生得有点突然……我总得好好考虑考虑。’

“‘都这把年纪了，还有什么可考虑的啊？’我说，‘一结完婚，什么事情都顺理成章了。’

“‘那可不行，婚姻毕竟是一个人的终身大事，我总得做好充分的心理准备……万一以后再闹出什么乱子，那怎么收拾啊？况且现在我就有些心神不宁了，夜里还总是失眠。老实说，我感觉瓦连卡和她弟弟都是思想古怪的人，他们相处的方式也很古怪，这你也是知道的。瓦连卡的性情又很活泼，结婚倒是不怕的，就怕结婚后惹出什么麻烦来。’

“于是，别里科夫就一直拖着，也没有求婚的迹象，他的做法让校长太太和所有的太太都不耐烦了。别里科夫反复估量着，将来自己是否能担负起义务和责任，同时他也几乎天天和瓦连卡出去散步，可能他认为这是他现在应该做的事情吧。别里科夫经常和我谈起家庭生活，如果不是后来发生了一个荒唐的闹剧，他大概已经求婚了，从而也就促成了一桩不必要的、愚蠢的婚事。他也会像我们这儿的其他人一样，因为闲得无聊、无事可做而结婚，这样的例子可以说有成千上万。这里我应该补充一下：从认识别里科夫的第一天起，科瓦连科就从骨子里痛恨他，无法接受他。

"'我真不明白，'他常常耸着肩膀对我们说，'真不明白你们怎么能够和这个喜欢告密的家伙相处下去，看见他那副嘴脸就觉得恶心。唉！诸位先生，我真可怜你们，你们怎么能生活在这种环境下呢？这里的空气让人喘不过气来，简直糟透了！你们仔细想想，你们还能称得上是教师吗？这里还能被叫做学府吗？你们简直就是官僚，而这里也可以被称做城市警察局，到处弥漫着警察岗亭中的那种酸臭味。诸位同事，我是无法长期待在这里的，否则我会发疯的，再过一段时间，我就要回到我的田庄去。我会在小河里捉捉虾，还可以教乌克兰的孩子读读书。我是一定要走的，而你们呢，最好还是跟你们的犹大待在一起，和他一起遭了瘟才好！'

"有时他也会哈哈大笑，笑得眼泪都流出来了，笑声时而低沉，时而尖细。有时他问我：

"'你知道他为什么来我这里吗？他也没什么事啊，只是在那里呆坐着。'

"他甚至还给别里科夫起了一个叫做'蜘蛛'的外号。当然，我们是绝口不谈他姐姐瓦连卡想嫁给'蜘蛛'这事的。有一次，校长太太曾暗示他，说他的姐姐如果能嫁给像别里科夫这样一位稳重、受人尊敬的人，倒是一件不错的事情。科瓦连科听了皱起眉头，嘟哝道：

"'这跟我有关系吗？我是不喜欢干涉别人的事情的，哪怕她跟毒蛇结婚，那也是她的自由。'

“还有一件好笑的事，有一个促狭鬼画了一张关于别里科夫和瓦连卡的漫画。画中，别里科夫打着雨伞，卷起裤腿，穿着套鞋，瓦连卡挽着他的胳膊正在走路。画面下方的题词是：‘恋爱中的安特罗波斯’。这位画家画得真是栩栩如生，那神态、那动作，而且他一定画了不止一个晚上，因为所有男子中学和女子中学的老师、师范专科学校的老师、政府的官员，人人都收到了一份。当然，别里科夫也收到了一份，这让他觉得十分难堪。

“那天是五月一日，正好是一个星期日，全体师生约定当天在学校里集合，然后一起步行到城郊的一个小树林去郊游。我和别里科夫一起走出楼房，当时他脸色发青，就像乌云一样阴沉。

“他嘴唇发抖，恶狠狠地说：‘天底下竟然有这么歹毒的坏人！’

“现在我都有些可怜他了，一直陪着他走着。您猜怎么着，突然，科瓦连科骑着自行车过来了，他的身后跟着也骑着自行车的瓦连卡，她看起来有些累，脸蛋红扑扑的，但却充满了快乐，一副兴高采烈的样子。

“‘两位好啊，我们先走一步啦！’她嚷道，‘天气真好啊，简直好得要命！’

“不一会儿，两人就没有了踪影。这时的别里科夫，脸色由青变白，呆呆地站在那里看着我……

“停了好长时间，他才问我：‘我真不敢相信我的眼睛，难道中学教师和女人也能骑自行车吗？这成何体统啊！’

“‘这怎么就不成体统了？’我说，‘骑自行车是一件很快乐的事啊！’

“‘这怎么能行呢？’他对我平静的心态感到很惊讶，大叫起来，‘您这是在说什么呀？’

“他对我所说的话大为震动，不愿再和我走下去，独自一人回家去了。

第二天，别里科夫一副心神不宁的样子，总是搓着手，还有些哆嗦，他的脸色说明他很不舒服，不到放学的时间他就走了，这可是他生平第一回早退！回去以后，他连午饭也没有吃。当时已经是夏天，天气非常炎热，可他却穿着很厚的衣服。傍晚时分，他慢腾腾地来到科瓦连科家里，瓦连卡不在家，他只见到了科瓦连科。

"'你请坐吧。'科瓦连科脸上带着一副睡意，皱着眉头冷冷地说。他习惯在饭后小睡一会儿，现在刚刚醒来，所以情绪不怎么好。

"别里科夫默默地坐了大约十分钟，这才开口道：

"'我现在心里沉重得很，沉重得很哪。我到你这儿来的目的，就是为了减轻我的心理负担。事情是这样的：有一个不怀好意的家伙送给我一张可笑的漫画，漫画里的人物是我和一个跟你我都关系密切的人。但是，我要向你保证，这事跟我一点关系也没有……我为什么要让他这样讥讽呢？我一向认为，我在各方面的举动都称得上是正人君子。'

"科瓦连科一声不吭，只是坐在那里生闷气。别里科夫见科瓦连科不说话，就压低嗓门，用悲凉的声调说道：

"'我还有一件事想跟你谈一谈，毕竟你才刚开始工作，而我已经任教多年。作为一名比你年长的同事，我认为我有责任向你提出忠告：你作为一名青年教育工作者，骑自行车这件事是完全不成体统的。'

"'这怎么见得？愿听高见！'科瓦连科用低沉的声音问道。

'米哈伊尔·萨维奇，难道这事还用我来解释吗？难道你觉得你所做的都是理所当然的吗？要是教师也骑自行车，你还能希望学生做出什么好事来呢？难道让他们都头朝下，用头走路吗？既然政府还没有发出允许做这种事的通告，那我们就做不得。昨天你们姐弟真把我吓了一大跳！一看见你的姐姐，我眼前就变得一片漆黑。一个女人或者一个姑娘竟然在大街上骑自行车，这简

直太可怕了！’

“‘说实在的，别里科夫，你认为我们应该怎样做呢？’

“‘我所要做的就是向你提出忠告，米哈伊尔·萨维奇，你还年轻，将会有远大的前程，你的一举一动都得十分小心，不该马马虎虎地生活。你以前穿着绣花衬衫出门，还经常拿着书在大街上走来走去，现在又骑什么自行车，这一切都是不合传统的。你和你姐姐骑自行车的事总有一天会传到校长，甚至督学的耳朵里……这样你还会有什么好下场呢？’

“‘我姐姐和我骑自行车，这是我们自己的事，关其他人什么事？’科瓦连科满脸通红地说，‘谁爱管我的家事和私事，我就叫谁滚蛋！’

“听到这里，别里科夫脸色苍白，站起身说：

“‘如果你用这种口吻跟我讲话，那我就无话可说了，但是，我请求你在我面前谈到上司的时候，永远不要用这种口气说话。你应当尊敬当局才对。’

“‘难道我不尊敬当局了吗？难道我说当局什么坏话了吗？’科瓦连科接连逼问道，‘请您躲开我，我是一个正直的人，不喜欢告密者，更不愿意跟您这样的先生说话。’

“别里科夫一阵心慌，他匆忙穿上大衣，脸上一副恐怖的表情，这可是他生平头一次听到这么不客气的话。

“他走出前堂，来到楼梯口，又转过身说：‘你想怎么说就怎么说吧，只是我得跟你声明一下，也许有人偷听了我们的话，所以，为了避免别人误解我们的谈话，以致闹出什么乱子，我必须把我们的谈话内容向校长先生报告……我要解释一下，我必须这样做。’

“‘什么，你还要向校长报告？那你就去吧，报告去吧！’

“科瓦连科一把抓住他的衣领，猛地一推，别里科夫滚下了楼，发出一阵乒乒乓乓的响声。虽然楼梯又高又陡，不过滚到楼下的别里科夫却丝毫没有损伤。他站起身来，摸了摸鼻子上的眼镜，看它碎了没有。就在他滚下楼的时候，瓦连卡正好回来了，她还带着两位太太。她们站在楼下呆呆地看着这一幕。这简直太可怕了，对别里科夫来说，他宁愿自己摔断了脖子，或者摔断了两条腿，也不愿让人看到他的惨相，更不愿成为别人取笑的对象。这样一来，全城的人都一定会听说这件事的，还有可能会传到校长、督学的耳朵里，哎呀，可千万别闹出什么乱子来呀！别人可能又会画一张漫画，到头来自己就只能奉命辞职了……

“别里科夫好不容易站起来后，瓦连卡才认出了他。她看着他那揉皱的大衣、那套鞋，还有那滑稽的脸，不明白到底发生了什么事，还以为他是自己不小心摔下来的，于是就忍不住哈哈大笑起来，她的笑声回响在整幢房子里：

“‘哈哈哈！’

“这一串响亮而清脆的‘哈哈哈’就此结束了一切：结束了别里科夫和瓦连卡的婚事，更结束了别里科夫的世俗生活。他已经看不见瓦连卡做了什么，也听不见瓦连卡说了什么，他径直回到家，第一件事就是撤掉桌子上瓦连卡的照片，然后躺在床上，从此再也没有起来。

“大约三天以后，阿法纳西来找我，说他的主人不大对劲，是否要派人去请医生。我来到别里科夫的房间，他正躺在帐子里，身上盖着被子，一句话也不说。在我的逼问下，他也只是回答一声‘是’或者‘不’，然后就一声不吭了。阿法纳西满脸愁容地在他旁边走来走去，发出深沉的叹息，嘴里吐出的气味就像酒馆里冒出的白酒。

“一个月以后，别里科夫离开了人世。我们都参加了他的送葬仪式，男中、女中和师范专科学校的教师也都去了。他躺在棺材里，神情温和、安详，甚至还有一丝喜色，好像在暗自庆幸自己终于被装进了一个套子里，从此再也不必出来了。是的，他实现了自己的理想！老天爷仿佛也不愿他离去，他出殡当天，天空一片阴沉，下着毛毛细雨。我们大家都穿上了套鞋，打着雨伞。瓦连卡也来送葬了，棺材下到墓穴的时候，她还痛哭了一阵。由此我也发现乌克兰女人不是笑就是哭，不哭不笑的时候是没有的。

“说句实在话，埋葬别里科夫这样的人，是一件大快人心的事。当我们从墓园回来时，大家都露出忧郁谦虚的表情，其实大家内心都是快活的。就像我们还是孩子的时候，碰到大人不在家，我们就会到花园里去跑上一两个小时。这就是自由的时刻！啊，自由啊自由！

“从墓园回来后，我们的心情好极了。可是，不到一个礼拜，生活又回到了从前的样子，和先前一样无聊、杂乱、严酷，情况没有丝毫好转。虽然别里科夫被我们埋葬了，可是，像他这样活在套中的人还有千千万万，不知道将来还会有多少这样的人呢！”

“是啊，问题就在这里。”伊万·伊万内奇说着点上了自己的烟斗。

“像别里科夫这样的人，不知道将来还会有多少呢！”布尔金又重复了一遍。

这个头顶已经全秃、又矮又胖的中学教师走出了堆房，他留着一把几乎齐腰的黑胡子。跟他一起出来的还有两条狗。布尔金抬起头，由衷地赞美道：

“多美的月色，多美的月色啊！”

已经是午夜了，向右望去，可以看见村子里有一条长街，远远地延伸出去，大约有五俄里长。一切事物都已经沉浸在深沉而寂静的梦乡，悄无声息，大自然竟能如此沉寂。月夜中宽阔的街道、茅屋、干草垛和杨柳，都让人感到一片恬静。这时的村子被夜色裹得严严实实，没有了辛劳、烦恼和忧愁，只是安心地休息，大地显得那么温和、美丽，一切坏人坏事都消失了，一切都让人感到满意。向左边望去，村子的尽头是一片田野，好像要一直伸展到天边似的，被朦胧的月光笼罩着。

“是啊，问题就出在这里，”伊万·伊万内奇又重复道，“我们住在空气污浊的城市里，交通十分拥挤，写些无聊的公文，这一切不就像套子一样吗？我们的一生都消磨在懒汉、无所事事的蠢女人和爱打官司的人身上，说着各种各样言不由衷的话，难道这不就是生活在套子中吗？嗯，如果您还乐意听，我就再给您讲一个很有意义的故事。”

“不要讲啦，时间不早了，也该睡觉了，”布尔金说，“还是留到明天再讲吧。”

两个人走进堆房，盖好被子，睡在干草上。他们刚要睡着的时候，忽然传来一阵轻轻的脚步声：吧嗒，吧嗒……有人在堆房附近来回地徘徊着，走一会儿停一会儿，过了一分钟，又是一阵吧嗒，吧嗒……村里的狗大叫起来。

布尔金说：“这肯定是玛芙拉。”脚步声渐渐远了，最后终于听不见了。

“您看这个世道，人们睁着眼睛作假，支着耳朵说谎，”伊万·伊万内奇翻了个身说，“如果您大度地宽容了他们的虚伪，他们就会骂您傻瓜。您忍受委屈和侮辱，却不敢公开说一些正直的话，还不得不微笑着敷衍别人，这样做的目的无非是为了能混口饭吃，有个容身之所，当个不值钱的小官罢了。不行，我不能再这样生活下去了！”

“算了，您，您还是别乱扯了，伊万·伊万内奇，”布尔金说，“我们还是早点睡吧！”

十分钟后，布尔金已经睡着了，但伊万·伊万内奇还在不停地翻身、叹气，后来他干脆起来走出堆房，坐在门边吸起了烟斗。

睡意蒙眬

地方法院正在审理一个案件，一个脸色憔悴却又不失体面的中年人坐在被告席上，有人以挪用公款和伪造文书的罪名指控他。胸脯狭窄、身材消瘦的书记官正用平缓的男高音宣读起诉书，他只顾单调呆板地念着，根本不管什么逗号、句号，一会儿像蜜蜂嗡嗡嗡，一会儿又像小溪哗哗哗。这样的宣读声，最容易让人产生幻想、回忆往事或是打起瞌睡来……法官、陪审官和旁听席上的人都无精打采的，好像要睡着了一样……法院里安静极了，只是走廊里偶尔会传来一些脚步声，还有一些人打哈欠的声音和陪审官用手捂着嘴轻轻咳嗽的声音……

辩护人一头卷发，用手支撑着下巴，悄悄地打着瞌睡。书记官嗡嗡嘤嘤的宣读声打乱了他的思绪，头脑恍恍惚惚的，一直飘忽不定。

“这位民事执行官的鼻子可真长啊，”他心里想着，眼皮沉重得都快睁不开了，“造物主为什么要糟蹋这张聪明的面孔呢？如果人的鼻子都长得这么长，人们的住处就要显得狭小多了，必须把房子盖得更加宽敞高大才行……”

辩护人突然摇晃了一下脑袋，好像被蚊子叮咬了一样，他接着又想道：

“我的家人现在在做什么呢？以往这个时候，家人全都待在家里，妻子、岳母，还有两个孩子科里卡和济娜，估计他们现在正在我的书房里玩耍……科里卡会站在安乐椅上，用胸脯抵住桌边，在我的文件上画画。他可能会画一匹长着尖脸的马，点上两个黑点当眼睛，还会画一个人，这个人举着长长的胳膊，画上还会有一座歪歪斜斜的房子。济娜呢，她会站在桌子旁边，伸长脖子试图去看清哥哥画了些什么……

"'你画爸爸呀！'她请求哥哥道。

"于是，科里卡就会开始画我。他先画了一个小人，然后又给他添上黑胡子，这样，爸爸就算画成了。接下来，他可能会在《法典》里找些插图，这下济娜就可以拥有那张桌子了。济娜抬头时，一眼看见了呼唤仆人的铜铃，于是调皮地拉了拉绳子，铜铃便丁丁当当地响了起来。

"济娜又看见了墨水瓶，她把手指头伸了进去。如果桌子上的抽屉没上锁，她肯定会拉开抽屉翻一翻。最后，兄妹二人突然想出了一个主意，两人装成印第安人，藏到桌子底下，假装在躲避敌人。他们又叫又嚷，争着往桌子底下爬，直到桌子上的台灯或花瓶掉在地上才停止闹腾……唉！这时，妈妈可能正抱着她的第三个小宝贝在客厅里溜达……小宝贝哇哇地大哭着，哭啊哭啊……哭个没完没了。"

"根据活期存款的单据，"书记官仍像蜜蜂似的继续嗡嗡着，"储户契金娜、阿奇卡索夫、柯贝洛夫和季马科夫斯基应得的利息概未支付，总计一千四百二十五卢布四十一戈比，已经并入一八八三年的节余中……"

辩护人的思绪如腾云驾雾一般，他又想道："也许我的家人正在吃午饭呢，岳母、妻子娜佳、内弟瓦夏和孩子们会像往常一样坐在餐桌旁，岳母的表情依然是那么的呆板、忧虑。娜佳身体消瘦，带着几分憔悴，不过脸上的皮肤依然白皙光洁。她像被人逼迫似的坐在桌子旁边，一点东西也不想吃。她和岳母一样，显出一副疲惫的样子，她的事情很多，要管孩子，还得管着厨房、皮大衣的防虫、出门拜访客人、接待客人，丈夫的内衣也得操心。该操心的家务事真是太多了，需要她亲自动手做的事情却不多。娜佳和她母亲简直无所事事，因为她们的身体都太虚弱了，有时她们闲得慌而去浇一浇花，或者骂厨娘一顿，都会累得躺上两天，还一边呻吟着一边说：'这简直是在服苦役啊！'内弟瓦夏则慢吞吞地咀嚼着食物，他的脸阴沉着，一句话也不说，因为他的拉丁语考砸了，只得了一分。不过，这孩子还算得上安静，也乐于助人、懂得礼貌。可是，他磨破了那么多条裤子，穿坏了那么多双靴子，用坏了那么多课本，简直就是一个败家子！……那一对兄妹自然免不了顽皮淘气，他们一会儿要胡椒，一会儿要醋，一会儿你告我的状，一会儿我又告你的状，失手摔碎汤勺的事也是时有发生的。一想到这些事，就叫人头昏脑胀！妻子和岳母的要求十分严格，这让家里人都保持着良好的风度……

"上帝保佑，千万不要把胳膊肘放在桌子上，也不要去拿汤勺，更不要用刀子吃东西。上菜的时候，一定得从右边，而不要从左边端上桌子。包括火腿煎豌豆在内，所有的菜都有一股香粉和水果糖的气味。结果哪一样菜都不好吃，太过油腻，量也少得可怜……当我还是单身汉的时候，每天不是喝白菜汤就是喝粥，我也觉得十分可口，可现在却连影子也见不到了。岳母和妻子总是用法语交谈，只有在话题涉及我时，她才会用俄语，她大概觉得我是一个缺乏情感的粗鲁人，不配让她用柔和的法语来谈论……

"妻子可能会疼惜地说：'可怜的米谢尔可能已经饿了，他早晨连一片面包也没吃，只喝了一杯茶就匆匆忙忙上班去了……'

"'亲爱的女儿，你就放心好了，'岳母幸灾乐祸地说，'像他那样的人，饿点也没什么关系。说不定他都已经往餐饮部跑了五趟啦！法院里刚刚设立了一个餐饮部，每过五分钟，他们就会向

审判长请示是不是该休息一会儿。’

“午饭过后，岳母和妻子通常会商量如何节省开支……两人算啊，写啊，到头来却发现开支远远超出了计划。于是，她们又叫来厨娘，让她一起算，然后就开始指责她，为了五戈比而破口大骂，所有恶毒刻薄的话都脱口而出……然后就是重新摆放家具，打扫房间。她们所做的一切，都是她们闲得无聊的结果。”

“根据八品文官切列普科夫的供词，”书记官仍然用嗡嗡的声音宣读着，“虽说他已经收到第八百一十一号单据，但却未曾收到过应得的四十六卢布两戈比，这笔钱已经记录在案……”

“只要仔细考虑一下，再加以正确的判断，权衡一下周围的环境，”辩护人继续往下想，“说实话，你就会对这一切感到厌倦，恨不得撒手闭眼，什么事都不管不问，让那些乱七八糟的事情统统见鬼去吧…… 乌烟瘴气的无聊与庸俗时时困扰着你，把你弄得精疲力竭，昏昏沉沉，情不自禁地渴望片刻的澄明与宁静，不由自主地想去找娜塔莎，趁兜里有钱的时候，也想去找一个茨冈姑娘，把一切烦恼都抛在脑后……说真的，真想把一切烦恼统统抛掉！城外很远的地方有一所孤立的房子，那是一个谁也不知道的地方，走进去就可以躺在沙发上，那些亚洲人跳啊，闹啊，唱啊，格外开心。从娜塔莎的歌声就可以听出她是个多么迷人、多么疯狂的姑娘，让人神魂颠倒……还有葛拉莎！她是那么的可爱、标致、妙不可言，一双水灵灵的眼睛，洁白的牙齿和光滑的脊背……真是好看啊！”

嗡嗡嗡，嗡嗡嗡……书记官仍然念个不停。辩护人一阵晕眩，四周的景物重叠在了一起，纷纷摇晃着。法官和陪审员们的身体越缩越小，旁听席上的人们则变成了一个个模糊的斑点，天花板好像一会儿落下来，一会儿又飘上去……辩护人的思绪不停地跳跃着，最后突然中断了……他感到岳母、娜佳、被告、民事执行官、葛拉莎……所有人都围着自己又蹦又跳，而且不停地旋转着，后来又都退向远方，越退越远，越退越远，越退越远……

“好的……”辩护人说着就进入了梦乡，“好的……你躺在沙发上，四周既舒服又温暖……葛拉莎还在唱着歌呢……”

“辩护人先生！”一声严厉的叫声忽然响了起来。

“真好呀……温暖……啊，没有奶妈，也没有岳母，更没有冒着香粉气味的菜汤。可爱的葛拉莎，真漂亮！……”

“辩护人先生！”严厉的叫声又响了起来。

辩护人浑身一哆嗦，吓得睁开了眼睛。茨冈姑娘葛拉莎那双乌黑的眸子正紧紧地盯着他，她那滋润的嘴唇含着笑意，俊俏的面庞容光焕发。辩护人虽然被吓得打了个哆嗦，但是他还没有完全清醒过来，仍处在梦境中，他慢腾腾地站起身来，微张着嘴巴，直盯着茨冈姑娘。

“辩护人先生！难道您不想向这位女证人提什么问题吗？”审判长说。

“哦……对了！这位是女证人……不，我没什么可问的，也不想提问。”

辩护人摇了摇脑袋，终于完全清醒过来了。这时的他才明白，站在面前的真的是茨冈姑娘葛拉莎，她是被作为证人传到法庭上来的。

“不过，不好意思，我还是问几个问题吧。”辩护人大声说道，然后转向葛拉莎，“女证人，您是库兹米乔夫合唱团里的歌手，请问，被告经常到你们团附设的餐厅去饮酒作乐吗？也可以这样说，您还记不记得，每次的餐费是他自己出钱，还是别人替他付的？谢谢您！这就足够了。”

辩护人喝了两杯水，朦胧的睡意完全消失了……

农　民

一

尼古拉·奇基利杰耶夫是莫斯科一家旅馆的茶房，他害了下肢发麻的毛病，走路不稳。有一天，他在过道里被绊倒了，连同托盘里的火腿烧豌豆一起摔了出去。后来，他不得不辞去工作。为了看病，他和妻子花光了所有积蓄，已经到了无法生存的地步，无奈之下，他们决定回乡下老家去。在乡下，养病会方便一些，而且也能节省不少生活费用。

将近黄昏时分，尼古拉·奇基利杰耶夫回到了故乡茹科沃村。他记得小时候自己的家总是那么舒适、幽静、明亮，可现在却大不相同了。当他一脚跨进小木屋时，被里面又黑又挤又脏的情形吓了一跳。妻子奥莉加和女儿萨莎望着那又大又脏的炉子发呆：炉子很大，几乎占去了半间屋子，木屋被煤烟和苍蝇弄得一片漆黑。太多苍蝇了！炉子已经歪在了一边，墙上的原木也倾斜了，好像就要倒塌下来一样。前面的墙角贴满了瓶子上的商标和剪下来的零零碎碎的报纸——农民用这些代替画片。穷啊，真是穷啊！家里一个大人也没有，都到田里收割庄稼去了。炉台上坐着一个七八岁的小姑娘，淡黄色的头发凌乱不堪，也没有梳洗。她的脸上露出茫然的神情，甚至没有抬眼看一下进来的人。一只白猫正在炉台下的炉叉上蹭痒痒。

“猫咪，猫咪！”萨莎逗着它叫道，“猫咪！”

“我家的猫是不会听见的，”小姑娘说，“它聋了。”

“为什么啊？”萨莎追问着。

“哦！被打的。”小姑娘回答道。

尼古拉和奥莉加一眼就明白了这里的生活状况，但是谁也没有说话。他们默默地放下行李，又一声不响地走到街上。他们的房子是村头的第三家，几乎是这里最穷困、最破旧的了。其他的人家也好不到哪里去，只有尽头的那家是铁皮屋顶，窗户上挂着窗帘。这所孤零零的房子没有围墙，是一家小饭馆。整个小村庄安静而幽雅，各家院子里的接骨木、花椒树和大柳树的枝头都探出墙来，煞是招人喜爱。

农宅的后面是一个通往河边的陡峭土坡，坡上的黏土里露出一块块大圆石头。在这些石头和陶工挖出的土坑之间有一条蜿蜒的小路，小路旁边堆着许多陶器碎片，有红色的，有褐色的，随处可见。山坡下面是一片广阔而平坦的绿油油的牧场，牧场上的草已经割过，一些牲畜在上面溜达着。那条河离村庄有一俄里远，美丽的河岸上绿树成荫，河水在树阴间奔流盘旋。河的那边也是一个宽阔的牧场，牧场上有许多牲畜，还有一大群白鹅。山顶有一个村子和一座有五个拱顶的教堂，再远一点的地方则是一个地主的庄园。

“这儿挺好的！”奥莉加面对教堂，在胸前画着十字说，“多么亮堂啊，主啊！”

这时，教堂里的钟声响了起来，召唤人们前去做晚祷（这是礼拜天的黄昏）。两个小姑娘正在坡下抬着一桶水，她们回头望了望教堂，听着钟的鸣声。

“这会儿‘斯拉夫商场’该开晚饭了……”尼古拉出神地说。

尼古拉和奥莉加坐在陡坡边上，观赏日落的美景，那紫红的、金黄的晚霞倒映在河水里，映照在教堂的窗户上，还映衬在四野的空气中。乡村的空气格外柔和、宁静，让人说不出的纯净，这种空气是莫斯科从来没有过的。太阳下山了，一群群牛羊哞哞、咩咩地叫着回村来了，一群鹅也从对岸飞过河来。接着就是一片沉静，柔和的亮光慢慢地消散，暮色很快就变得昏暗了。

这时，两个憔悴、驼背、掉了牙的老人回来了，他们是尼古拉的父母，两人身材差不多一般高。白天在对岸的地主庄园做帮工的玛丽亚和菲奥克拉也回来了。玛丽亚是尼古拉的哥哥基里亚克的妻子，他们有六个孩子；菲奥克拉则是弟弟杰尼斯的妻子，他们有两个孩子，杰尼斯已经从军去了。尼古拉走进小木房，看见全家大大小小的身子有的在高板床上，有的在摇篮里，有的在屋角蠕动着，还有自己的老父亲和女人们用水泡着黑面包，一副狼吞虎咽的样子。他马上就感到，自己，一个有病的人，一个没钱的人，拖着一家大小回到老家来，是完全错了，完全错了！

"我的哥哥基里亚克在哪里？"互相打过招呼后，尼古拉问道。

"他在给一个商人看守树林，"父亲回答道，"你哥哥本来是个不错的庄稼人，只是太喜欢喝酒了。"

"他根本就不是那种能挣钱回来的男人！"老太婆抱怨道，"我们家的男人真是命苦，他们从不带东西回家，反倒从家里大把大把地往外拿。基里亚克酗酒自然就不用说了，而你老头子呢，用不着隐瞒，也认得上小酒馆的路。"

因为来了客人，他们烧起了茶炊。茶水里透着一股鱼腥味。糖是黑色的，而且不知被谁咬过了，面包和碗碟上满是爬来爬去的蟑螂。这种茶令人作呕，谈话也让人不痛快——话题不是穷就是病。大家一杯茶还没有喝完，院子里忽然传来拖长的、醉醺醺的喊叫声。

"玛——玛丽——亚！"

"一定是基里亚克回来了，"老头子说，"真是说谁，谁就到。"

大家都没有说话。不一会儿，喊声又响了起来，粗声粗气的，像是从地底下冒出来的：

"玛——玛丽——亚！"

大儿媳玛丽亚脸色煞白，直往炉子后边靠。这个女人有着宽宽的肩膀，非常壮实，露出一脸害怕的神情，真是让人奇怪。而她的女儿，就是那个坐在炉台上神情一直淡漠的小姑娘，忽然大哭起来。

"你干吗要哭，真是讨厌。"菲奥克拉呵斥着她，她是个身子壮实的漂亮女人，"他又不会打死你，不用怕！"

尼古拉从父亲口中得知，玛丽亚根本就不敢和基里亚克一起住在林子里，因为他每次喝醉了酒，回来后就会毫不留情地毒打她一顿。

"玛——玛丽——亚！"喊声已经到了房门口。

"看在上帝的份上，救救我，亲人们！"玛丽亚结结巴巴地说，她喘着粗气，仿佛被浸在冰水里似的，"救救我吧，亲人们……"

屋里的孩子们全都哭了起来，萨莎被她的榜样们招惹得也大哭起来。接着，先是一阵醉醺醺的咳嗽，随后就出现了一个身材高大的黑胡子农民，他戴着一顶棉帽走了进来，显露出一副很吓人的样子，他就是基里亚克。他来到妻子面前，抡起胳膊，一拳打在妻子的脸上。玛丽亚没有发出一点声音就被打昏了，一下子瘫倒在地上，鲜血从鼻子里流了出来。

"真不害臊，你竟然打自己的女人，"老头子嘟哝着趴到炉台上，"而且还是在客人的面前。造孽呀！"

老太婆坐在一边，一声不响，她弓腰驼背，正在想着自己的心事。菲奥克拉则摇着摇篮……

基里亚克对自己制造的恐怖气氛感到很得意，他一把扯住玛丽亚的胳膊，把她拖到门口，并发出野兽般的吼叫声。这时，他忽然看到了房间里的客人，于是就住了手。

“啊，你们什么时候回来的……”他松开妻子道，“我的亲兄弟带着家眷回来了……”

他面对圣像祈祷了一阵，身子摇晃着，充血的醉眼睁得很大，然后说：

“我的亲兄弟带着家眷回来了……我的意思是，你们是从莫斯科来的。我也就是想说，莫斯科是古代的国都，是万城之母……原谅我……”

他坐在茶炊旁的长凳上，开始喝茶。大家都没有说话，只有他用小茶盅大声地喝着茶，一连喝了十几杯，随后便倒在长凳上，很快就打起鼾来。

大家都回各自的床上睡觉去了。尼古拉有病，所以跟父亲一起躺在炉台上。萨莎则睡在地板上，奥莉加跟别的女人一起睡在板棚里。

“唉，我看还是算了吧，亲人儿，”奥莉加紧挨着玛丽亚躺在干草上，说，“眼泪是解除不了痛苦的！圣书上不是说：‘如果有人打你的右脸，那就把左脸也送上去。’唉，我看还是算了吧，亲人儿！”

后来，奥莉加小声地讲起了莫斯科，讲起了自己过去的生活，讲起了她在那些带家具的公寓里当女仆的事情。

“莫斯科的房子都是用石头做的，而且也很大，”她说，“还有很多很多的教堂，都不止四十个呢，亲人儿。房子的主人都是些又体面又有礼貌的老爷。”

玛丽亚说：“不要说莫斯科了，就连县城我也没有去过。我既不认识字，也不会做祷告，就是‘我们在天上的父’也不知道。”玛丽亚和菲奥克拉听了奥莉加的讲述，觉得自己十分落后而且迟钝，什么都不懂。她们都不喜欢自己的丈夫。玛丽亚非常害怕基里亚克，每当他回到家里，跟她在一起的时候，她就吓得浑身直发抖，丈夫身上喷出的酒气和烟味总让她感到头痛无比。每当有人问起菲奥克拉是不是惦记丈夫时，她总是没好气地说：

“让他见鬼去吧！”

三个人聊了一阵，后来都沉默了……

天气变凉了，板棚附近的公鸡总是扯着嗓门喔喔地啼叫，吵得人无法入睡。当淡蓝色的晨光透过板棚的缝隙时，菲奥克拉悄悄地走出了板棚，随后就传来她那光脚板的踢踏声，也不知她去了哪里。

二

奥莉加带着玛丽亚一起去了教堂，她们顺着小路走向牧场，两人的心情都很愉快。奥莉加非常喜欢这片空旷的田园，玛丽亚也觉得奥莉加这个妯娌比较亲切和蔼。太阳从东方升起来了，一只带着睡意的鹰低低地盘旋在牧场上空，河水混浊无比，晨雾缭绕在河水上方。河对岸的山上射过来一条光带，把教堂映照得金光闪闪。一群白嘴鸦在地主家的花园里欢快地叫着。

“老爷子倒还不错，”玛丽亚告诉奥莉加说，“但是，老奶奶可凶了，总是跟别人吵架。自己种的粮食到谢肉节就吃完了，只好买小铺里的面粉，这让老奶奶心里很不痛快，经常抱怨我们吃得太多了。”

“唉，算了吧，亲人儿，背上你的十字架吧，也只有这样了。圣书上写道：‘凡劳苦的，负累很重的人，都可以到我这里来。’”

奥莉加平心静气地对玛丽亚说着，她走起路来就像朝圣的女人那样又快又急。她每天都要读《福音书》，念得像教堂诵经士那么响亮，尽管有很多地方她都看不懂，但她总被神圣的语言感动得热泪盈眶，每当她读到“如果”或“直到”这一类的词时，她就有一种晕晕乎乎的感觉。她信仰上帝和圣母，还信仰所有侍奉上帝的人。她认为每个人都不能欺负别人，不管对方是普通人、德国人、茨冈人还是犹太人。她坚信凡是不怜悯动物的人迟早都会遭到报应。她相信这些都记载在圣书里。所以，每当她读《圣经》时，即使读不懂，脸上也照样流露出感动、慈祥和欢欣的表情。

“你的老家在哪儿？”玛丽亚问道。

“弗拉基米尔。不过我八岁就被带到莫斯科了。”

两个女人来到河边，有个女人正站在河对岸的水边脱衣服。

“那不是我们家的菲奥克拉吗？”玛丽亚认出了她，“她刚才过河去找地主庄园里的男管家了。你还不知道吧，她可是一个风骚的女人，还满嘴脏话——她就是这么个玩意！”

披头散发的菲奥克拉，看起来还很年轻、健壮，就像一个姑娘家。她跳进河里，用脚踩着水，掀起了一朵朵浪花。

“她可真是个骚女人，她就是这样的东西！”玛丽亚又重复了一遍。

一道由原木搭成的歪歪斜斜的桥架在河面上，桥底下，成群的大头圆鳍雅罗鱼在清澈透明的河水里游来游去。河岸上绿色的树丛倒映在水里，碧绿的灌木丛中，露珠闪闪发亮。天气暖融融的，让人十分愉快。这是一个美丽的早晨！如果没有可怕、看不到尽头、叫人无处躲藏的贫穷，人世间也会像这个早晨一样美丽！可是，只要回头看一眼村庄，昨天发生的一切就会被记起来，她们心中被周围的景色唤起的那份让人陶醉的幸福感立马就消失了。

玛丽亚和奥莉加走到教堂前，玛丽亚呆呆地站在门口，不敢再往前走，也不敢坐下。八点多以后才打钟做弥撒，这段时间里她就要始终站在那儿。

念福音书的时间到了，人群忽然自动分开，让出了一条路，这是给地主一家人让出的路。两个穿白色连衣裙、戴宽边帽的姑娘进来了，她们身后跟着一个穿水手服的男孩。通过他们的仪表，奥莉加一眼就断定他们肯定是高贵、有教养的上流人士。玛丽亚却阴沉着脸、皱起眉头，一副垂头丧气的样子，仿佛进来的是魔鬼，如果自己不让出路来，就要被他们踩死似的。

男低音的助祭在宣读经文，玛丽亚却好像听到了“玛——玛丽——亚”的呵斥，情不自禁地打了一个冷战。

三

尼古拉一家到来的消息传遍了全村，做完弥撒后，很多人来到他们家。玛特维伊切夫家的人、伊利伊乔家的人和列昂内切夫家的人，都来向他们打听那些在莫斯科做事的亲戚。茹科沃村里所有认字，能读会写的年轻人都被送到了莫斯科，而且只被送到饭馆和旅店，在那里当学徒（河对岸村子里的年轻人则被送进面包房里当学徒）。多年来，这已经形成了一种习惯，这种习惯始于农奴制时代。当时，茹科沃有个叫卢卡·伊凡内奇的农民，如今他已经是传奇人物了，他在莫斯科的一个俱乐部里做小卖部的店主，只接受同村人来为自己做事，等到这些同村人站稳了脚跟，他们又把自己的亲戚叫来，把亲戚们安排在饭馆和旅店里做事。从那时起，四周的乡民就把茹科沃的村名改了，把它叫做“下人村”或“奴才村”。尼古拉十一岁就被送到了莫斯科，是玛特维伊切夫家的伊凡·玛卡雷奇为他找的差事。当时伊凡·玛卡雷奇在“艾尔米塔日”花园的剧场里工作，因此，尼古拉对玛特维伊切夫家的人假装很热心，他说：

“是伊凡·玛卡雷奇使我成了体面人，我在莫斯科这么多年多亏了他的照顾，他是我的恩人啊，我必须日日夜夜为他祷告。”

“愿上帝赐福给你，”伊凡·玛卡雷奇的妹妹，一个高个子老太婆含着眼泪说，“我现在完全没有我哥哥的消息。”

“去年冬天他还在奥蒙老爷家里当差，听说他后来到城外的花园里做事了……现在他老啦，往年夏天他每天都能带回家十来个卢布呢，可现在的生意都很清淡，这下可苦了他老人家了。”

看着尼古拉穿着毡鞋的脚和苍白的脸，那些老太婆和年轻的女人悲凉地说：

“尼古拉·奥西佩奇，你不是挣钱了吗？”

“不行啦！现在不是挣钱的人了！”

萨莎都快满十一岁了，可是长得很瘦小，看上去只有七岁的样子，大家都很疼爱她。其他的小姑娘脸蛋都晒得黝黑，胡乱地剪着短发，穿着褪色的长衫。而萨莎的脸蛋却是白白的，眼睛又大又黑，头发上系着一根红丝带。萨莎夹在这些女孩中间显得有些可笑，倒好像她是个野东西，被人在田野里捉住，然后带到这个小屋里似的。

“我女儿已经认字了！”奥莉加温柔地看着女儿，在众人面前夸奖道，“你读一读，好孩子！”说着，奥莉加从包裹里拿出一本《福音书》，说，“你读一读，这些正教徒会听你念的。”

《福音书》很重，已经很旧了，羊皮封面和书边已经被摸脏了。书中冒出一股修士般的气味。萨莎扬起眉毛，响亮地、像唱诗般地读了起来：

“……有主的使者向约瑟梦中显现说：‘起来，带着小孩子同他母亲……’”

“小孩子同他母亲。”奥莉加重复了一遍，脸由于激动而涨得通红。

"'逃往埃及，住在那里，等我吩咐你……'"

听到"等"字，奥莉加忍不住失声痛哭起来，玛丽亚受了她的影响，也跟着抽泣起来，随后跟着哭的便是伊凡·玛卡雷奇的妹妹。老头子不停地咳嗽着，到处翻着东西，想找件小礼物送给孙女，结果什么也没有找到，只好摆了摆手作罢了。萨莎读完了经书，邻居们四散而去，他们一个个深受感动，对奥莉加和萨莎赞美了一番。

由于节日的原因，全家人整天都留在了家里。不论丈夫、儿媳，还是孙子、孙女，统统都称老太婆为老奶奶。她亲自生炉子、烧茶水，午间还亲自去挤牛奶，接下来她就会不停地抱怨，说自己都快累死了。她时刻提防家里人吃得太多，担心老头子和儿媳们偷懒不干活。她还经常听到小铺老板家的一群鹅好像钻进了她家的菜园子，于是就拿起一根长杆子，赶紧跑进园子，死守着跟她一样干瘦、发蔫的白菜，不住口地一连喊上半个小时。有时她又觉得乌鸦想来抓她的小鸡，也会跑过去大声痛骂一顿。她从早到晚都没有好气，不停地发牢骚，动不动就扯着嗓子叫骂。

她对自己的丈夫也很不友善，不是叫他讨厌鬼，就是叫他懒骨头。她的丈夫是一个没有主见、任人摆布的人，如果不是她经常催促着他，他恐怕什么活都干不了，只会成天坐在炉台上说闲话，无休无止地向儿子抱怨他有多少仇人，抱怨他所遭受的种种委屈。

"是啊，"他双手叉着腰说，"是啊……我会在十字架节后就把干草卖了，一担卖三十戈比，这是我自愿卖的……真的……挺好……可是你看，那天早晨，我把干草担了出去，我是自愿卖的，我又没有招谁惹谁，可偏偏让我赶上了坏运气。村长安季普·谢杰利尼科夫从酒馆里走出来，正好遇到了我，他说：'你把这些干草往哪儿送啊？没出息的东西！'他说着还打了我一记耳光。”

喝醉后的基里亚克头痛得厉害，很不好意思面对自己的弟弟。

“伏特加真是害人哟。唉，我的天哪！”他嘟哝着，那血脉跳动的脑袋不住地摇晃着，“看在基督的份上，亲兄弟和亲弟妹，请你们原谅我吧，我喝醉了酒难受得很呢。”

因为节日的缘故，大家从酒馆里买回来一条鲱鱼，熬了一锅鲜美的鱼头汤。中午时分，大家先喝了很长时间的茶，直到头上冒出了汗水，茶水把肚子撑大后，才开始围着瓦罐抢鱼汤喝，而鱼身子则被老奶奶藏了起来。

傍晚，一个陶工正在坡上烧窑，姑娘们围成圆圈在坡下的牧场上唱歌跳舞，还有人拉起了手风琴。河的对岸也有人在烧窑，也有姑娘们在唱歌，她们那柔美而悠扬的歌声传了过来。不少农民在酒馆内外吵吵嚷嚷，醉醺醺地唱着各自的歌，还破口大骂着什么。奥莉加听了气得直打哆嗦，反复地念叨着：

“哎呀，我的天哪……”

令奥莉加感到吃惊的是，那些农民骂人的话是如此滔滔不绝，如此凶猛。那些快要入土的老头子倒是嗓门最大的，孩子们和姑娘家对此毫不理会，他们一动也不动，好像在摇篮里就已经听习惯了。

已经到午夜了，两岸的窑火已经熄灭了，不过牧场上和酒馆里仍然有玩乐的人。老头子和基里亚克都喝醉了，他们相互挽着胳膊，跌跌撞撞地来到奥莉加和玛丽亚睡觉的板棚前。

“儿子，你就饶了她吧，”老头子劝说着，“就饶了她吧……这婆娘也挺老实的……你这样做是罪过呀”

“玛——玛丽——亚！”基里亚克大喊道。

“就饶了她吧……这是罪过呀……这婆娘是不错的。”

他们在板棚前站了一会儿，就走开了。

“我……我喜欢……野花！”老头子突然用刺耳的男高音唱了起来，“我……我喜欢……到野地里摘花！”

接着，老头子吐了一口唾沫，骂了一句难听的粗话，进屋去了。

四

萨莎根据老奶奶的吩咐，在菜园里看守白菜，以免鹅进来祸害。已经是炎热的八月天了，酒馆老板家的鹅经常钻进菜园，不过现在它们正在酒馆附近啄食地上的燕麦，一只公鹅高高地仰着头，似乎在观察老太婆是不是拿着杆子来赶它们了，别的鹅是不是来捣乱了？不过，此刻那群鹅正在河对岸觅食呢，它们在绿色的牧场上拉出一道长长的白线。萨莎站了一会儿，见鹅也没有来，感到很无聊，就跑到一边去玩了。

萨莎看见玛丽亚的大女儿莫季卡正站在一块大石头上，一动也不动，呆呆地望着教堂。玛丽亚一共生了十三个孩子，只有六个活了下来，而且没有男孩，全是女儿。莫季卡才八岁，她光着脚，穿着长衬衫，站在强烈的阳光底下，火辣辣的太阳烤着她，但她却毫不在乎，好像变成了石头似的。萨莎来到她身边，看着教堂说：

“住在教堂里的是上帝。到了晚上，人们点灯、点蜡烛，而上帝则点长明灯，长明灯有红的、蓝的、绿的，就像小眼睛似的。夜晚时，上帝会在教堂里走来走去，由圣母娘娘和他的仆人尼古拉陪着他——冬，冬，冬，他们走路时发出很响的声音……这声音把守夜人吓坏了，吓坏了！唉，算了吧，亲人儿，”她学着母亲的语气说，“世界末日来临时，所有的教堂都会飞到天上去的。”

“钟、楼、也、一起飞？”莫季卡一字一顿地低声问道。

“钟楼也一起飞。世界末日来临时，好心的人都会飞到天堂去，而凶恶的人则被扔进永远燃烧着的大火里，亲人儿。上帝还会对我妈妈和玛丽亚说，你们是好心人，往右边走吧，上天堂去。可是，上帝会对基里亚克和老奶奶说：往左边走，走到大火里去吧。在持斋日吃荤的人，也会被送到大火里去。”

她仰望天空，睁大眼睛，又说：

“你的眼睛一眨不眨地看着天空，就会看到天使的。”

莫季卡仰望着天空，沉默了大约一分钟的时间。

“你看见天使了吗？”萨莎问道。

“没有。”莫季卡胆怯地说。

“可我看到了，一群小天使正扇动着小翅膀在天上飞呢——忽闪忽闪的，就像小飞虫一样。”

莫季卡盯着她看了一会儿，问道：

“老奶奶也要遭火烧吗？”

“是的，亲人儿。”

一道光滑的缓坡从她们站着的大石头一直延伸到山脚下，缓坡的两边长满了绿油油的嫩草，让人忍不住想伸出手去摸一摸，或者躺在上面休息一会儿。萨莎躺了下来，翻身滚到坡底下。莫季卡也学着她的样子躺下来，翻身往下滚了起来。

“真好玩呀！”萨莎快活地大叫着。

她们想再滚一次，就又走到坡顶，这时一阵熟悉的尖叫声传来了。哎呀，真是可怕！老奶奶正拿着一根长杆子赶菜园里的一群鹅，她的牙都掉光了，驼着背，瘦骨嶙峋，稀疏的白发随风飘起，大声叫骂着：“该死的畜生，所有的白菜都被糟蹋了，我要把你们统统都宰了！你们这些挨千刀的祸害，怎么不死哟！”

她见两个小姑娘在旁边玩，便扔下杆子，伸出粗硬、干瘦、像弯钩似的手指，一把掐住萨莎的脖子，拾起一根枯树枝就抽打她。萨莎又痛又怕，立即大哭起来，这时，那只公鹅也伸长了脖子，一摇一摆地在老太婆身边嘎嘎地叫着，当它转身归队时，所有母鹅都好像赞赏地欢迎它似的叫起来。随后，老奶奶又挥舞着树枝抽打莫季卡。萨莎受了委屈，大哭着跑进屋里。莫季卡也哭着跟在萨沙的身后，不过她的哭声却低得多，而且也不擦一下眼泪。

“我的天哪！这是怎么啦？”奥莉加看见她们跑进屋来，吓得大叫道，“圣母娘娘啊！”

萨莎说了事情的经过，这时，尖声叫骂着的老奶奶也进了屋。菲奥克拉也很生气，接着屋子里就闹得乱成了一团。

“不要紧，不要紧。”奥莉加神情愁苦，脸色苍白，一边抚摸着萨莎的头，一边极力劝解她，“她是你的奶奶，好孩子不应该生奶奶的气，生奶奶的气是有罪过的。”

这经久不断的叫骂、饥饿、煤烟和臭气，弄得尼古拉疲惫不堪，他十分痛恨、鄙视这种贫穷的生活，他在妻子、女儿面前为自己父母的行为感到羞愧。他见母亲打了萨莎，于是从炉台上垂下腿来，非常气恼地对母亲说：

“您怎么能打她呢？您根本就没有权力打她的！”

“得了吧，你这个懒鬼，你还是躺在炉台上等着咽气吧！”菲奥克拉恶狠狠地冲着他大叫道，“真见鬼，你们回来光吃闲饭啦！”

萨莎、莫季卡和家里其他的小姑娘都爬到炉台上，躲在尼古拉背后的角落里，一句话也不敢说，心惊胆战地看着大人们的脸色，几乎能听到她们那小小的心脏怦怦的跳动声。如果一个家庭里有一个久病不愈，而且也没有希望痊愈的人，就常常会出现这样沉重的气氛，所有的亲人，甚至父母都会暗暗地在内心深处希望他早点死去。只有孩子是最纯洁的，他们是真的害怕亲人的死亡。此刻小姑娘们都屏住呼吸，脸上流露出凄凉的神情，她们望着不久就要死去的尼古拉，不由得想哭出来，想对他说几句亲切的话。

尼古拉往奥莉加的身边靠了靠，仿佛要寻求她的保护似的，他声音颤抖着说道：

“亲爱的奥莉加，我在这儿再也待不下去了。我已经筋疲力尽了，看在上帝的份上，看在天主基督的份上，你给你妹妹克拉夫季娅·阿勃拉莫夫娜写封信吧，让她卖掉所有的东西，然后把钱寄来，这样我们就可以离开这里了。啊，上帝！”他痛苦地继续说道，“哪怕让我再看一眼莫斯科也好啊！我在梦中都看到莫斯科了，亲爱的！”

黄昏来临了，木屋里越来越暗，大家愁闷得一句话也不说。爱生气的老奶奶掰碎黑麦面包的硬壳，泡在碗里，再慢慢地咀嚼着，吃了足足有一个小时。玛丽亚挤完了牛奶，把牛奶提了进来，放在凳子上。老奶奶把桶里的牛奶倒进一只只瓦罐里，她做起事来从从容容的，显然对眼下的圣母升天节斋戒期很满意，因为在这样的日子里，谁也不会碰牛奶的。她往一个小碟子里倒了一点点牛奶，这是留给菲奥克拉的小娃娃喝的。后来，她和玛丽亚把装牛奶的瓦罐都送到地窖里去。莫季卡忽然从炉台上溜下来，走到凳子前面，端起盛牛奶的碟子，倒了一点牛奶到那只泡着面包硬皮的木碗里。

老奶奶回屋后，又端起自己的碗吃了起来。萨莎和莫季卡坐在炉台上盯着老奶奶，心里暗自高兴：这下老奶奶开荤了，以后她一定会下地狱了。她们欣慰地躺下睡觉，萨莎迷迷糊糊地睡着了，她在梦中看到一只燃烧着熊熊烈火的大炉子，一个头上长着牛犄角、浑身漆黑的魔鬼正拿着一根长杆子往火里赶老奶奶，就像老奶奶刚才赶鹅那样。

五

圣母升天节晚上十点多，在陡坡下的牧场上玩耍的小伙子和姑娘们忽然大声地叫喊起来，一起朝村子的方向跑去。那些坐在陡坡上的人一时也没弄清楚出了什么事情。

“起火啦！起火啦！”声嘶力竭的呼喊声从下面传来，“村子里起大火啦！”

坐在陡坡上的人回头看见了一幅可怕的景象：村头一座木房的干草房顶上蹿起两米多高的火焰，火舌吞吐着，向四面八方洒出喷泉似的无数火星，随即整个屋顶都燃起了熊熊大火，噼啪声随处可闻。

整个村子被笼罩在颤动的红光之中，月色也显得朦胧了，地上的黑影移动着，空气中弥漫着烧焦的气味。从坡下跑上来一个个气喘吁吁的人，都战战兢兢地，一句话也说不出来。人们互相推挤着，跌跌撞撞的，刺眼的火光使他们看不清楚任何东西，甚至连站在眼前的人都认不出来。简直太可怕了，几只鸽子在火焰上空的浓烟里飞来飞去。酒馆里的人还不知道村里起火的事，仍在唱歌，拉手风琴。

“谢苗大叔家里起火啦！”有人粗声粗气地喊道。

玛丽亚哭哭啼啼地搓着手，在自己屋前急得团团转，牙齿不停地抖动着，其实火离她家还远着呢。穿着毡靴的尼古拉走出屋来，孩子们吓得穿着贴身衣服到处乱跑。赶来的乡村巡警敲响了铁片，响亮的声音飘向空中。这急促而连续的铁板声弄得人们胆战心惊，浑身发冷。老太婆举着神像站在木屋的一旁，她把所有的羊、牛犊和母牛都轰到了街上，不少箱笼、熟羊皮和木桶也被搬了出来。一匹素来跟成群的马隔开的黑野马，这时也被撒开了缰绳，它发出一声嘶鸣，嗒嗒地在村子里一连跑了两个来回，后来才在一辆大车旁边停住了。

河对面教堂里的钟声响了起来。烧着的小屋附近又热又亮，亮得连地上的小草都能看见。一些箱子好不容易被拖了出来，谢苗就坐在其中一只箱子上，他是一个头发棕红的农民，有一个大鼻子，一顶便帽直压到耳朵。谢苗的妻子脸朝下躺在地上，嘴里不停地哼哼着，几乎不省人事。一个留着大把胡子的八十多岁的小老头——他并不是本地人，看上去活像个地精，这场火好像跟他有着什么关系，他在一旁走来走去，也没戴帽子，只抱着一个白色的包袱。村长安季普·谢杰利尼科夫脸孔黑红，头发乌黑，长得跟茨冈人一样，他拿着一把斧子来到木屋前，砍下了所有的窗户，谁也不知道他为什么这么做。

“婆娘们，快弄水来！”他嚷道，“赶快把机器抬来！快点！”

在酒馆里寻欢作乐的村民们抬来了救火机，他们都已经喝醉了，不时跌跌撞撞，东倒西歪，眼睛里还含着泪水，一副无能为力的样子。

“姑娘们，快拿水来！”村长也醉眼朦胧地嚷道，“再快点，姑娘们！”

女人们一路小跑到下面的泉水边，灌满家里的大桶小桶，然后送到山上，倒进救火机里，接着又往下跑去。奥莉加、玛丽亚、萨莎和莫季卡都去抬水了。村长拿着消防水龙带一会儿对着门，一会儿又对着窗，有时还用手指堵住水流，使得水管叫得越发尖厉了。

“真是好样的，安季普！”有人称赞道，“再加一把劲！”

安季普冲进起火的小屋，在里面大声喊道：

“正教徒们，使劲压水呀！出了这么可怕的变故，我们必须努力干哪！”

不少农民站在一旁冷眼旁观，什么事也不干。谁也不知道该做什么，也不会做，而四周堆满了成捆的麦子和干草，还有成堆的柴火。基里亚克和老奥西普也带着醉意站在里面，极力为自己的袖手旁观开脱着。老头子对躺在地上的女人说：

“不用发愁，朋友！这小屋保过火险，那还愁什么呢？”

谢苗对人们讲起着火的原因：“是茹科夫将军的家奴，也就是那个拿包袱的老头子……他从前是将军家的厨子，昨天晚上他来到我家里说：‘留我在这儿住一夜吧……’这当然没说的了，我们两人就喝了那么一小盅……老婆子正忙着烧茶炊，想请老头子喝点茶，可是不知为何这么倒霉，她把茶炊搁在门道上，而烟囱里的火星却一直蹿到了屋顶上。是啊，就是这么回事。我们差点没被烧死，老头子的帽子也烧没了，真是作孽呀。”

人们不知疲倦地敲着那块铁片，河对岸的教堂里钟声齐鸣。奥莉加被围困在火光里，气喘吁吁地时而跑下，时而跑上，惊恐万分地看着那些火红色的绵羊和在烟雾里飞来飞去的粉红色的鸽子。她觉得钟声像尖犄角似的钻进了她的灵魂，又觉得这场火永远也无法扑灭了，这时，萨莎不见了……轰隆一声，木屋的天花板塌了下来，她一想到全村都可能被烧光，就头昏脑胀，再也提不起水桶了，只好坐在山坡上，把水桶扔在一旁。她的身旁和身后坐着许多农妇，她们坐在那儿号啕大哭，像守灵似的。

这时，两辆车子从河对岸的村子走来了，车上坐着许多男人，他们运来了一台救火机。一个身穿白色海军服、敞着胸膛的年轻大学生也骑着马赶来了。梯子安在燃烧着的房架上，五个人立即爬了上去，领头的就是那个大学生。他周身被火映得通红，嗓子都喊哑了，俨然是个救火的行家。他们拆散了木屋，卸下一根根的原木，移开了畜栏、篱笆和近处的干草垛。

“不要拆屋子，”人群中传来严厉的制止声，“不准他们拆！”

基里亚克一副坚决的样子走向木屋，想要阻止来人把房子拆掉。可是，他被一名雇工赶了回来，还被狠狠地揍了一拳。大家一起哄，雇工又加上一拳，基里亚克接着就倒下了，手脚并用地爬回人群中。

两个戴帽子的漂亮姑娘从河对岸走来了，她们可能是大学生的姐妹，远远地观望着。被拆下的原木不再燃烧了，但仍然冒着浓烟。大学生用水龙头猛冲原木，然后又对着农民和那些提水的女人们冲。

“乔治！”两个姑娘不安地向他喊道，“乔治！”

大火终于被扑灭了。天快亮时，大家才四散开来。回家的路上，农民们嘻嘻哈哈地不断拿茹科夫将军的厨子开着玩笑，取笑他的帽子被火烧掉了。这场大火已经变成了他们的笑谈，好像对火熄灭得太快还有点惋惜似的。

“您好像很擅长救火啊，”奥莉加称赞大学生道，“真应该把您调到我们莫斯科去，那儿几乎每天都有火灾。”

“你真是从莫斯科来的吗？”一位小姐问道。

“是的，我丈夫曾经在斯拉夫商场工作。这是我的女儿萨莎。”她指了指冷得直发抖、紧贴着自己的萨莎说。

“我们应该感谢上帝，老爷，幸亏没有风，”老头子对大学生说，“否则我们早就被烧光了。老爷，好心的贵人，”他压低声音，不好意思地加了一句，“大清早的，可真冷……您就行行好赏几个小钱吧。”

结果他什么也没有拿到，只得清了清喉咙，磨磨蹭蹭地回家去了。奥莉加一直站在草坡的边上，望着两辆车子走过河去，看着那几个贵人穿过草地，走到河对岸一辆等着他们的马车上。奥莉加一回到木屋，就热诚地对丈夫说：

“今天遇到了几个好心人，两位小姐长得像天使一样，真是漂亮啊！”

“她们死了才好呢！”睡得迷迷糊糊的菲奥克拉恶狠狠地说。

六

玛丽亚一直认为自己命苦，她常想，这样活着还不如死了好。菲奥克拉则恰恰相反，她不停地咒骂着，贫穷也好，龌龊也罢，这生活和她的胃口正好相合。有什么她就吃什么，从不挑挑拣拣，不管在什么地方，有没有铺盖，她倒头就能睡着。她也可以光着脚从脏水洼里走过。从奥莉加和尼古拉来到的第一天，她就痛恨他们，只因他们不喜欢这种乡下生活。

“我倒要看看你们能不能不吃东西，你们还以为自己是莫斯科的贵族呢！”她恶毒地说，“我倒要看看你们的下场！”

九月初的一天早晨，菲奥克拉去挑水，回来时她的脸蛋冻得红红的，显得又健康又漂亮。这时，玛丽亚和奥莉加正坐在桌子旁边喝茶。

“二位品茶呢。”菲奥克拉挖苦道，“你们真是两位娇太太啊，”她放下水桶说，“还每天都喝茶哩，千万要小心点，别让茶呛着了！”她痛恨地看着奥莉加，接着说，“看这一身肥肉，在莫斯科养得肠肥脑满的！”

菲奥克拉抡起扁担，一扁担打在奥莉加的肩膀上，两个妯娌吃惊地大叫道：

“哎呀，我的天哪！”

接着，菲奥克拉就去河边洗衣服了，她一路上高声大骂着，屋里的人都听见了。

白天过去了，秋天的黄昏特别的悠长。菲奥克拉又跑到河对岸去了，大家一起动手在木屋里绕丝。这丝是为附近的工厂加工的，全家人就靠它挣几个零用钱——一个星期可以挣二十来戈比。

“当年在东家手下，日子要好过些，”老头子一边绕丝，一边说，“干完活就吃饭，吃了就睡觉，当时的饭菜一样挨着一样，午饭有菜汤和粥，多是黄瓜和卷心菜，晚饭也是如此。饭菜很充足，总可以吃个够，想吃多少就吃多少。那时的人也都守本分。”

小屋里只点了一盏光线暗淡的小灯，灯芯冒着烟。如果有人挡住了它，就会有一大片黑影落在窗上。老头子奥西普缓缓地讲着农奴解放前人们的生活状况。他告诉大家，这一带的老爷们常常带着猎犬和职业猎手外出打猎，一些给他们做打手的农民还能喝到伏特加。狩猎完毕，整车整车的野禽都被送到莫斯科年轻的主人那里。他还讲到一些坏心眼的农奴如何被人用棍子打死，或被发配到特维尔的世袭领地上当农奴；好心的农奴则会受到奖赏。老奶奶也讲起了自己的往事，她什么都记得很清楚。她谈起了自己心地善良的女主人，说她严守教规，可她的丈夫却是一个酒徒和浪荡子。老奶奶还谈到了女主人的三个女儿，说她们的婚姻都不如意，一个嫁给了酒鬼，另一个嫁给了小市民，而第三个却私奔了（老奶奶当时很年轻，还帮过小姐的忙）。不久，这三个女儿都抑郁而死，跟她们的母亲一样。说起这些时，老奶奶居然还流下了两滴眼泪。

突然响起了敲门声，大家都大吃一惊。

“奥西普大叔，让我在您这儿住一夜吧！”

进来的是一个秃顶的小老头子，也就是那个被烧掉了帽子的茹科夫将军的厨子。得到允许后，他坐了下来，也讲起了各种各样的故事。尼古拉坐在炉台上，两条腿垂了下来，不停地询问旧日的贵族们吃些什么菜。厨子就给他们讲起了炸肉饼、肉排，还有各种汤和作料。厨子清楚地记得各种各样的菜，甚至包括现在已经不再烹调的菜，比如说一道名叫“早晨醒”的菜，是用牛眼睛做的。

“你们那时烧不烧‘五酱排骨’？”尼古拉问道。

“不烧。”

尼古拉不以为然地摇了摇头，说："哎呀，你们这些厨子有什么可骄傲的！"

炉台上的小姑娘们，有的躺着，有的坐着，眼睛眨也不眨地往下看着，看上去就像云端的小天使一般。她们喜欢听大人们讲故事，她们时而高兴，时而吓得脸色发白，还不停地叹气、发抖。老奶奶的故事是所有故事中最有趣味的，听故事时她们便屏住呼吸，一动也不敢动。

后来，大家都躺下睡觉了。老人们被往事困扰着，想起了年轻时的美好时光，心里感到轻松、愉快。但可怕的死亡离他们也不远了，他们尽量不去想它。小灯被熄灭了。房间的黑暗，月光的明亮，屋外的寂静，还有摇篮的嘎吱声，都让他们觉得自己的生活即将完结……他们刚刚迷迷糊糊地睡着，忽地感到有人碰了碰自己的肩膀，脸上被吹了一口气，睡意立即全消了，只觉得身子发麻，血液循环好像停止了似的，种种死的念头都钻进了脑子里。翻一个身，死的事情倒是忘记了，但贫穷、饲料、面粉涨价等让人发愁、烦心的事又充满了脑子。

"唉！我的主啊！"厨子长叹了一口气。

有人轻轻地敲着窗子，以前从没有人这么轻地敲过。可能是菲奥克拉回来了。奥莉加打着哈欠，起身去开房门，可是等她拉开房门，却没有人进来，只有从街上吹来的一阵冷风，屋外寂静而荒凉，天上挂着大大的月亮。

"是谁啊？"奥莉加大声招呼道。

"我，"来人小声地回答，"是我。"

菲奥克拉全身一丝不挂，紧贴着大门旁的墙根站着，冻得牙齿打战、浑身发抖，在皎洁的月色下，她显得更白、更美了。她身上的暗处和皮肤上的月辉十分显眼，那乌黑的眉毛和一对结实的乳房也显得特别清楚。

"那些坏蛋剥光了我的衣服，把我赶了出来……"她嘟嘟哝哝地说，“我只好这么光着回来了。你快给我拿件衣服来吧。”

“可是，你也得先进屋呀！”奥莉加小声说，她也打起了冷战。

“我不想让老家伙们看见我的样子。”

事实上，老奶奶已经在问老头子了：“是谁啊？”奥莉加赶紧把自己的上衣和裙子拿出去，让菲奥克拉穿上，然后两人极其小心地关上门，蹑手蹑脚地走进木屋。

“是你吧，菲奥克拉，真是讨厌。”老奶奶猜出来人是谁了，生气地嘟哝道，“你这该死的东西，真是个夜游鬼！为什么魔鬼不把你逮了去！”

“这就好了，这就好了，”奥莉加悄悄给菲奥克拉披上衣服，“没关系的，亲人儿。”

屋子里又安静下来，那种纠缠不休、无法摆脱的苦恼总是使这家人睡不踏实：老头子背痛；老奶奶充满了焦虑和气恼；玛丽亚时时担惊受怕；孩子们疥疮发痒，肚子也常饿得咕咕直叫。此刻，睡梦中的他们也是不安的，他们不断地说梦话，翻身，爬起来喝水。

菲奥克拉突然哇哇大哭起来，她的声音很粗，但又不得不立即忍住，只能不时地抽抽搭搭，声音越来越轻，后来才完全安静下来。河对岸报时的钟声偶尔传来，可是敲得很奇怪，先是五下，后来却是三下。

“唉，主啊！”厨子连连叹息着。

天亮时分，玛丽亚起床后走了出去，去院子里挤牛奶，她还不时地对奶牛说：“站好！”后来，老奶奶也出门了。小屋里依然很黑，但已经能看清屋里的一切物件了。

一夜无眠的尼古拉爬下炉台，从一个绿色的小箱子里拿出自己的燕尾服，穿上之后来到窗前，他摩挲着衣袖，又摸了摸燕尾，微微地笑着。后来，他又小心地脱下燕尾服，把它好好地收进箱子里，接着又去躺下了。

回到屋里后，玛丽亚开始生炉子，显然她还没有完全睡醒，她可能又想起了昨天晚上的故事，在炉子跟前伸了一个大大的懒腰，说：

“不，还是自由好啊！”

七

村里人习惯称呼县里的警官为“老爷”，这次老爷又来了，他来的时间和原因，大家在一个礼拜之前就知道了。茹科沃村只有四十户人家，却积下了两千多卢布的欠款和其他税款。

区警察局局长先在小酒馆里喝了两杯清茶，然后步行来到村长家里，一群拖欠税款的农民已经在房子外面恭候多时了。村长安季普·谢杰利尼科夫还很年轻——刚刚三十出头，可他很忠于职守，总是帮着政府说话，即使他自己也很穷，也一直在拖延税款。显然他对自己所拥有的权力很是满意，认为这权力就是严厉，此外他不知道还能用什么来表现这种权力。开会的时候，全村人都怕他，由他一人说了算。有时，他还会在街上或者酒馆附近抓一些醉汉，大声呵斥他们，并反绑他们的手关进拘留室里。有一次，他竟然把老奶奶也关了一天一夜，原因是奥西普没有亲自来开会，而是让她代替。有时他还会在大街上大骂不止。村长没有进过城，也从来没有念过书，可他却总喜欢用一些文绉绉的字眼，也不知道他是从哪儿学来的，为此他备受村民的敬重，尽管他们听不懂是什么意思。

奥西普带着自己的纳税簿来到村长家的小木屋。区警察局局长是一个瘦老头子，留着很长的灰白连鬓胡子，穿着一身灰色的制服，正坐在上座的桌子旁写着什么。村长的小木屋干干净净的，四周的墙上贴满了从杂志上撕下来的花花绿绿的图片。圣像旁边最显眼的地方贴着一张保加利亚巴滕贝克王子的照片。

村长安季普·谢杰利尼科夫两手交叉着抱在胸前，站在桌旁观看着。

“大人，他欠一百一十九个卢布，”轮到奥西普时，村长说，“他只在复活节前交了一个卢布，从此就再没付过一个子儿。”

区警察局局长抬起头看了看奥西普，问道：

“这是为什么啊，我的兄弟？”

“请您发发慈悲吧，大人，”奥西普激动地说，“容我回禀，去年柳托列茨村的老爷对我说：‘奥西普，把你的干草卖给我吧……’这有什么不行的呢？我有一百普特的干草等着要卖呢，这都是家里的几个婆娘在牧场上割的。本来我们谈妥了价钱，双方你情我愿……”

他开始抱怨村长，不时转身看一下农民们，好像要请他们来充当他的证人似的。他面红耳赤，额头冒汗，眼神变得尖锐而凶狠。

还没等他说完，区警察局局长不耐烦地说：“我不明白你说这些有什么用？我只问你……我只问你为什么没有缴纳欠款？你不缴，他也不缴，难道要让我来替你们缴吗？”

“我没有钱缴嘛！”

“这话太没道理了，大人，”村长说，“奇基利杰耶夫一家确实家境贫穷，不过请您问问其他村民，他们贫穷的原因全在于伏特加，他们真是一帮胡作非为的人，什么都不懂。”

区警察局局长记录下来，然后心平气和地对奥西普说：“出去！”语气就像讨杯水喝似的。

不久，区警察局局长坐着一辆便宜的四轮马车走了。他不停地咳嗽着，从他那又长又瘦的背影可以看出，此刻他已经忘了茹科沃村的欠款，忘了村长，忘了奥西普，只在想着自己的心事了。区警察局局长还没有走出一俄里，安季普·谢杰利尼科夫就夺走了奇基利杰耶夫家的茶炊，老奶奶在后面穷追不舍，使劲尖声喊叫着：

“你不可以拿走的！我不准你拿走我的东西，你这个混蛋！”

安季普·谢杰利尼科夫迈开大步，走得更快了。驼着背的老奶奶怒气冲天，跌跌撞撞、气喘吁吁地在后面追着，头巾滑到了肩膀上，一头泛出淡绿色的白发在风中飘扬。突然，老奶奶停了下来，像一个暴动者似的不停地用双拳捶打着胸部，用比平时还响亮的声音嚷着：

“正教徒们，你们都是信仰上帝的人啊！上帝哪，难道你眼看着他们欺负人！乡亲们哪，好人们哪，来帮帮我吧！”

“老奶奶，老奶奶，”村长厉声说，“你不得无理取闹了！”

没有了茶炊，奇基利杰耶夫家的小屋更不像样了。茶炊被人夺走还无关紧要，可这毕竟有点被侮辱的意味，就像自己家人忽然名誉扫地一样。如果村长只是拿走桌子和凳子，或者拿走所有的瓶瓶罐罐，这倒让他们感觉舒服些。老头子耷拉着脑袋，垂头丧气地坐在屋角一声不吭。老奶奶呼天喊地地大哭起来，玛丽亚伤心地暗自落泪，所有的小姑娘也不知为何跟着哇哇哭了起来。老奶奶一向疼爱尼古拉，这会儿也忘了体恤自己生病的儿子，冲着他不停地叫骂着，责难着。她尖声叫道：“这全是你的过错，你不是吹牛说自己在斯拉夫商场每个月都可以领到五十个卢布吗？可实际上你给家里寄了多少钱呢？你干吗还回家来，而且还带着你的家眷？你要是死在了家里，我们去哪儿弄钱来埋葬你呢？……”这时的尼古拉、奥莉加和萨莎看上去真让人可怜。

老头子长叹了一声，拿起帽子去找村长了。天色已黑，安季普·谢杰利尼科夫不知在炉子旁焊什么东西，他鼓着腮帮子，弄得满屋子都是煤气味。他的孩子们都很瘦，也没有梳洗，在地板上爬来爬去，他家也不见得比奇基利杰耶夫家强。他的妻子一脸雀斑，长相难看，正挺着大肚子在绕丝。这也是一个不幸的苦难的家庭，只有安季普一个人还算年轻、英俊。他的长凳上放着一排五把茶炊。老头子祈求道：

“安季普，你发发慈悲，把我的茶炊还给我吧！看在基督的份上！”

“如果你可以拿出三个卢布来，就可以取走。”

“我根本就拿不出来啊！”

安季普一鼓起腮帮子吹气，火就噼啪地叫，呼呼地响，火光映在了茶炊上。老头子没有办法，揉了一阵帽子，又说：

“你还是把它还给我吧！”

皮肤黝黑的村长脸色变得更黑了，活像个巫师。他转过身来，又快又严厉地对奥西普说：“我没有这个权力，这得由县长官说了算。本月二十六日之前，你都可以到行政会议上作口头或者书面的申诉，申明你不满意的理由。”

奥西普一点也没听懂他的意思，但也只好作罢，回家去了。

十多天后，区警察局局长又来了，这次他坐了一个多小时才又坐车走了。多少天以来，天一直很冷，风也很大，雪倒是没有下，但河面的水早已结冰，道路十分难走，人们都累得要死。一个节日的傍晚，邻居们来到奥西普家里闲坐着聊天。几个话题都让人感到不痛快，有人说自己的公鸡被抓去抵债了，由于没人喂养，在那里死掉了；还有人说自己家的绵羊被拉走了，羊被捆了起来装在大车上，结果有一只羊被闷死了。现在大家都在讨论一个问题：这一切该怪谁呢?

“应该怪地方自治局！”奥西普说，“不怪它又能怪谁！”

“当然，真是该怪地方自治局。”

他们把粮食歉收、受欺压和欠款的事都怪罪于地方自治局，尽管他们谁也不知道地方自治局是做什么的。这种情形很早就存在了，当初一些富农通过开工厂、小铺和客店当上了地方自治会议员，但是他们始终心怀不满，后来便在自己的工厂和铺子里痛骂地方自治局。

他们又谈到了该把树木拉回家来做柴火；谈到老天爷怎么还不下雪，以致坑坑洼洼的路面，车不能行，人也不能走。过去的十五年、二十年之前，茹科沃村里的人谈话要比现在有趣得多。那时每个老头子脸上都流露出一种神秘的气色，他们谈论土地的划分，新的土地和埋藏的财宝，还有盖着金印的公文，他们的话里都有所暗指；而现在的茹科沃人根本就没有什么秘密，他们的生活全都赤裸裸、一清二楚地展现在大家面前，他们所能谈的不外乎贫穷、食物和畜林，要不就是老天爷为什么还不下雪……

沉默片刻后，他们又想起了公鸡和绵羊的事，又开始追究这事应该怪谁。

"还是怪地方自治局！"奥西普沮丧地说，"不怪它怪谁！"

八

教区的教堂在科索戈罗沃村，大约有六俄里远。所以农民们只有在不得不去的时候才会去一趟，如举行婚礼、举行葬仪、给婴儿施洗礼时。平时的礼拜到河对岸的教堂就行了。节日时，再加上好的天气，姑娘们就穿上漂亮的衣服，结伴去做弥撒。她们穿着黄的、红的、绿的连衣裙，穿过牧场，看上去特别耀眼。如果遇上坏天气，她们就待在家里。为了忏悔和领到圣餐，她们总是去教区的教堂。复活节后的一周内，神父举着十字架走遍所有的农舍，收取大斋日没有去教堂做忏悔的教徒每人十五戈比。

老头子根本就不信上帝，也从来都不想上帝，尽管他承认有神仙鬼怪，但他认为这种事只与女人有关。如果有人在他面前谈起宗教或者奇迹之类的事，他总是挠着头皮，勉强地答道：

"知道这个有什么用呢！"

不过，有点糊涂的老奶奶却信仰上帝，在她的记忆中，所有的事都会混在一起，她刚想起死亡、罪孽，忽然贫穷之类的种种操心事又都插了进来，这时她便立即忘了刚才还在想的事情，而且她一点也记不住祷告词，她通常在晚上睡觉前对着圣像小声念道：

“斯摩棱斯克圣母娘娘，三臂圣母娘娘，喀山圣母娘娘……”

玛丽亚和菲奥克拉虽然经常在胸前画十字，每年也吃斋领圣餐，但她们完全是装装样子。孩子们没有学习怎么祷告，大人们也不对他们讲上帝之类的事情，也不传授什么教规，只是禁止他们在斋期吃荤。其余的家庭也是这样，相信上帝的人少，懂教规的人更少。不过，大家却都喜欢《圣经》，发自内心地喜爱它，可是他们没有书，所以没有人念《圣经》，也没有人讲《圣经》。奥莉加有时会念念《福音书》，为此大家都很敬重她，对她和萨莎都恭敬地称呼“您”。

奥莉加经常去邻村和县城参加感恩祈祷和教堂命名节活动，县城里一共有二十六座教堂和两个修道院。在朝圣的路上，她总是晕晕乎乎的，完全忘了家人，直到回到村里，她才突然发现自己还有丈夫和一个女儿，于是便高兴地笑着说：

“上帝真的赐福给我了！”

她讨厌村子里的一切，这些一直在折磨着她。农民们在圣母升天节喝酒，在伊利亚节喝酒，在十字架节还是喝酒。圣母庇护节是教区的节日，而茹科沃村的农民却为此一连喝了三天的酒。他们不仅喝光了五十卢布的公款，之后还挨家挨户敛集酒钱。第一天，奇基利杰耶夫家宰了一头公羊，他们就一连吃了三顿羊肉。三天里，基里亚克都喝得酩酊大醉，他所有的家当都被他喝光了，就连帽子和靴子也换酒喝了。他往死里殴打着玛丽亚，家里人只好朝晕过去的玛丽亚头上泼水，这才使她苏醒过来。

在茹科沃这样的“奴才村”，每年也有一回隆重的宗教盛典。每年八月，全县的村子，从一个到另一个，人们迎送着赋予人类生命的圣母像。传到茹科沃村的这一天，天色阴沉，但没有风。

姑娘们一早就穿上艳丽的衣裙去迎接圣像，直到傍晚，人们才举着十字架和神幡、抬着圣像、唱着圣诗进了村子。这时，河对面的教堂里钟声齐鸣。大街上挤满了人，有本村的，也有外村的，大家吵吵嚷嚷，挤作一团……老奶奶、老头子，还有基里亚克，大家都向圣像伸出手去，眼巴巴地盯着它，哭哭啼啼地说：

“圣母娘娘！保护神啊，保护神啊！”

这时人们好像突然明白了，人间和天堂是没有隔阂的，有钱有势的人还没有夺走人间的一切，尽管自己遭受着难以忍受的贫穷，遭受着可怕的伏特加的祸害，遭受着欺凌和奴役，但是神灵仍在保佑着自己。

“圣母娘娘！保护神啊！”玛丽亚号啕大哭着说，“圣母娘娘啊！”

感恩祈祷做完了，圣像又被抬走了。一切都恢复了原来的样子，粗鲁的醉言醉语又从酒馆里传了出来。

只有富裕的农民才害怕死，他们越有钱，就越不相信上帝，不相信灵魂会得救的话。他们只不过是出于对死亡的恐惧，才点起蜡烛，做起了弥撒，以求稳妥一些。穷苦的农民不怕死，他们总是当着老头子和老奶奶的面说他们活得太久了，不如早点死了好。老奶奶、老头子根本就不在乎这些话。他们也当着尼古拉的面，毫无顾忌地对菲奥克拉说：“等尼古拉死了，你的丈夫丹尼斯就可以被照顾一下，可以早点退役回家了。”对玛丽亚而言，她不但不怕死，反而巴不得早点死了才好。

贫穷的农民不怕死，可他们却恐惧自己会得各种各样的病。本来是一些肚子不舒服、着了点凉的小毛病，老奶奶也会立即躺到炉台上，把自己捂得严严实实，并大声呻吟道：“我要——死——啦！”老头子赶紧去请神父，老奶奶就可以领到圣餐，并可以接受临终前的涂圣油仪式。他们还经常谈到蛔虫、感冒和硬结，说在肚子里闹腾的蛔虫，结成团后会堵到心口。他们也最怕着凉，即使在炎热的夏天也穿得很多，甚至在炉台上取暖。老奶奶喜欢看病，经常坐车到诊所去，她总是对医生说自己五十八岁，而不说是七十岁。因为她认为如果医生知道了她的真实年龄，就不会给她治病了，他会说："都这么大岁数了，也该死了，不用再治了。"她通常早晨起来就去诊所，还带上两三个小孙女，傍晚时分才能回来。回到家的老奶奶肚子挺饿，脾气也挺坏，她给自己带回来一些药水，给小孙女带回来一点药膏。有一次，她竟然把尼古拉也带去了，一连喝了两周的药水后，他说觉得自己好了一点儿。

方圆三十俄里内的医师、医务助理和江湖郎中，老奶奶都认识，但却没有一个让她觉得满意。在圣母庇护节上，神父举着十字架走遍了所有的农舍，教堂的执事告诉老奶奶，城里监狱附近的一个老头子在军队里做过医士，医术高超，劝她去找他看病。老奶奶听信了他的劝说，从城里带回来一个小老头。这人脸上布满又细又蓝的青筋，穿着长袍，留着大胡子，是一个皈依正教的犹太人。当时老奶奶家里请了几个雇工：一个戴着一副吓人眼镜的老裁缝正用碎布头拼做坎肩，两个年轻小伙子用羊毛做毡靴。因为酗酒，基里亚克丢了差事，不得不住在家里。他正坐在裁缝旁边修理马脖子上的套具。屋子里又挤又闷，臭烘烘的。犹太人检查完尼古拉，说需要给病人拔罐。

犹太人放上了许多罐子。基里亚克、老裁缝和小姑娘们站在一旁观看，他们好像认为疾病会从尼古拉身上流出来似的。尼古拉看见那些附在胸口上的罐子慢慢地充满了浓黑的血，也认为真有什么东西从自己身子里跑出去了，于是满意地微笑着。

"这样肯定行，"裁缝说，"愿上帝保佑你，能见效就好了。"

拔完十二个罐子，犹太人随后又放上了十二个。然后，他喝足了茶，坐上车走了。尼古拉开始发抖，他的脸瘦得缩成一个拳头大小，手指发青。他盖着一条被子，再加上一件羊皮袄，但还是感到越来越冷。傍晚时，尼古拉觉得自己的病更重了，要他们把他放到地板上，并让裁缝不要抽烟了。随后，他静静地躺在羊皮袄下面，天不亮就死掉了。

九

唉，这是一个多么漫长的冬季啊！

圣诞节过后，老头子家的粮食吃完了，不得不出去买面粉。住在家里的基里亚克，一到傍晚就要胡闹，使得人人都害怕他，等到早晨醒来，他又会因为头痛和羞愧而感到痛苦不堪，他这副模样也有点叫人可怜。畜栏里那头饥饿的母牛从早到晚不停地哞哞哀叫着，叫得老奶奶和玛丽亚的心都快碎了。今年的冬天特别长，到处都是高高的雪堆和厚厚的积雪。报喜节到了，这时却刮了一场很大的暴风雪，复活节时又下了一场大雪。

终于，冬天总算过去了，四月初的白天变得暖和起来，夜里却依然寒冷。冬天还不甘心退让，但暖和的春日毕竟还是到来了。最后，冰雪融化，河水奔流，鸟儿又开始唱歌了。泛滥的春水淹没了河边的整个牧场和灌木丛，茹科沃村成了一片水泽，水面上不时有一群群野鸭振翅飞过。春天的落日映红了满天的彩霞，每天晚上都会变幻出一幅不同往常的新图景，真是美妙绝伦！

仙鹤发出声声哀鸣，似乎在召唤同伴。奥莉加站在斜坡边上，久久地凝视着太阳，凝视着这片泛滥的春水，凝视着那明亮的、仿佛返老还童的教堂，不禁流下了激动的泪水，气都有点喘不过来了。奥莉加急切地想离开这里，什么地方都可以，无论天涯还是海角。家里人已经决定让她回莫斯科去当女仆，同去的还有基里亚克，也好让他找个看门或者其他的差事。

路变干了，天气也暖和了，他们准备动身上路了。奥莉加和萨莎各自背着一个包袱，穿着树皮鞋，天亮前就出发了。玛丽亚为她们送行。由于身体不好，基里亚克还要在家里待上一个礼拜。奥莉加最后一次面对着教堂在胸前画十字，她默默地祷告着。她想起了自己的丈夫，虽然没有哭出声来，但她的脸却像老太婆一样皱巴着，难看极了。经过这个冬天，奥莉加瘦多了，也变丑了，头发有点灰白，脸上再也没有了昔日那种动人的风韵和愉快的微笑。丧夫之后的她只有一种悲哀的听之任之的神情。她的目光也有点呆板、迟钝，耳朵仿佛聋了似的。她真的舍不得离开这个村子和这些农民，她想起了他们抬着尼古拉走在大街上的样子，想起了他们在一座座农舍旁边为尼古拉安魂祈祷，想起了大家同情她的悲痛，陪她哭泣的日子。在夏天和冬天的一些日子里，这些人过得简直比牲口还要糟糕。和他们一起生活的状态也是可怕的，他们诡诈、肮脏、粗鲁、酗酒、猜疑、吵架，彼此也不尊重，互相猜疑。是谁挥霍掉了村社、学校和教堂的公款？是谁偷了邻居家的东西？是谁在地方自治会和其他会议上大声地第一个出来反对农民？他们受苦、流泪，忍受着沉重的劳动，他们浑身酸痛，粮食歉收，住房拥挤，但却得不到任何帮助。那些有钱有势的人是不可能帮助他们的，那些小官和地主管家也把他们看成乞丐。至于那些吝啬、放荡、贪婪的懒人，他们来到农村只是为了掠夺、吓唬、欺压农民，更谈不上帮助他们了。奥莉加想起了去年冬天基里亚克遭受树条的体罚时，老头子和老奶奶的模样是多么可怜而悲惨！她替所有人感到难过，现在她一边走，一边频频回头看着那些小木屋。

已经走出村子三俄里了，玛丽亚要和奥莉加告别了，她跪了下来，不停地磕头，并大声痛哭道："我的命真苦啊，又剩下我一个人了，我是多么可怜、多么不幸啊……"

玛丽亚哭诉了很长时间，奥莉加和萨莎走出了很远，还能看到她跪在地上的身影。她双手抱头，不停地向两边叩着头，白嘴鸦在她的头顶上空飞来飞去。

太阳升起来了，天气变热了。茹科沃村被远远地抛在了后面，奥莉加和萨莎很快就忘掉了村子，忘掉了玛丽亚。离开村子的她们变得高兴起来，样样东西都看着顺眼了，有时可能是一个土岗，有时可能是一排电线杆，还有电线杆上发出神秘嗡嗡声的电线。远处绿树丛中有个小村子，从村子里飘来一股潮气和大麻的香味，好像那里住着一些幸福的人似的。空旷的田野里有一具马的尸骨，形成一个孤零零的白斑点。树上的云雀唱着婉转的歌儿，鹌鹑的叫声也此起彼伏，互相呼应。一阵急促的叫声传来，这是一只秧鸡发出的断断续续的叫声，就像有人在猛地拉扯旧的铁门环一样。

中午时分，奥莉加和萨莎在一个大村子的宽阔马路上遇到了一个老头子，他就是茹科夫将军家的厨子。他那冒汗的红秃顶在阳光下热得直流汗。刚开始奥莉加和萨莎并没有认出他来，后来双方虽然都认出了对方，但却一句话也没有说，就各走各的路了。她们在一座显得阔气的木屋前停了下来，奥莉加对着敞开的窗户深深地鞠了一躬，并用尖细的喉咙唱道：

“正教徒啊，看在基督的份上，给我们一点施舍吧。上帝会保佑你们的，保佑你们的双亲在天国里得到永久的安息。”

“正教徒啊，”萨莎也跟着母亲唱了起来，“看在基督的份上，给我们一点施舍吧。上帝会保佑你们的，会保佑你们的双亲在天国……”

瞎琢磨

炎热夏天的中午，空中毫无声息，也看不见一只飞鸟……整个世界就像一座被上帝遗忘了的庞大庄园。一棵树叶低垂的老椴树长在典狱官雅什金的住宅旁，树下摆着一张三条腿的小桌，雅什金和他的客人、县立中学校长彼牟伐夫坐在桌子的旁边。两人都解开了坎肩的纽扣，由于天气太热，他们红彤彤的脸上布满汗水，神情有些呆板——炎热的天气使他们变得麻木了，彼牟伐夫的嘴唇向下耷拉着，脸色暗黄，一副无精打采的样子。雅什金眉宇之间的皱纹和眼睛的变化，表明他有许多心事……两个人我看看你，你看看我，相对无言。他们喘息着挥动巴掌去拍打苍蝇，以此发泄内心的烦躁。

一个细长颈的盛着伏特加的玻璃瓶放在小桌上，旁边摆着一块又老又硬的熟牛肉，他们喝了一杯，又一杯，第三杯酒也被喝光了……

“是啊！”雅什金突然开口道，他的话说得太突然了，以致趴在桌子旁边的狗被吓得浑身一抖，它本来是在那里打瞌睡的，现在只好夹起尾巴跑到一边去了，“是啊！怎么说好呢，菲利普·马克西梅奇，俄语里的标点符号确实有很多是没有用的！”

“何以见得？愿闻其详。”彼牟伐夫谦虚地问道，说话间他从酒杯里捞出了苍蝇的一只翅膀，“虽然标点符号有很多，可它们中的每一个都有自己的意义和用法。”

“算了吧！您那些标点能有什么意义啊？只不过是您的想法稀奇古怪罢了……有的人竟然在一行文字中加上了十个标点，还自以为挺聪明呢。比如说，副检察官梅里诺夫就习惯在每个词的后面都点上逗号，这又是何苦呢？仁慈的先生，逗号，某月某日巡查监狱，逗号，我发现，逗号，犯人们，逗号……呸！真叫人恶心！有些书也是这样……分号、冒号以及各种各样的引号，让人看着都眼花缭乱。有的家伙可能觉得点上一个句号还不过瘾，索性就点上一串的点……这是何苦呢？”

“做学问需要这样啊……”彼牟伐夫叹着气说。

“这叫什么学问，简直是神经错乱，根本就不是什么学问！他们只不过是装模作样想要炫耀罢了！比如说，其他外语里没有的字母，俄语里却有。有的词多一个字母、少一个字母都一样，您说这样的字母还有存在的必要吗？”

“谁知道您在说些什么呀，伊里亚·马尔丁内奇！”彼牟伐夫不愉快地说，“一个词怎么可以有两种写法呢？您这样说真让人觉得别扭！”

彼牟伐夫端起酒杯一饮而尽，扫兴地把脸转向一边。

“这是真的，就因为这样的事情，我还挨过揍呢！”雅什金解释道，“有一次，老师叫我在黑板上默写课文，我刚写完一句话，就挨了老师一巴掌，他说我写错了一个字母。一个星期后，我又被叫到黑板上默写，写的还是上次那句话。这回我是按照老师说的写的，令人意想不到的是，他又扇了我一个耳光。我向他抗议，问他这是为什么？这种写法可是他告诉我的啊！他说他上次记错了。昨天他读了一位科学院院士写的文章，文章里的这个词就是这样写的，这个字母是照古体写的，他认同院士的意见。之所以又打了我一次，是为了让我记住……就这样，我白白地挨了两巴掌。现在我的儿子瓦夏也常常因为这个字母挨老师的打，耳朵都肿了……如果我是教育大臣的话，我就下一道禁令，绝不允许这帮人用这个怪字母来折腾人！”

“再见了，”彼牟伐夫长长地叹了一口气，眨眼间就穿上了自己的大衣，“既然您想谈学问，那我就不想听了……”

“算了，算了，还是算了……您怎么还真生气啦？”雅什金说道，紧紧地扯住彼牟伐夫的袖子，“我只不过随便说说罢了……算了，不说了，我们坐下来接着喝酒吧！”

彼牟伐夫虽然心里很厌烦，但也只好坐下来，他喝了一口酒后，就把脸扭向一边。两人有一阵子没有说话。厨娘菲奥娜从喝酒的两人身旁走过，她端着一木盆脏水，接着就传来泼洒脏水的声音以及挨了水泼的狗的叫声。彼牟伐夫那张呆板的脸显得更没有精神了，雅什金则紧锁着眉头，前额上的皱纹更深了。他盯着那块又老又硬的牛肉，在想着自己的什么心事……

一个有残疾的仆人朝小桌子走了过来，斜着眼睛看了看酒瓶——酒瓶空了，于是又送来了一瓶酒。他们继续默默地喝着酒。

“是啊！”雅什金又开口了。

彼牟伐夫浑身一激灵，吃惊地看着雅什金，估计这位地主可能又要信口雌黄、胡说八道了。

“是啊！”雅什金又重复道，并满怀心事地看着酒瓶，“依我看，学问里有许多东西是无用的！”

“您倒是说说，您怎么会有这种想法呢？”彼牟伐夫小声问道，“那您认为什么样的学问是多余的呢？”

“一切学问都是多余的！一个人的学问越大，就越自以为是，越傲慢……我发自内心地痛恨这些……希望这些学问全都被废除……您看，您看，您又生气了不是？您这种人，真是太爱生气了。说一句不合您意的话都不行！坐下，坐下！让我们接着喝酒！”

胳膊胖胖的菲奥娜端着一大碗绿菜汤走了过来，气哼哼地把汤摆在他们面前。紧接着，一阵响亮的喝汤声响起来了，还有吧嗒嘴唇的响声，仿佛从地底下钻出来似的。三条狗和一只猫立马出现了，它们蹲在桌子前面，眼巴巴地望着他们嚼东西的嘴。送完菜汤以后，菲奥娜又端来一大碗牛奶粥，碗被她狠狠地放在桌子上，桌上的汤勺和面包皮都被震得掉到地上了。

喝粥之前，两个朋友又默默地喝了一会儿酒。

"这个世界上的一切都是无用的！"雅什金突然大声说道。彼牟伐夫吓得手里的勺子都掉到了膝盖上，他惊讶地张着嘴巴。这位校长本来想说些什么，无奈的是，他的舌头因为喝太多酒而有些麻木，而且还被黏糊糊的粥给裹住了，因而不太灵活，说了好几次"愿闻其详"，也没有清楚地表达出来，发出来的只是支支吾吾的响声。

"一切都是多余的……"雅什金继续说道，"各种各样的学问，各种各样的人，都是多余的。苍蝇多余、监狱多余、粥也多余，就连您也是多余的。虽然您是个好心人，也信仰上帝，但是，您同样是多余的……"

"再见了，伊里亚·马尔丁内奇！"彼牟伐夫有些木讷了，他急于穿上大衣，却怎么也找不到袖子。

"虽然我们现在都吃饱了，喝足了，可这又是为了什么呢？什么原因也没有……这一切都是多余的……我们不停地吃，却不知道为什么要吃东西……算了，算了，您又生气了！我说这些，只不过是想要找个话题！您要去哪里呀？不如我们再坐下来聊一聊，再喝上几杯，好吗？"

两人又沉默了一阵，碰杯的声音不时响起，还有酒后打饱嗝的声音……太阳快要在西方落下了，椴树的影子越来越长了。菲奥娜怒气冲冲地走过来，哼了两声，使劲地甩着胳膊，在桌子旁边铺了一小块地毯。两个朋友默默地喝完最后一杯酒，躺在地毯上，背对着背，准备睡觉了……

“真是谢天谢地！”彼牟伐夫心里想，“幸亏他今天没有扯到上帝创造世界的事情，也没有扯到宗教等级之类的，否则，就是圣徒听了也会毛发倒竖、难以忍受的……”

醋栗

早晨起来后，整个天空便乌云密布，没有一丝风，虽然不热，但却让人烦闷不堪。每逢天色晦暗、阴霾四合的日子，原野上空就会乌云低垂，一副欲雨未雨的样子。中学教师布尔金和兽医伊万·伊万内奇，在这片仿佛没有尽头的原野上十分吃力地走着。前方的米罗诺西茨科耶村磨坊的风车隐约可见。右边是绵延起伏的山丘，最后也消失在村子后面的远方了。他们都清楚哪儿有河岸，哪儿有牧场、绿柳和庄园。如果登上一个山头，放眼望去，一片广袤无垠的原野就会出现在眼前，还有电报线杆和远处宛如爬虫似的火车。如果天气晴朗，还可以看到远处的城市。眼下正值无风的季节，整个大自然显得恬静而温顺。伊万·伊万内奇和布尔金挚爱着这片田野，两人都由衷地发出感慨：多么辽阔、多么美丽啊！

"上一次，我们住在村长普罗科菲的堆房里时，"布尔金说，"您不是打算给我讲一个故事吗？"

"是的，我当时是想讲讲我弟弟的事情。"

伊万·伊万内奇长叹一声，吸起了烟斗。当他正准备开讲时，天却下起了雨。四五分钟后，已经变成了瓢泼大雨，难以推测什么时候才能停下来。伊万·伊万内奇和布尔金一时也拿不定主意下一步该怎么办，他们的狗夹着尾巴站在那里，浑身都湿透了，不过还是温顺地望着他们。

“我们还是找个地方避避雨吧，”布尔金说，“我们可以到阿廖兴家去，那离这儿不远。”

“好，我们走吧。”

他们穿过已经收割过的田地，时而拐向右边，时而照直走，最后来到一条大路上。首先映入眼帘的是白杨树林和花园，然后是红色屋顶的谷仓，还有一条波光粼粼的大河，河湾上的一座磨坊、一间白色的浴棚出现在了眼前，景色顿时豁然开朗，这是阿廖兴居住的地方——索菲诺村。

隆隆作响的磨坊运转的声音压过了雨声，水坝被震得抖动着，几匹湿淋淋的马低垂着头伫立在大车旁边。一些披着麻袋的人来来去去。到处一片潮湿、泥泞，让人感到憋闷。河湾看上去显得冰冷而险恶。布尔金和伊万·伊万内奇被淋得浑身湿漉漉的，极不舒服，两只脚上沾满了烂泥，步履显得很沉重。他们淌过水坝，向上直奔主人家的谷仓，一路上两人都没有作声，好像彼此之间正在赌气似的。

谷仓里的簸谷机发出轰鸣的响声。谷仓的门敞开着，尘土直往外冒。阿廖兴独自站在门口，他四十来岁，长得又高又胖，头发长长的，完全不像地主，倒像一位教授或者画家。他穿着一件很久没有洗过的白衬衫，用绳子充当腰带，衬裤代替了外面的长裤，烂泥和麦秸沾满了他的靴子。他的鼻子和眼睛黑乎乎的，满是灰尘。他一眼就认出了伊万·伊万内奇和布尔金，十分高兴。

“请先到我的家里去吧，两位先生，”他微笑着说，“稍等一会儿，我这就来。”

阿廖兴的家是一座两层楼的大房子。楼下两个有拱顶和小窗的房间是阿廖兴住的，这里原本是管家们居住的地方。室内的陈设十分简单，一股黑面包、廉价白酒和马具的混合气味不时地传来。楼上的正房一般没有人住，他也很少进去，除非来了客人。接待伊万·伊万内奇和布尔金的是一个年轻漂亮的女仆，看到女仆如此漂亮，他们都不禁愣愣地站在那里，面面相觑。

“先生们，见到二位我实在是太高兴了，”阿廖兴一边走一边说，“真没想到啊！佩拉格娅，”他回头对女仆说，“快给我的客人们拿几件干净的衣服换一换。顺便也给我拿一件，我也要换一下衣服。哦，对了，我得先去洗洗澡，开春以来我好像还没有好好洗过澡呢。两位先生，你们想不想和我一起去浴棚一趟？趁此空当他们可以先收拾收拾这儿。”

美丽的佩拉格娅待人既有礼貌，又很温柔，很快就给他们送来了浴巾和肥皂。接着，三个人就一起去了浴棚。

“是呀，我已经好久没洗过澡了，”他边脱衣服边说，“你们看，我的浴棚还不错吧，这是我父亲亲手盖的。可是，我也不知道怎么搞的，总觉得没有时间洗澡。”

阿廖兴坐在台阶上，往自己的长头发和脖子上抹着肥皂，从他身上流下来的水立即就变成了棕褐色。

“是的，我看也是这样……”伊万·伊万内奇意味深长地说。

“我已经很久没有洗澡了……”阿廖兴不好意思地反复说着，再次用肥皂擦洗了一遍身子，这次流下来的水是像墨水一样的深蓝色。

伊万·伊万内奇来到棚外，扑通一声跳进水里，他抡开胳膊，冒雨游了起来，激起了层层波浪，白色的睡莲随波摇荡。他游到河湾中央后就潜入水中，一分钟后又从另一个地方冒了出来，然后继续向前游，并接连下潜，试图探到河底。“啊，我的上帝呀……”他痛快地反复说道，“啊，我的上帝呀……”他一直游到磨坊跟前才停下来，跟那里的几个农民聊了一会儿天，又往回游去，来到河湾的中央，他仰面躺在水上，让大雨任意淋着自己的脸。布尔金和阿廖兴已经穿好衣服准备回去了，他却还在一个劲地游着，反复潜水。

“啊，我的上帝呀……”他再三地说，“啊，主啊，求您发发慈悲吧。”

“您也该游够了吧！”布尔金高声朝他喊道。

三个人回到了宅子里，楼上的大客厅里灯火通明，布尔金和伊万·伊万内奇穿上了丝织的长便服和暖烘烘的便鞋，坐在圈椅里。阿廖兴已经洗了脸，梳好了头，正穿着一件新上衣在客厅里踱来踱去，这时的他感到温暖而洁净，干爽的衣服，轻便的鞋子，这一切都使他的心情舒畅极了。美丽的佩拉格娅轻轻地在地毯上移动着脚步，面带温柔的微笑，用托盘送来了果酱和茶。直到这个时候，伊万·伊万内奇才想起来讲他的故事。倾听他讲述的除了布尔金和阿廖兴，还有那些从墙上的金边画框里平静而严厉地看着他们的夫人和军人。

“我叫伊万·伊万内奇，弟弟叫尼古拉·伊万内奇，我们是亲兄弟，”他开口道，“弟弟比我小两岁。我选择了自然科学之类的工作，后来当了一名兽医，而尼古拉从十九岁起就在省税务局的办公室里工作。我们的父亲奇姆沙－吉马莱斯基是一位世袭兵，由于长期服役而取得了军官衔，因而也为我们留下了一份小小的田产和世袭贵族的身份。父亲去世以后，那份田产被法院判给别人抵了债。但不管怎样，我在乡下的童年生活还算自由自在。我们整天在田野里、树林中奔跑，看守马匹，剥树皮，钓鱼，就像农民的孩子一样。你们也知道，一个人一生中哪怕只钓到过一条鲈鱼或者在秋天见到过一次鸫鸟南飞，那么，他从此就不能算是城里人了，他一直到死都会对这种自由的生活魂牵梦绕。我的弟弟在省税务局工作，他也是满腹乡愁。日子年复一年地过去，他始终在同一个单位工作，抄写同样的文件，难免让人想回到家乡去。他的思乡之情渐渐地变成了一个明确的目标，一个明确的理想——在河边或湖畔为自己购买一座小小的庄园。

“他是一个性情温顺、心地善良的人，我也非常爱他，但我始终无法认同他想把自己终身禁锢在私家庄园里的愿望。人们常说：一个人只要有三俄尺的土地就足够了。可是，需要三俄尺葬身之地的是死尸，而不是活着的人。如今的人还常说，如果眷恋土地的知识分子都竞相入住庄园，这倒是一件好事。可是，这一座座的庄园与那三俄尺的土地又有什么区别呢。远离斗争，远离喧嚣，远离城市，隐居在自家的庄园里——这怎么称得上是生活呢，这只是自私、懒惰的表现，虽然也是一种修行生涯，但终究难以修成正果。一个人需要的不是三俄尺的土地，也不是一座远离城市的庄园，而应该是整个大自然，整个地球，只有在广阔的天地里，人们才可能显示出自身自由精神的种种优良品性。

“坐在办公室里的尼古拉，一直梦想着有朝一日能喝上自家制作的满院飘香的白菜汤，能够坐在绿草地上用餐，坐在大门口的凳子上长时间地眺望田野和森林。于是，各种农艺方面的小册子和日历上五花八门的建议，成了他赏心悦目和心爱的精神食粮。虽然我弟弟也喜欢看报，但仅仅限于那些出售若干俄亩耕地和牧场，连同庄园、溪流、果园、磨坊，以及数处活水池塘的广告，这时他就会想象那些花园中的一条条小径，满树的水果，遍地的鲜花，笼中欢歌的椋鸟，池塘里成群的鲫鱼。他就是这样，尽想着诸如此类的好事。这些想象中的图景也千变万化，需要根据他所见到的广告内容而定，但不知为何，每次的画面上必定会有醋栗。如果任何一座庄园、任何一个富有诗情画意的去处没有醋栗，他就会觉得这实在是太可怕了。

“‘乡间的生活自有它的种种惬意之处，’他经常这样说，‘你可以坐在自家的阳台上，一边喝茶，一边欣赏一只只小鸭在池塘中悠游戏水，四周的花香扑鼻而来，同时……同时醋栗也是枝繁叶茂。’他不断地描绘着自家田庄的规划图，不过每一次图上的事物都是相同的：a. 主人的正房，b. 仆人的房间，c. 菜园，d. 醋栗。他过得十分吝啬，舍不得吃，舍不得喝，穿得破破烂烂的，简直像个叫花子。他一个劲地攒钱，不断地往银行里存钱，贪婪得让人觉得可怕。看见他这样，我很心疼，因此经常给他送点东西，逢年过节都给他寄点钱，但他一个子儿也不用，把它们都存了起来。他就是这样打定了主意，你简直拿他没有办法。

“过了许多年，他被调到另一个省工作。这时他已经四十多岁了，依然在读报纸上的广告，依然在不断地存钱。后来我听说他结婚了——只不过是想购置一座有醋栗的庄园罢了，他娶了一位相貌丑陋的老寡妇，根本就没有什么感情，只不过因为她有几个钱而已。结婚后他依旧吝啬，只给妻子吃个半饱，就连妻子的钱也以他的名字存进了银行。她的前夫是一位邮政局长，在家里喝惯了果子露酒，吃惯了馅饼，而来到这个二婚丈夫的家里后，连黑面包也吃不上多少。这种日子把她折磨得日渐憔悴，不出三年就把自己的灵魂交给了上帝。当然，我的弟弟根本没有意识到，他对妻子的死难辞其咎。金钱也会像烧酒一样把人变成怪物。这样的人到处都是，当年我们城里就有一个这样的商人，眼看自己性命难保，临终时他叫人给他端来一碟蜂蜜，然后将所有的钱和彩票就着蜂蜜统统吃进了肚子里；他不愿意留给任何人。还有一次，我在火车站检验畜群，有个牲口贩子失足跌到了机车底下，轧断了一条腿，我们把血如泉涌的他抬到急诊室里，情形可怕极了，但他却再三要求找回他的那条断腿，因为那条断腿的靴子里装有二十个卢布，他生怕找不着了。”

“您怎么越说越远了呢。”布尔金说。

“我的弟媳妇死后，”伊万·伊万内奇沉默了大约半分钟，又接着讲道，“我弟弟便开始着手物色田产。他通过经纪人购买了一处别人抵债的庄园，大约有一百一十二俄亩土地。庄园里有主人的正房、仆人的下房，还有一个花园，但却没有果园和醋栗，也没有池塘和小鸭。河倒是有一条，但河水黑得像咖啡一样。不过，我的弟弟尼古拉·伊万内奇并未因此感到沮丧，他订购了二十株醋栗，把它们一一栽好，随即过上了地主的生活。

“去年，我决定到他的庄园去看看他，因为我弟弟在来信中总是把自己的田庄叫做‘吉马莱村’或者‘丘姆巴罗克洛夫荒原’。我在下午的时候抵达‘吉马莱村’。当时天气炎热，一条条沟渠、一道道围墙和一道道篱笆，还有成排成排的云杉，简直弄得你不知如何才能走进院子里，把马拴到哪儿。我朝正房走去，一条棕红色、肥得像头猪的大狗迎面扑来，它似乎想叫几声来提醒主人，可又懒得开口。一个赤着双脚的厨娘从房里走了出来，她也胖得像一头猪，她告诉我老爷正在休息。我来到弟弟的房间，他正坐在床上，膝头上盖着被子，他发胖了，皮肤也松弛了，脸颊、鼻子、嘴唇全都向前突出，显得苍老了不少。

“见面后，我们相互拥抱，都流下了高兴而又伤感的热泪。想当年我们也曾青春年少，如今已是满头白发。尼古拉穿好衣服，带我去参观他的田庄。

“‘我亲爱的弟弟，你在这儿过得如何？’我问。

“‘还可以，这得感谢上帝让我过得如此的好。’

“他不再是往日那个畏畏缩缩、可怜巴巴的小职员了，俨然成了一位真正的地主老爷。他已经对这儿的生活习以为常，而且过得津津有味。他经常去澡堂里洗澡，还喜欢大吃大喝，他的身体不断发胖，如果农民们不叫他‘老爷’，他就会大为恼怒。他总是以老爷的方式，郑重其事地关心自己的灵魂是否能得到拯救，还煞有介事地做起了善事，然而那又都是些什么善事呢？比如，每到自己的命名日就在村子里举行感恩祈祷仪式，然后拿出半桶白酒赏给农民们喝，或者用苏打和蓖麻油给农民们治病，他还认为自己做得很对呢。可是，那是多么可怕的半桶酒呀！今天这个肥头胖耳的地主还拽着一个农民去见地方行政长官，大声指控农民的牲口祸害了他的庄稼和草场，可是等明天遇到一个什么隆重的日子，他又会赏给他们半桶白酒。他们也会一边喝酒，一边高呼‘乌拉！’喝醉酒的人还会向他深深地鞠躬。这就是俄罗斯人，一旦他们的生活改善了，不愁吃喝了，他们就会无所事事，还会滋生出妄自尊大、骄横无比的毛病。当初在税务局工作的尼古拉·伊万内奇根本不敢发表自己的见解，如今他说起话来倒句句都成了真理，而且那口气也是如此之大，什么‘教育是必需的，但对百姓来说还为时尚早’之类，还有什么‘一般而言，体罚是有害的，但在某些情况下它也是有益的，而且是无可替代的’，等等。

“他还常说自己了解农民，懂得如何与他们相处，还有农民们都爱戴他，只要他动一动小指头，农民们就会一一照办。

“请注意，所有这些话都是他带着慈祥而精明的微笑说出来的。他不下二十次反复提到‘我身为贵族’、‘我们贵族’之类的话语，显然已经忘了我们的祖父其实就是庄稼汉，而父亲也只是一个大兵，即使我们的姓‘奇姆沙－吉马莱斯基’，实际上也是颇为荒诞无稽的，但如今他却觉得既响亮又高贵，十分悦耳。

“不过问题也并不全在于他，有些是在于我自己。我想对你们讲的是，当我在他的庄园里做客时，我也发生了一些变化。傍晚时分，我们正在喝茶，厨娘给我们端来了满满一大盘醋栗。这些醋栗并不是买来的，而是自己家里种的，自从栽下这些苗木以来，这还是头一次收获果实呢。尼古拉·伊万内奇喜笑颜开，默默地注视了那盘醋栗足足一分钟，两眼饱含热泪，激动得说不出一句话来。然后，他放了一粒醋栗进嘴里，那兴高采烈的神情，仿佛一个孩子得到了自己心爱的玩具一般。

“‘真好吃呀！’

“他一边狼吞虎咽地吃着，一边反复不停地说：

“‘啊，真是好吃！你也来尝尝吧！’

“其实那些醋栗又酸又硬，不过却正合了普希金所说：‘我们喜爱吹捧我们的谎言，胜过喜爱许许多多的真理。’我眼前这个幸福的人就是如此，他梦寐以求的理想终于变成了现实，他的生活目标也已经达到了，得到了自己希望得到的东西，自己的命运和个人本身都让他感到心满意足。平日，我想到人类的幸福总是掺杂着一丝伤感，如今目睹了这个幸福的人后，我的内心竟充满了近乎绝望的沉重感。夜间我的心情尤为沉重。我的床铺就在我弟弟卧室隔壁的房间里，我听到他频频起身走到那个碟子跟前，每次都吃一颗醋栗。我暗自思索，其实满足而幸福的人是大有人在的啊！但这又是一种令人沮丧的力量！你们就看看我弟弟的这种生活吧！强者总是游手好闲、专横跋扈，弱者总是做牛做马、蒙昧无知，无法想象的贫困、伪善、拥挤、酗酒、堕落、谎言到处可见……与此同时，所有的家庭和街道却风平浪静，城里的居民达五万之多，但却没有一个人敢于振臂疾呼，表示愤慨。我们看到的只是人们白天到市场采购食品、吃饭，夜晚睡觉，还有满口的废话，出生、结婚、衰老，心平气和地为死去的亲人送葬。而对那些受苦受难，在幕后某些角落里悲惨生活的人，我们却充耳不闻，熟视无睹。一切都毫无声息，一切都平和安定，提出抗议的只是一些无法出声的统计数字：有多少人发疯了，有多少桶白酒被喝掉了，有多少孩子因为营养不良而死掉了……这样的社会秩序自然不可或缺。但是，一个幸福的人之所以感到舒心，显然是因为有许多不幸的人在无言地忍受着他们的重负，如果没有这些人的沉默，自认为幸福之人的幸福便无从谈起。这是一种常见的麻木不仁，在每一个心满意足、自以为幸福的人的门外，都应该站上一个手里拿着小锤的人，不断地敲门提醒他，世上还有不幸的人。无论他眼下多么幸福，生活早晚会向他伸出利爪，灾难也必定不会放过他——贫穷，疾病，损失，将会接连不断。到时谁也不会看他，谁也不会听他，正如他现在看不见、听不见别人一样。然而，世界上并没有拿小锤的人，幸福的人自然也就度日如常了，只有一些生活琐事在搅扰着他们的安宁，但是却仅如一阵清风掠过杨树，终归会万事顺意。

“直到那天夜里，我才明白其实自己同样也有心满意足、自以为幸福的感觉。”伊万·伊万内奇接着说，“在吃饭、打猎时，我也爱训导别人，大谈特谈应当如何信奉宗教，如何生活，如何驾驭百姓。我同样习惯说学习就是光明，教育是必不可少的，只是对当前的平民百姓来说，识几个字就足够了。我也常说，自由是一个好东西，没有自由就像没有了空气，那是万万不行的，但是自由的事还需要再等一等。是的，我以往也是这样讲的，现在我却要问，为什么要等一等呢？”伊万·伊万内奇看着布尔金，生气地问道，“我倒要问问你们，为什么一定要等一等？你们居心何在？人们常说，一切事情都不能一蹴而就，任何思想要变为生活现实都是需要循序渐进的。可是，这话又是谁说的？又有什么证据表明这句话说得有道理呢？你们也许会说事物的自然规律和社会现象就是如此。但是，我是一个有思想的活人，站在一道深沟面前，我可以跳过去，也可以在上面搭一座桥走过去，而你们却偏要让我等着这条沟自己合拢，还有人让我等待淤泥把它填满了再过去，请问这合乎规律性和合法性吗？再说，我为什么要一味地等待下去呢？难道让我等到活不下去的时候吗？可人们是必须活下去的啊！

“那天一大早，我就离开了弟弟的庄园，从此，我便难以忍受待在城里，城市里的寂静和安谧让我感到压抑，别人的窗户也让我感到害怕，对我而言，一想到幸福的一家人围桌而坐在一起喝茶，我就难过异常。我已经老了，不会再为斗争而感到自豪了，甚至也没有能力憎恨了。我的内心只是感到一阵悲伤，一阵气愤，一阵懊丧，夜夜思绪如潮，我头痛欲裂，无法安眠……唉，要是现在的我还年轻该多好啊！”

伊万·伊万内奇激动无比，从一个屋角走到另一个屋角，反复地说：

“要是我还年轻，那该有多好啊！”

伊万·伊万内奇突然走到阿廖兴面前，一会儿抓住他的这只手，一会儿又抓住他的那只手。

“帕维尔·康士坦丁内奇，”他恳求道，“您可不能安于现状啊，也千万不要麻木不仁啊！趁着自己还年轻力壮、生气勃勃，您一定要坚持不懈地做些好事！幸福根本就是没有的，也是不应该有的。如果生活真的有意义和目标的话，它的意义和目标也绝不会是我们的幸福，而应该是某种更为合理和伟大的东西。还是让我们做好事吧！”

说这番话时，伊万·伊万内奇一副可怜巴巴、苦苦哀求的样子，仿佛他是在为自己的事求人似的。

之后，三个人在客厅不同角落的圈椅里坐了下来，都没有出声。伊万·伊万内奇所讲的故事并没有让布尔金感到满足，也没能让阿廖兴感到满足。昏黄的灯光中，金边画框里的将军和夫人们就像活人一样俯视着他们。此时此刻讲一个可怜的小职员吃醋栗的故事，未免让人感到索然无味。不知为何，他们很想讲讲或者听听有关女人的故事。眼下美丽的佩拉格娅正悄无声息地走来走去——这比任何故事都让人觉得更加美妙动人。

阿廖兴疲惫极了，凌晨两点多他就起床干农活了，现在他的眼睛都快睁不开了。但是，他唯恐自己走后客人们会讲一些有趣的故事，所以硬撑着舍不得离开。他并不想深究刚才伊万·伊万内奇所讲的是否正确，是否有道理。客人们谈论的不是米麦、干草和煤焦油，那些与他的生活毫无关系的事情令他感到高兴，所以他希望客人们一直谈论下去……

“该睡觉了，”布尔金一边说一边站起身来，“我向二位道晚安了。”道别后，阿廖兴下楼回到了自己的住处，客人们依然留在楼上。他们被安排在楼上的一个大房间里过夜，房间内放着两张老式的雕花木床，屋角还有一个象牙制作的耶稣受难十字架。美丽的佩拉格娅为他们铺好了被褥，散发着一股新洗过的清新气味。

伊万·伊万内奇脱掉衣服后就躺了下来。

“主啊，饶恕我们这些罪人吧！”他说完就蒙头大睡。

放在桌上的烟斗发出一阵阵刺鼻的烟油味，让布尔金久久无法入睡，他始终没有弄明白这股难闻的气味是从什么地方传来的。

窗户彻夜被雨点敲打着。

猎 手

一个又闷又热的中午，天上没有一丝云彩。草被太阳晒得发了蔫，一副无精打采的样子，就算立马下一场雨，它也不会像以前那样绿了。树木静悄悄的，一动也不动，树冠好像在凝视着什么，又好像在等待着什么。

林间的空地边缘，一个高个子、窄肩膀的男人正懒洋洋地走着，看上去也就四十岁上下的样子，他上身穿着一件红衬衫，下身则是一条老爷穿过的已经打了许多补丁的裤子，脚上是一双大皮靴。他沿着道路不停地走着，左边是成熟的黑麦，右边则是绿色的林间空地，成熟的黑麦像金黄色的海洋一般铺展到遥远的地方……这个男人满头大汗，脸色通红，有着一头好看的淡黄色头发，一顶白色的便帽让他看起来很神气，直直的帽檐让人想起了骑手帽。看样子，这顶帽子可能是一位慷慨的地主少爷送给他的。男人的肩膀上斜挎着一个猎物袋，一只团成一团的雷鸟被装在里面。他手里端着一把双筒猎枪，枪的扳机已经被扣住了。他正眯缝着眼睛看着自己的猎犬，这是一条又老又瘦的猎狗，跑在前面，不停地在树丛中嗅来嗅去。四周静悄悄的，没有任何声音，所有动物都藏在隐秘的地方躲避炎热。

“叶果尔·弗拉西奇！”猎人忽然听见有人轻声喊自己的名字。

他皱了皱眉头，浑身不由得一颤，回头看时，一个脸色苍白的女人站在他的身边，仿佛从地底下钻出来似的，看样子她刚刚三十出头，手里还拿着一把镰刀，正眼巴巴地望着他的脸，腼腆地笑着。

“哦，原来是你呀，别拉盖娅！”猎人停住脚步，缓缓地松开了扳机，说，“嗯！……你怎么跑到这儿来了？”

“我们村子里的婆姨们都来这里做工，我就跟着她们一起来了……我是来做短工的，叶果尔·弗拉西奇。”

“这样啊……”叶果尔·弗拉西奇不知道说什么好，就继续慢腾腾地向前走着。别拉盖娅一直跟着他，两人都没有说话，就这样大约走了二十多步。

别拉盖娅温柔地看着猎人晃动的肩膀和肩胛骨，接着说道：

“我好长时间没见到您啦，叶果尔·弗拉西奇……复活节的时候，您还在我们的小屋里喝过水呢，自那以后，我就再也没有见到您……而且，复活节那天您喝得醉醺醺的，天知道是怎么回事……您骂我，还打我，然后就走了……我等啊，盼啊……可您连个身影也没有……我一直等着您啊……哎，叶果尔·弗拉西奇，叶果尔·弗拉西奇！哪怕您来一次也好啊！”

“我又没什么事，到你那儿去做什么呀？”

“难道非得有事可做才能来吗？不过，我那里总还是有些家务活……或者看看我过得怎么样……您可是主人啊！您已经打到一只雷鸟啦，叶果尔·弗拉西奇！您能不能坐下来休息一会儿……”

说这些话的时候，别拉盖娅像个傻姑娘似的微笑着，仰着头看着叶果尔的面庞，脸上洋溢着一种幸福的表情……

“坐一会儿？那好吧……”叶果尔漫不经心地说，然后在两排枞树之间的空地上坐了下来，“你怎么还站着啊？也坐下来吧。”

别拉盖娅在稍远一点的地方坐了下来，正好坐在了太阳地里，她为自己的欣喜而觉得有些不好意思，于是伸出一只手捂住自己的嘴巴。足足有两分钟，两人都没有说话。

“哪怕您能来一次也好啊。”别拉盖娅小声地说。

“你让我干什么去呀？”叶果尔叹了一口气，然后摘下帽子，并用袖子擦了擦红红的额头，“根本就没有必要去嘛，去一次就得一两个小时，简直白白浪费工夫，还会给你添麻烦。可是，如果让我一直住在村子里，我又受不了……你也了解我的，我是个过惯了舒服日子的人……希望有好茶叶，有柔软的床，还能和其他人客客气气地聊天……我想拥有各种各样讲究的东西，可你住的那个村子穷得要命，屋子里满是煤烟灰……我是连一天也不能待的。如果领导有一道命令，让我必须住在你那里的话，我就会放一把火烧掉你的那间小屋，或者自杀。我从小就娇生惯养，对这样的生活，我一点办法也没有。”

“那您现在住在什么地方呢？”

“我住在德米特里·伊万内奇老爷家里，当一名猎手。他家餐桌上的野味都是由我提供的，不过，他收留我的原因大部分还是……还是为了取乐。”

“您干的这是什么事啊，叶果尔·弗拉西奇……在别人眼里，打猎只不过是玩玩而已，您倒把它当成一门手艺，还以为是什么正经营生……”

“你怎么就不明白呀，你真是傻，”叶果尔望着天空，目光里充满了幻想，“你根本就不理解我，你大概一辈子也不会理解我是一个什么样的人……在你眼里，我不过是一个吊儿郎当、不务正业的人，可一些明白人却把我看成是全县顶尖的射手。一些发现我优点的地主，甚至还在杂志上发表文章来评论我呢。在打猎这一行，没有人能与我相比……我之所以看不起乡下的各种庄稼活，并不是因为我娇惯，也不是因为我傲慢。你知道，我小时候除了喜欢玩枪、玩狗之外，什么农活都没有干过。如果不让我玩枪，我就会去钓鱼；再不让我钓鱼，我就会赤手空拳地去打猎。对了，我也贩卖过马匹，手里一有钱我就东奔西跑，四处去赶集。你要知道，无论哪一个庄稼汉，只要他迷上了打猎或贩马，他就会永远地抛弃犁耙。如果一个人发自内心地喜欢自由，你无论如何也改变不了他的这种心思。相同的例子也是有的，一个贵族老爷如果一心一意要去当演员，或者迷恋上了一些其他的艺术，他就决不会去做官，也不会甘心做地主。你只是个妇道人家，不会明白这些道理的。”

“我能明白的，叶果尔·弗拉西奇。”

“你看你都想哭了，说明你还是不明白……”

“我……我不哭……”别拉盖娅转过脸去说，“真是罪过呀，叶果尔·弗拉西奇！ 哪怕您就是跟我这个不幸的人过上一天也好啊！十二年了，自从我嫁给您，可是……可是您连一回也没有跟我亲热过！……好，我……我不哭……”

“亲热？……”叶果尔挠着头皮，喃喃地说，“怎么可能亲热呢？我们的夫妻关系不过是名义上的，实际上哪有这么回事啊！在你眼里，我只是一个野人，我看你也只不过是一个不明事理的傻女人。这样的两个人怎么能成为一对夫妻呢？我四处漂泊，无忧无虑，而你则不停地打短工，穿着树皮鞋，还住在那么肮脏的地方，累得腰都弯了。我是打猎这一行中的头号猎手，所以我能理解你，可你却总是用惋惜的目光看着我……这样的两个人又怎么可能成为两口子呢？”

“可是，可是我们在教堂里举行过婚礼的呀，叶果尔·弗拉西奇！”别拉盖娅呜呜咽咽地说。

“举行婚礼的事，我是身不由己……难道你忘了吗？这都因为谢尔盖·巴甫雷奇伯爵，这是他做的主，怎么能怪我呢。伯爵嫉妒我的好枪法，整天让我喝酒，足足灌了我一个月的酒。对于一个醉汉来说，不要说让他举行婚礼，就是让他改变自己的宗教信仰，也是能办到的。他也没有征求你的同意，就把你嫁给了一个醉汉，这是报复……他把猎手和下贱的丫头配成了一对！我当时醉得不省人事，这你是知道的，可你为什么还要嫁给我呀？你又不是他的农奴，你完全可以反抗的呀！当然，一个下贱的丫头能嫁给一个出色的猎手，你的运气也算不错了，不过你也应该仔细考虑考虑的。现在倒好，你只能整天伤心和哭泣。伯爵只是想开个玩笑，可你就应该流着泪，应该把脑袋往墙上撞……”

一阵沉默后，三只野鸭飞过丛林间的空地。叶果尔望着它们，目送着它们越飞越远，直到它们变成隐隐约约的三个黑点，落在森林的那一边。

他把目光从野鸭的身上收回来，望着别拉盖娅说："现在，你靠什么生活呢？"

"现在嘛，我到处打短工。冬天的时候，我会从育婴堂抱回一个小娃娃，每天给他喂牛奶，每个月可以得到一个半卢布。"

"哦，这样啊……"

又是一阵沉默。轻柔的歌声从刚刚收割过庄稼的那块地里传来，但一会儿就停止了，炎热的天气使人难以继续唱下去……

"听说您为阿库力娜盖了一间新木房。"别拉盖娅问道。

叶果尔没有回答。

"这么说您是喜欢她了……"

"可能这就是你的命，你还是认命吧！"猎人说话间伸了一个懒腰，"你还是忍忍吧，苦命的人。好了，让我们再见吧，只顾着说话，把时间也忘了……我必须在傍晚以前赶到波尔托沃……"

叶果尔站起身来，伸展了一下双臂，把枪挎在肩膀上。别拉盖娅也跟着站了起来。

她小声问道："那您什么时候才能来村子里呢？"

"我还是不去为好吧！清醒的时候，我是肯定不会去的；喝醉了回去，对你一点好处也没有，喝醉了我就会发脾气……还是再见吧！”

“再见了，叶果尔·弗拉西奇……”

叶果尔把帽子扣在后脑勺上，招呼着他的狗就上路了。别拉盖娅站在原地一动不动，从背后望着远去的他，望着他那晃动的肩膀，望着他那懒洋洋、漫不经心的脚步，还有他那好看的后脑勺，温柔的依恋之情充满了她的眼睛。她打量着丈夫又瘦又高的身影，用目光给他以爱抚与温存……叶果尔似乎感觉到了她的目光，于是，他停下脚步，扭过头来……但他一句话也没有说，只是从他脸上的表情，还有他那微微耸起的肩膀，别拉盖娅感觉到他似乎有什么话想对自己说。她怯生生地追上去，用恳求的目光望着他。

“这个给你吧！”叶果尔把脸扭到一边说。

这是一张揉得皱巴巴的一卢布的钞票，随后，叶果尔就加快脚步离开了。

“再见了，叶果尔·弗拉西奇！”她心不在焉地接过那张钞票说道。

叶果尔走了，脚下的道路变得又长又直，就像一条绷紧的皮带一样……她一动不动地站在那里，脸色有些惨白，好像一座雕像，她的目光已经随着他每一次移动的脚步而去了。渐渐地，他衬衫的红色与深色的裤子混在了一起，脚步也看不清了，看得见的只有他那顶帽子，突然，叶果尔转向右边走进了林子，白色便帽消失在一片淡绿之中。

“再见了，叶果尔·弗拉西奇！”别拉盖娅像耳语似的轻轻说道，她踮起脚跟，想再看看叶果尔那顶白色便帽。

带阁楼的房子

一

六七年前，当时的我还在某省某县，住在地主别洛库罗夫的庄园里。别洛库罗夫是一个青年人，习惯于早起，经常穿着腰部带褶的长外衣，喜欢每天傍晚喝点啤酒，还总是向我抱怨从来没有人同情过他。别洛库罗夫住在花园中的一个小房子里，而我却住在有圆柱的大厅里，这是地主的老宅子，里面只有一张我用来睡觉的宽阔的长沙发和一张方桌，我喜欢用这张方桌来摆纸牌作卦。那儿有一个亚摩司式的旧式火炉，即使在没有风的日子里，它也会发出轻微的嗡嗡声。而到了暴风雨来临的时候，整个房子都在颤抖，仿佛咔嚓一声就会倒下来似的，特别是在夜里，闪电会照亮十个大窗户，把人吓得不行。

我生性闲散，这次简直没有什么事可做。我可以一连几个小时望着窗户外面，看看林荫道，看看飞鸟，看看天空，或者阅读邮递员送来的所有信件和报纸，或者一直睡觉。有时我也会走出房间，出去散散步，很晚才回来。

有一次，我回家时不小心闯进了一个并不熟悉的庄园，太阳已经落山了，黄昏的阴影铺展在开花的黑麦地里。两行又密又高的老云杉立在那儿，就像两堵密不透风的墙，形成了一条幽静而美丽的林荫道。我翻身越过一道栅栏，顺着林荫道走下去，云杉的针叶盖在地上，有一俄寸之厚，走起来有些滑脚。那儿环境安静但却有些阴暗，只在树梢高处有点明亮的金光，蜘蛛网上闪烁着虹彩。一股针叶的气味从空中飘来，浓得让人透不过气来。后来，我拐了一个弯，走上了一条两旁都是椴树的长林荫道，这儿荒凉而古老，往年的落叶在我脚下发出沙沙的响声。树木之间的昏暗光线里隐藏着阴影。在右边古老的果园中，一只金莺正用微弱的嗓音唱着歌，它一定是很老了。走到椴树林的尽头，我经过了一所带有露台和阁楼的白房子，眼前豁然开朗，一个地主的庭院出现在我的面前，庭院里有一个宽阔的池塘和一个浴棚，还栽着一丛碧绿的柳树。一座高而窄小的钟楼矗立在对岸的村子里，楼顶上的十字架在夕阳的映照下，金光闪闪。一时间，一种亲切而又熟悉的感觉涌上心头，就好像我小时候见过这些景物似的。

由院子通到野外的出口是一个石砌的白色大门，它古老而坚固，上面还雕刻着狮子。大门口站着两个姑娘，年纪大一点的那个身材苗条，脸色苍白，头上的栗色密发很蓬松，还长着一张倔强的小嘴，她神态严峻，看也不看我一眼。年轻些的那个不过十七八岁，身材也很苗条，只是长着一张大嘴和一双大眼睛，当我路过时，她惊奇地看着我，还说了句英国话，神情有些忸怩。我觉得好像早就见过这两张可爱的脸。我一边往家走，一边回味在梦一样的往事中。

不久后的一天中午，我和别洛库罗夫正在房子附近散步，一辆安着弹簧座椅的四轮马车突然沙沙地响着驶过草地，来到院子里，那个年纪大一点的姑娘就坐在车上。她是来为遭火灾的人募捐的，并不正眼看我们，只是严肃而详细地向我们说明西亚诺沃村烧毁了多少所房子、多少村民和儿童无家可归、救灾委员会的初步打算和采取的步骤，并告诉我们她现在就是救灾委员会的成员。她让我们写下了认捐的款项，然后收起认捐单，向我们告辞。

“您完全忘记我们了吧，彼得·彼得罗维奇，”她说着向别洛库罗夫伸出手去，“您来吧，如果某某先生（她说出了我的姓）光临舍下，想看一看崇拜他天才的人是怎样生活的，那么妈妈和我将十分荣幸。”

我鞠躬致谢。

她走后，彼得·彼得罗维奇对我讲起了这个姑娘。据他介绍，这个姑娘出身于上流人家，名字叫做莉季娅·沃尔恰尼诺娃。她和母亲、妹妹一起居住在池塘对岸的谢尔科夫卡庄园里。她的父亲从前做到三品文官，在莫斯科的地位也是相当显赫的。他去世以后，尽管家财颇多，但沃尔恰尼诺娃一家却总是住在乡下，冬夏时节也从不离开。莉季娅在一个地方自治局开办的学校里当教师，每月可以领到二十五个卢布的薪金。她自己的用项都由这笔钱来支出，她常为自己能够自食其力而感到自豪。

“这真是一个有趣的家庭，”别洛库罗夫说，“如果有机会，过几天我们就到她家里去拜访一下吧。她们会很乐意见到您的。”

一个假日的午后，我突然想起了沃尔恰尼诺娃一家人，于是就动身来到谢尔科夫卡。母亲和两个女儿都在家。从神态和身材来看，母亲叶卡捷琳娜·帕夫洛夫娜年轻时肯定是个大美人，现在的她却因为哮喘病而未老先衰、精神不振。她神色忧郁地跟我谈着绘画，并向我询问我在莫斯科画展上的那两三张风景画表现了怎样的内容。莉季娅，家里的人也称呼她莉达，大半的时间都在跟别洛库罗夫说话，很少和我聊天。她神情严肃、面无笑容地问他为什么不去地方自治局工作，为什么他一次也没有参加过地方自治局的会议。

“这是不好的，彼得·彼得罗维奇，”她责备道，“这是不好的。您该害臊才是啊！”

“说得对，莉达，你说得对，”母亲同意道，“这是不好的。”

“我们全县都被攥在巴拉金的手心里，”莉达转过身来对着我，继续说道，“作为地方自治局执行处主席，他把他的侄子和女婿全都安排在县里的职位上，想干什么就干什么。所以，我们必须起来斗争才行，青年人应当成为其中强有力的一派，但是您看，现在我们的青年人都成什么样子了，他们应该害臊才是，彼得·彼得罗维奇！”

当他们议论地方自治局的时候，妹妹叶尼娅——大家也叫她米修司，并没有开口说什么，她是从来不参与严肃话题的，家里人也没有把她看成大人。她一直以一种好奇的心理看着我，等到我翻看相册时，她才解释道：“这是我舅舅……这是教父。”她伸出小小的手指头在照片上指点着，并像孩子那样把肩膀挨着我，我因此看见了她那消瘦的肩膀、尚未发育的胸脯、长长的发辫，以及用腰带勒紧的苗条身材。

我们打网球，玩槌球，还在花园里散步，并在晚饭的宴席上坐了很久，然后来到一个不大但却舒适的房子里，欣赏着墙上的彩色画片。听见大家对仆人也一律称呼“您”，我心里感到很自在。由于莉达和米修司的参与，我眼里的一切事物都显得年轻而纯洁了，而且带着一股正派的意味。晚饭时，莉达和别洛库罗夫又谈起了巴拉金、学校的图书室和地方自治局。

她真是一个真诚、活泼、有主见的姑娘，讲起话来也非常有趣，只是讲得太多、声音太响了，也许是她在学校里讲课讲习惯了吧。可是，我的彼得·彼得罗维奇，从大学时代起就养成了喜欢把一切谈话都变成争论的习惯，而且疲沓冗长、枯燥无味，好像时时要显出自己是一个聪明的进步人士。他还比划着手势，结果袖子带翻了作料碟，把桌布弄湿了一大片，幸好只有我看见了。

回家的路上，周围黑暗而清静。

“良好的教养并不表现在没有把作料碟碰翻，而是表现在假装看不见别人做出了这样的事，”别洛库罗夫叹了口气说，“是啊，她们是有知识、有教养的一家人。我现在已经跟上流人士隔绝了，唉，真是完全隔绝了！而之所以出现这样的结果，全是因为我的工作，工作啊！”

他表示，如果一个人想做一个模范的农业经营者，就非得辛苦工作不可。而我却在心里暗想：这人真是一个沉闷、懒散的人！一谈到严肃的事，他就紧张得拖长“啊”的尾音。做起事情来，也和他说话一样，慢吞吞的，还总是错过时机。我是不大相信他的办事才干的，有一次，我让他帮我把信带到邮局去寄，他竟然一连几个星期都揣在口袋里，忘了寄出去。

他和我并排走着，嘟哝道：“让我最痛心的，最痛心的就是自己辛辛苦苦地工作，却得不到任何人的同情，一点同情也没能得到！”

二

从此，我就经常到沃尔恰尼诺娃家里去，我通常坐在露台最下一层的台阶上。我一直不满意自己的心情，对自己的生活充满惋惜，觉得日子过得那么快，那么没有意思。我总在想自己的心情如此沉重，要是能把它从胸膛里挖出去就好了。露台上有时传来人们的说话声，有时可以听见连衣裙的窸窣声，有时还有人在翻书页。不久，我就习惯了这儿的生活。白天，莉达会给病人看病，给人们分发书籍，还常常打着遮阳伞到村子里去。傍晚，她就会大声地谈论学校，谈论地方自治局。莉达身材苗条美丽，但神态却永远严肃，每当开口谈正事的时候，她的小嘴总是干巴巴地对我说：

“您是不会对这种事感兴趣的。”

因为我是个风景画家，所以她根本就不喜欢我，也对我没有任何好感。她认为，我的画里没有反映人民的困苦，对于她所坚信不疑的事业，我也漠不关心。这不禁让我想起了从前在贝加尔湖畔遇到过的一个布略特族姑娘，她骑着马，穿着中国蓝布的衬衫和裤子，我问她能不能把她的烟袋卖给我。我们谈话时，她看着我这张欧洲人的脸和帽子，露出一副轻蔑的神情，不一会儿就懒得和我讲话了，她吆喝着马，疾驰而去。莉达对我的态度恰好也是这样，对我充满了轻蔑。表面上，她并不怎么厌恶我，不过我还是能感觉到她的真实想法，于是，我坐在露台的台阶上时就生出了一肚子的闷气，数落道：自己不是医生却给农民看病，无异于欺骗他们，再者一个人拥有两千俄亩的土地，做个慈善家不过是举手之劳。

她的妹妹米修司则和我一样，十分悠闲地打发着自己的时间。早晨起床以后，她就立刻拿起一本书，坐在露台上一把很深的圈椅里开始看书，那两只小小的脚几乎无法挨到地，或者拿着书躲到椴树的林荫道上，再不然就索性走出大门，来到旷野上。她非常喜欢读书，甚至到了贪婪的地步，她的目光因此变得疲乏而呆板，脸色也极其苍白，可见这种阅读使得她的大脑非常劳累。每当我到这儿来，她的脸就会微微涨红，显得生动、活泼起来。她还会睁大眼睛，给我讲家里发生的事情，例如工人在池塘里捉到了一条大鱼，或者仆人房间里的煤烟起了火之类。她平时总是穿着浅色的衬衫和蓝色的裙子。我们经常在一起散步，还摘了樱桃亲自做果酱，或者去划船。每当她跳起来去摘樱桃或者划动船桨时，她那瘦弱的胳膊就会从肥大的衣袖里露出来。我画速写稿时，她也会站在一旁，看得都出了神。

七月末的一个星期日，早上九点，我来到了沃尔恰尼诺娃家里。我在花园里溜达，离正房越来越远，试图寻找一些白蘑，这种蘑菇今年夏天特别多。找到后我就在白蘑的旁边做上记号，准备以后和叶尼娅一起来采摘。暖风阵阵，叶尼娅和她的母亲穿着假日的浅色连衣裙从教堂走回家来。叶尼娅紧紧地拉住帽子，生怕它被风吹掉。后来，我听到她们在凉台上喝茶。

对于我这种毫无牵挂而且经常为自己的闲散寻找理由的人来说，这类假日的早晨总是格外迷人。每当碧绿的花园里还沾着闪闪发光的露水时，一切都显得喜气洋洋；每当木樨草和夹竹桃的香气弥漫在房子附近时，年轻人从教堂里回来，在花园里喝茶；每当大家高高兴兴地穿上可爱的装束，这些健康、美丽的人在漫长的夏日什么事也不用做时，你就不由得希望一辈子都能过着这种生活。此刻我就一边这样想着，一边在花园里走来走去，而且准备就这样一直走下去。

叶尼娅提着一个篮子走了过来，脸上带着一种仿佛会在园子里找到我的神情，接下来，我们采蘑菇、聊天。每当她问我什么话时，她就会走到我的前面，看一看我的脸。

“昨天我们村子里发生了一件怪事，”她说，“瘸腿的佩拉格娅已经病了整整一年，什么医师和药物都没治好她的病。可是，昨天突然来了一个老太婆，她念了一阵什么话，佩拉格娅的病就好了。”

“这算什么啊，”我说，“你不应当仅仅在病人和老太婆的身上寻找奇迹，难道健康就不是奇迹吗？还有生活本身也是奇迹，凡是我们不能理解的事情，都是奇迹。”

“对于那些不能理解的事情，你不害怕吗？”

“当然不，我看到自己不理解的现象时，总是勇敢地迎上前去，绝不向它屈服。人应当是高于老虎、狮子等猛兽的，也就是高于自然界的一切事物，甚至高于不可理解或是奇迹般的东西，否则他就不能被称为人，而是见到任何东西都害怕的老鼠。”

叶尼娅觉得，既然我是一位艺术家，就应该知道很多事情，而且能够准确猜出我所不知道的事情。她希望我能把她领到永恒和美的领域里去，领到她认为的高一级世界里去。她跟我谈奇迹，谈永恒，谈上帝。我是不承认死后我的想象力会永久消失的，于是就对她说："是的，人当然是不朽的、永恒的，生活随时都在等待着我们。"她相信了我的话，不再要求我拿出证据来。

我们往正房走去，忽然，她停住了脚步，说：

"我们的莉达可是一个了不起的人，您不这样认为吗？我热烈地爱着她，随时可以为她牺牲我的生命。不过您说说看，"叶尼娅抚摸着我的衣袖说，"您倒说说看，为什么您和她总是争论？您又为什么生气呢？"

"因为我认为她说得不对。"

叶尼娅不以为然地摇了摇头，眼泪涌了上来，说：

"这是多么不可理解啊！"

这时，莉达正好回来了，她手里拿着马鞭站在门廊那儿，在阳光的映照下，她的身材更加苗条、容貌更加美丽了。她好像在对一个工人交代着什么，然后匆匆忙忙地给三个病人看病，之后又带着操心的神情走遍每一个房间，时而打开这个立柜，时而打开那个立柜，时而又走上阁楼去。不知为何，所有这些琐碎的细节我至今仍然记得，这一天并未发生什么特别的事，但我却记得清清楚楚，令人心情愉悦。饭后，我在露台最下一层的台阶上坐着，叶尼娅则靠在一把深圈椅里看书。天空中乌云密布，下起了稀疏的细雨。天气闷热，风早已止住了。叶卡捷琳娜·帕夫洛夫娜来到露台上，她还带着睡意，摇着扇子。

"啊，妈妈，"叶尼娅吻着她的手说，"白天睡觉对身体是不好的。"

叶尼娅和母亲相亲相爱，如果一个人走进花园，另一个人就会站在露台上，朝着树林喊道："喂，叶尼娅！"或是"妈妈，你在哪儿呀？"她们有着共同的信仰，常常一起祷告，即使心里的话不讲出来，也能心领神会，甚至她们对外人的态度也是相同的。不久，叶卡捷琳娜·帕夫洛夫娜就跟我熟悉起来，只要我两三天不去，她就会打发人来问询。她也会像米修司那样热心地看我的画稿，一点也不嫌烦琐，还常常向我透露自己的家庭秘密。

叶卡捷琳娜·帕夫洛夫娜对大女儿是极其尊崇的。莉达从来不会向她撒娇。她过着自己独特的生活，在母亲和妹妹的心目中是一个神圣而略带几分神秘的人，就像水兵和坐在舰长室里的海军上将一样。

“我们的莉达真是一个了不起的人，”母亲说，“难道不是吗？”

细雨飘飞的时候，我们谈起了莉达。

“她真是一个了不起的人，”母亲像阴谋家那样压低了嗓门，然后，她战战兢兢地回头看了一眼，补充道，“像莉达这样的人就是打着灯笼也找不到，不过，我现在渐渐有点担心了。药房啦，书本啦，学校啦，这些倒还挺好的，可是何必要走极端呢？要知道，她已经二十三岁了，总应该想想自己的事，不能总是为书本和药品而忙碌，如果是在过去，她……应该出嫁了。”

专心看书的叶尼娅脸色有些苍白，头发蓬乱，她微微抬起头来，像是自言自语似的对着母亲说：

“妈妈，一切都是命中注定的！”

说完，她又埋下头去看书了。

别洛库罗夫穿着腰部带褶的长外衣和绣花衬衫来了，接下来我们就玩槌球，打网球。天黑以后，我们在晚饭的餐桌旁坐了很久，莉达又讲起了学校，讲起了把全县都掌握在手里的巴拉金。傍晚时分，我从沃尔恰尼诺娃家走了出来，忧郁地感到人世间的一切事情不管多么长久，终归是要完结的。叶尼娅把我们送到大门外，也许因为我从早到晚都跟她在一起的缘故，这时我觉得缺了她就会寂寞无聊，我对这个可爱的家庭感到特别亲近，因此，这个夏季我头一次有意要认真地画我的画了。

回家的路上，我对别洛库罗夫说：“我的生活乏味、单调、沉闷，这是因为我是一个画家，也是一个怪人。从年轻时起我就不满意自己、缺乏自信，这样的心情把我折磨得够呛，我素来贫穷，四处流浪。而您呢，您是一个健康、正常的人，还是地主，是老爷，您为什么也生活得这么枯燥无味、毫无光彩？为什么您至今也没爱上莉达或者叶尼娅呢？”

“您忘了我爱的是另一个女人了？”别洛库罗夫回答道。

我当然知道，他指的是他的女伴柳博芙·伊万诺夫娜，他们同住在那所小房子里。这个极其丰满、近乎肥胖的女人，言行举止就像一只养得过肥的母鹅。在花园里散步时，她经常戴着项链，穿着俄国式的服装，还打着一把阳伞，仆人不时叫她回来吃饭或者喝茶。三年前，柳博芙·伊万诺夫娜租下了一间厢房作为别墅，从此就在别洛库罗夫家里住了下来，看样子她是要永远住下去了。她比别洛库罗夫大十岁，把他管得很严，他每次走出家门都得事先征求她的同意。她还经常用男人的嗓门痛哭不已，每当这个时候，我就打发人去告诉她，如果她不止住哭声，我就从宅子里搬出去，这时她才不哭了。

我们回到家后，别洛库罗夫坐在长沙发上，皱起眉头思考着什么。我在大厅里走来走去，内心充满了一阵像在恋爱似的轻微的激动，我有心要谈一谈沃尔恰尼诺娃一家人。

“莉达只会爱上像她那样热衷于医院和学校的地方自治工作者，”我说，“啊，为了她那样的姑娘，就算做地方自治工作者也甘心啊，即使像神话所说的那样踏破铁鞋也是可以的。还有米修司，她是多么可爱啊！”

别洛库罗夫开始谈起悲观主义这种时代病，他说得振振有词，拖着长音念“啊”字。听他的声调，倒好像我在跟他争论什么似的。要听一个人坐在那里高谈阔论，又不知道他什么时候才走，这时你的心情远比穿过几百俄里荒凉、单调、干枯的草原还要烦闷。

"问题不在于悲观主义还是乐观主义，"我气愤地说，"而在于一百个人当中就有九十九个人没有脑子。"

别洛库罗夫认为我所说的就是他，于是生气地走掉了。

三

"在马洛泽莫沃村做客的公爵向你问好，"莉达不知从哪儿回来，边脱着手套边对母亲说，"他讲了许多有趣的事情……他还答应在全省会议上提出在马洛泽莫沃村开设医疗所的问题，但是他说成功的希望不大。"接着，莉达转过身来对我说："对不起，我总是不记得您对这种事并不感兴趣。"

我气愤地说："为什么我就不会产生兴趣呢？"

我耸起肩膀，又说道："只不过是您不愿意听听我的意见罢了，不过我可以向您保证，对于这个问题我是很感兴趣的。"

"是吗？"

"当然。依我看，根本就没有必要在马洛泽莫沃村设立医疗所。"

她气愤地看着我，眯起眼睛问道：

"那马洛泽莫沃村需要什么呢？难道是风景画吗？"

"这里连风景画也不需要。根本就不需要什么。"

她脱完手套，打开邮递员刚刚送来的报纸。她分明有意地按捺住自己的怒火，轻声说道：

"安娜上个星期因为难产而死掉了，如果附近有个诊疗所，她就可能活下来。风景画家先生，我觉得，您应该建立这方面的信念。"

"在这方面，我是有明确的信念的，我向您保证，"我回答说，她却用报纸挡住自己的脸，好像根本就不愿意听似的，"依我看，学校啦，读书室啦，药房啦，医疗所啦，这些在现有的条件下，只是为奴役服务的。一条巨大的锁链已经拴住了人民，您不是企图砍断这条锁链，反而添加上了新的环节，这就是我的信念。”

她抬起头来盯着我，冷冷地笑了笑。我则极力抓住自己的主要思想，继续说道：

“可是，问题的关键并不在于安娜死于难产，而是所有那些安娜、玛芙拉、佩拉格娅从早到晚都在弯着腰劳动，她们由于体力不支而生病，一辈子都得忍受饥饿和疾病，一辈子都在为死亡和疾病而担心，未老先衰，死在污秽和恶臭当中。她们的孩子长大以后，又重演父辈的悲剧，这种情形已经延续了好几百年，千千万万的人只为混一口饭而连牲畜都不如，他们担惊受怕，生存环境恶劣。牲畜般的恐惧、繁重的劳动、饥饿、寒冷，这一切都像雪崩一样压下来，堵死了他们通往精神生活的所有道路，而精神生活正是人和牲畜的区别所在，也是使人值得生活下去的唯一东西。您可以用医院和学校去帮助他们，但是您却无法从根本上解除他们的桎梏，反而加深了他们被奴役的状态，因为正是您给他们的生活带来了新的迷信，给他们增添了所需求的项目。更何况，为了买发泡膏和书本，他们还得向地方自治局付钱，这就更加重了他们的负担。”

“我不想和您争论，”莉达放下报纸说，“我已经听过好多次类似的话了，我只想对您说一句，不要坐视不管。没错，我们不可能拯救人类，而且在许多方面也犯了错误，不过我们是在做我们所应该做的事，那我们就是对的。有文化的人认为最崇高、最神圣的任务就在于为人民服务，我们所做的就是在尽力为人民服务。可能您不满意这样的说法，可话又说回来，一个人所做的事不可能让人人都满意。”

“您说得对，莉达，说得太对了。”母亲说。

莉达在座时，她总是有些胆怯，一边讲话还一边不安地看着她，生怕自己说错了什么。她从来不反驳她的话，总是表示同意她所说的一切："说得对，莉达，说得对。"

"教农民认字，为他们开设医疗所，给他们看思想深刻而文笔粗俗的书，这些既不能消除他们的愚昧，也不能降低他们的死亡率，就像窗户里的光永远也照不亮广大的花园一样，"我说，"其实您并没有给他们任何好处。您干预这些人生活的结果，无非是制造了新的需求、新的劳动方式而已。"

"哎呀，我的上帝！您要知道，人总是要做事的！"莉达不耐烦地说。从她的语气可以判断，她认为我的观点毫无道理，并鄙视它们。

"我们需要做的是把人从繁重的体力劳动中解放出来，"我说，"必须解除他们的枷锁，给他们留下喘息的空间，让他们不至于一辈子守在炉灶和洗衣盆旁边，守在田野上，使他们有时间考虑上帝，考虑灵魂，从而更广泛地发挥他们的精神能力。每个人的使命就在于探讨真理和生活意义，在于精神活动。等到他们不必进行粗笨、牲畜般的劳动，等到他们感到自由时，您就会知道那些书本和药房是多么的嘲弄人了。人一旦认识到了自己的真正使命，那么就只有宗教、科学、艺术才能够满足他，而非那些无聊的东西。"

"解除他们的劳动！"莉达冷笑道，"难道您觉得这是可能的吗？"

"当然。您就可以分担他们的部分劳动。如果我们大家，包括城市和乡村的居民全都同意：凡是为了满足人类生理需要而耗费的劳动都均摊给每个人，那么每个人每天的劳动时间可能只要两三个小时。请您设想一下，如果我们大家，也就是富人和穷人，每天只工作三个小时，其余的时间就可以空闲下来。您再设想一下，如果我们发明机器来代替劳动，再极力把我们需求的项目降到最低限度，我们可以锻炼自己，锻炼我们的孩子，让他们不怕寒冷和饥饿，让我们不至于像安娜、佩拉格娅、玛芙拉那样经常为自己的健康而提心吊胆。请您设想一下，如果我们不治病，不开烟厂、酿酒厂和药房，我们又会得到多少空闲的时间呢！我们可以把这些空闲的时间献给科学和艺术，就像整个村社的农民一起出动去修路一样，我们也可以齐心协力地去探求真理和生活的意义，那样，我相信人们很快就会发现真理，也会很快就摆脱对于死亡的恐惧，甚至摆脱死亡。”

“不过，您所说的话是自相矛盾的，”莉达说，“您句句离不开科学和文艺，可您又反对识字。”

“我反对的是，在只有酒店的招牌和偶尔有几本看不懂的书的情况下，教人识字，这样的识字从留里克时代起就延续下来了，果戈理的彼得鲁希加早就会读书认字了，可是乡村呢？留里克时代是什么样，现在还是什么样。人民需要的不是识字，而是广泛地发挥精神能力的自由；需要的也不是小学，而是大学。”

“可是，您也反对医学啊。”

“是的，只有在把疾病作为自然现象加以研究时，我们才需要医学，而不是在医病的时候。如果真的要谈医治，要医治的也不是疾病，而应该是病因。消除了主要的病因，也就是体力劳动，就不会有什么病了。我是不承认治病的科学的，”我激动地继续说道，“真正的科学和艺术，不是致力于局部的、暂时的目标，而是致力于永恒而普遍的目标。它们探索上帝和灵魂，寻求真理和生活的意义，如果把它们与当代的怨恨和贫困结合在一起，与图书室和药房结合在一起，反而会使他们的生活更加复杂，从而也加重他们的生活负担。我们有许多药剂师、律师、医师，识字的人越来越多，然而，数学家、哲学家、诗人、生物学家却完全没有了。人的全部精神力量、聪明智慧都用在了满足瞬间即逝、暂时的需要上……作家、画家、科学家都在紧张地工作，在他们的努力下，人们的生活越来越舒适，物质方面的需求也越来越大，可是离真理却越来越远了，人变成了最残暴、最卑劣的野兽，整个局势趋向于人类的退化，永远失去一切的生活能力。在这种条件下，画家的生活就没有什么意义了，他们越有才能，地位就越古怪，越不可理解。因为仔细考虑一下，他们的工作不过是供残暴、卑劣的野兽消遣。我现在不想工作，将来也不愿工作……我什么都不需要，就让这个世界掉到地狱里去吧！”

“米修司，你还是出去吧，”莉达对妹妹说，显然她认为我的话对年轻的姑娘是有害的。叶尼娅面带不快地看了一眼姐姐和母亲，然后走出去了。

“凡是企图为自己的冷漠辩解的人，总是会说这一类的漂亮话，”莉达说，“因为否定医院和学校要比治病和教书容易得多。”

“说得对，莉达，说得对。”母亲赞同道。

“您口口声声说您不想工作了，”莉达继续说，“显然，您对您的工作估价是很高的。那我们就不要再争吵下去了，我们是永远也谈不到一块去的，因为您刚才就鄙夷地评价过图书室和药房，不过，即使设备极不完善，我仍然认为它们高于世界上的一切风景画。”说完，她立刻转过脸去对着母亲，用完全不同的口气说：“自从到我们这儿来过以后，公爵瘦多了，模样也发生了很大的变化，他们要把他送到维琪去。”

她对她的母亲谈起公爵，显然是因为不想和我说话。她脸色通红，为了掩饰自己的激动，她像近视眼那样弯下腰凑近桌子，做出看报的样子。如果我继续坐下去，就会惹人不高兴了。于是，我就告辞回家去了。

四

外面安静得很，池塘对面的村民已经睡熟了，看不见一点灯火，只有繁星的淡光映射在池塘的水面上。叶尼娅站在雕着狮子的大门旁，她是在等我，为了送我一程。

“村民们都睡了，”我对她说，极力想在黑暗中看清她的脸，但却看到一对悲伤的黑眼睛看着我，“酒店老板和偷马贼也都安然地睡着了，而我们这些上流的人却互相争吵不休。”

那是八月间的一个夜晚，显得有些忧郁，因为秋意已经很深了。月亮从紫红的云朵中钻出来，稍微照亮了道路和两旁乌黑的冬麦田，天空中常有流星坠落下来。叶尼娅和我并排走着，极力不去看天空，免得看到让她害怕的陨落的星星。

“我觉得您说得很对，”由于夜间的潮气，她有些冷得发抖，“如果人们都能共同献身于精神活动，他们不久就会了解一切的。”

“当然。因为我们是高级生物，如果我们真正了解了人类天才的力量，而且只为高尚的目标而生活，我们就会变得和天神一样。可是，这种事是永远也不会发生的，人类正在退化，连天才的影子也不会有。”

我们已经远离了大门，叶尼娅停住脚步，匆匆和我握了一下手。

她身上只穿着一件衬衫，冷得缩起脖子，颤抖着说：“晚安，您明天再来吧。”

一想到对自己和别人都不满意，总是一个人生闷气，我就害怕起来，也极力不去看那些陨落的星星。

“您再陪我一会儿好吗？”我说，“求求您了。”

我爱叶尼娅。我之所以爱她，大概是因为她总是接我和送我，总是温柔、热情地看着我。她那细长的脖子、瘦弱的胳膊、苍白的脸，就连她的娇弱、她的闲散和她的书，都是那么美丽动人！至于智慧，我倒不敢断定她有什么不同寻常的智慧，不过我倒欣赏她开阔的眼界，这大概是因为她的想法总是跟严峻美丽而又不喜欢我的莉达不同吧。因为我是一个画家，而且很有绘画的才能，这一切征服了叶尼娅的心。我也一心只想为她一个人作画，还把她幻想成我小小的皇后，让她和我一起去拥抱那些田野、迷雾、彩霞和树木，去拥抱那美妙迷人的大自然。

“您就再留一会儿吧，”我恳求道，“求求您了。”

我脱下身上的大衣，披在叶尼娅肩上，她觉得穿着男人的大衣显得可笑而又难看，就笑着把它甩在地上。这时，我抱住她，不停地吻着她的肩膀、她的脸和她的手。

“明天见！”她轻声说道，仿佛怕惊扰了夜晚的宁静似的。她又拥抱着我说：“我们一家人之间是从来没有秘密的，我要马上回去告诉妈妈和姐姐……这真是太可怕了！妈妈倒没有什么，妈妈是喜欢您的，但莉达就不同了！”

说完，她就朝大门口跑去，嘴里喊道：“再见！”

叶尼娅回家去了，而我却不想回家，再说我也没有必要急着回家。我犹豫不定地站了一会儿，然后慢吞吞地退了回去，想再看看她住的那所可爱、纯朴、古老的房子。阁楼上的窗户像眼睛似的看着我，好像什么事情都了解一样。我走过露台，来到网球场旁边，摸黑坐在老榆树底下的一张长凳上，从那儿可以看见那所房子。米修司就住在阁楼里，先是明亮的光从那儿的窗户射出来，后来因为在灯的外面加了一个罩子，又变成了柔和的绿色。叶尼娅的身影在移动……我满腔温情，对自己甚是满意，我满意的是我还能够爱人，能够着迷，同时我又觉得不自在起来，因为想到离我几步远的那所房子里，同时还住着莉达，她不喜欢我，也许还有些痛恨我。我坐在长凳上，一直等着，想着叶尼娅会不会出来。我细心地倾听着，仿佛阁楼里有人在谈话似的。

一个小时过去了，房间里的绿光熄灭了，人影也看不见了。月亮高高地挂在房子上空，照亮了沉睡的花园和小径。大丽花和玫瑰花在房子前面的花坛里怒放着，似乎都是一种颜色。天气变冷了，我走出花园，拾起被扔在路上的大衣，不慌不忙地回家去了。

第二天午饭后，我又来到沃尔恰尼诺娃家。通往花园的玻璃门敞开着，我坐在露台上，等待着随时都会从花坛后面走到网球场来的叶尼娅，或者她会在一条林荫道上出现，或者她说话的声音会从房间里传出来。后来，我走进客厅，又走进饭厅，但连一个人影也没有看到。我从饭厅里出来，通过一条长长的过道来到前厅，然后又退了回去。过道上有好几扇门，莉达说话的声音从其中的一扇门里传了出来。

“上帝……送给……乌鸦……”她拖着长音大声地说，大概是在教人默写，“上帝送给乌鸦……一小块……干酪……是谁呀？”她听见我的脚步声，忽然叫道。

“是我。”

“哦！对不起，我正在教达霞功课，不能出来见您。”

“叶卡捷琳娜·帕夫洛夫娜在花园里吗？”

“不在，今天早晨她和叶尼娅一起去平扎省我的姨母家了，她们今年冬天大概会出国……”她沉吟了一下，又补充道，“上帝送给乌鸦……一小块干酪……写完了吗？”

我走到前厅，大脑一片空白，站在那儿眺望着池塘和村子，莉达的声音又传到了我的耳朵里：

“一小块干酪……上帝送给乌鸦一小块干酪……”

我顺着第一次到这儿来的路走出庄园，只是顺序恰好相反：先从院子走进花园，经过正房后，再顺着椴树的林荫道走去……在那儿，一个小男孩追上了我，交给我一封短信。信上写道：

我已经把我们的一切都告诉姐姐了，她要求我和您分手，我不能违拗她而让她伤心。求上帝赐给您幸福，请您原谅我吧。但愿您知道我和妈妈离去后，不会哭得那么伤心！

后来，我又来到那条云杉的幽暗的林荫道、坍倒的栅栏……田野上，黑麦在开花，秧鸡在鸣叫，还有母牛和腿上套着绊绳的马在徘徊。高坡上已经长出了绿油油的冬麦。我的脑袋有些清醒了，不由得为自己在沃尔恰尼诺娃家说过的话感到害臊，我又像以前那样感到生活的乏味了。我回到家里，收拾好行李，决定当天傍晚就动身去彼得堡。

此后，我再也没有见过沃尔恰尼诺娃家的人。不久前，我动身去了克里米亚，在火车上正好遇见了别洛库罗夫。他仍然穿着以前那种腰部带褶的长外衣和绣花衬衫，当我问起他的身体状况时，他回答说："托福，托福！"我们聊了起来，他说他已经卖掉了那座庄园，另买了一处小一点的，房主写的是柳博芙·伊万诺夫娜。关于沃尔恰尼诺娃一家的情况，他说得并不多。他说莉达仍然住在谢尔科夫卡，一直在学校里教儿童读书。她逐渐在她的四周聚合了一群同情她的人，打造了一个强有力的组织，并在最近一次的地方自治局选举中，击败了一直把全县把持在手心里的巴拉金。至于叶尼娅，别洛库罗夫只告诉我她并没有住在家里，也不知到哪儿去了。

我开始渐渐忘掉了那所带阁楼的房子，只是偶尔在绘画或者读书的时候，会忽然想起那窗户里的绿色灯光，有时也会想起那天晚上，我这个坠入情网的人是如何走回家的。极其偶尔的某些时候，孤独煎熬着我，我满心凄凉，不由得模模糊糊地想起了往事，不知什么原因，我渐渐觉得叶尼娅也在想我，等我，终有一天我们会再见面的……

米修司，你在哪里啊？

万 卡

三个月前，九岁的男孩万卡·茹科夫被送到靴匠阿利亚兴的铺子里当学徒。圣诞节前夜，他没有上床睡觉，等到老板夫妇和师傅们出去做晨祷后，他从老板的柜子里取出一支安着锈笔尖的钢笔和一小瓶墨水，然后铺平一张被揉皱了的白纸，写起字来。他战战兢兢地回过头去看了好几次门口和窗户，才写下了第一个字，他不时地斜起眼睛瞟一眼乌黑的圣像，还有那两旁摆满鞋楦头的架子。那张纸铺在一条长凳上，他自己则跪在长凳前面。

"亲爱的爷爷，康斯坦丁·马卡雷奇！"他写道，"您的孙子在给您写信。祝您圣诞节快乐，愿上帝保佑您万事如意。我的爹娘都没了，只剩下您一个亲人了。"

万卡抬起头来看着乌黑的窗户，窗户上映出了他的身影。他想起了祖父康斯坦丁·马卡雷奇的生动模样，他是地主席瓦列夫家的守夜人，一个矮小精瘦却又异常矫健灵活的小老头，大约六十五岁，满脸的笑容里映出一双醉眼。白天他睡在仆人的厨房里，有时还会跟厨娘们开开玩笑，到了夜里，他就穿上肥大的羊皮袄，在庄园四周不停地敲着梆子，坚守巡逻任务。他的身后经常跟着两条耷拉着脑袋的狗，一条是叫做卡什坦卡的老母狗，一条叫泥鳅。之所以叫泥鳅，是因为它的毛是全黑的，而且身子也细长，像是一只黄鼠狼。这泥鳅倒是异常温顺热情，不论见到自家人还是外人，它一概用含情脉脉的目光看着对方。然而它却是靠不住的，在它温顺的背后隐藏着极其狡猾的一面，哪条狗都不如它善于抓住机会。它总是悄悄溜到人的身旁，猛地在别人腿肚子上咬一口，或者钻进冷藏室去，或者偷吃农民的鸡。它的后腿已经不止一次被别人打断了，有两次人们索性把它吊起来打，几乎被打了个半死，不过它总是养好了伤，又活了下来。

眼下他的祖父一定是站在大门口，眯着他那双眼睛看着乡村教堂通红的窗户，跺着穿高统毡靴的脚和仆人们开玩笑。他的梆子总是挂在腰带上。天气冷得他不时地拍手，缩起脖子，一会儿在厨娘身上拧一下，一会儿在女仆身上捏一把，还发出苍老的笑声。

“我们来吸点鼻烟吧，好不好？”祖父说着就把他的鼻烟盒送到那些女人的跟前。

女人们闻了点鼻烟后，不停地打喷嚏。祖父则乐开了花，发出一阵快活的笑声，并嚷道：

“赶快擦掉，否则会冻在鼻子上的！”

他也给狗闻鼻烟，卡什坦卡就皱着鼻子打喷嚏，还会委屈地走到一旁。为了表示恭顺，泥鳅没有打喷嚏，只是摇着尾巴。天气真是好极了，没有一丝的风，空气清新极了。夜色已经很暗了，可是整个村里的白房顶里冒出的一缕缕轻烟，还有因为披着重霜而变成银白色的树木和雪堆，都能看得清楚。繁星布满了整个天空，天河清楚地显现出来，好像有人在过节前把它擦洗过一样……

万卡叹了一口气，用钢笔蘸了一点墨水，继续写道：

“昨天我挨打了，老板揪着我的头发把我拉到院子里，并用师傅们干活用的皮条狠狠地抽我，怪我在摇他们摇篮里的小娃娃时不小心睡着了。上个星期，老板娘让我杀一条青鱼，只因为我是从尾巴上动手收拾的，她就一把抓过那条青鱼，用鱼头直戳我的脸。师傅们也总是耍弄我，打发我到小酒店里去给他们打酒，怂恿我偷老板的黄瓜，结果我总是挨老板的打，他随手抓到什么就用什么打我。食物当然是什么也没有的。早晨只吃几片面包，午饭喝点稀粥，晚上还是面包，至于白菜汤啦，茶啦，只有老板和老板娘才可以大喝特喝。老板让我睡在过道里，只要他们的小娃娃一哭，我就得不停地摇摇篮，根本无法睡觉。亲爱的爷爷，求您发发上帝那样的慈悲把我带走吧，让我回到家，回到村子里去吧，我再也熬不住了……我给您磕头了，我会永远向上帝为您祷告的，赶快带我离开这儿吧，否则我就要死了……”

万卡嘴角一撇，用黑黑的拳头揉了揉眼睛，抽抽搭搭地哭了起来。

“我可以给您搓碎烟叶，”他接着写道，“为您祷告上帝。要是我做错了事，您就只管抽我，就像抽西多尔的山羊那样。如果您觉得没活让我干，我可以去求总管看在基督的份上让我去给他擦皮靴，或者给菲德卡做牧童。亲爱的爷爷，我实在是熬不下去了，我眼前只有死路一条。我本想自己跑回村子的，可我又没有皮靴，我是怕冷的。等我长大了，我肯定会报答您的大恩大德，我会养活您，不许别人欺侮您；等您去世后，我也会为您祷告，求上帝让您的灵魂安息，就像我为我的妈妈佩拉格娅祷告一样。

“莫斯科虽然是一个大城市，可房屋全是老爷们的。马倒是不少，不过没有羊，狗也不怎么凶。这儿的孩子从不举着星星走来走去，唱诗班也不允许人们随便参加唱歌。有一次，我在一家铺子的橱窗里看见了一些钓钩，钓丝都安好了，可以钓各种各样的鱼，有一个钓钩甚至经得起一条一普特重的大鲶鱼呢。我还看见几家铺子摆着各式各样的枪，跟老爷的枪几乎一样，每支枪恐怕要卖一百卢布吧……肉铺里有松鸡，有兔子，还有野乌鸡，但铺子里的伙计却不肯说这些东西是从哪儿打来的。亲爱的爷爷，等到老爷家里摆上挂着礼物的圣诞树时，您能给我摘下一个用金纸包着的核桃，并把它收在那口小绿箱子里吗？或者您直接向奥莉加·伊格纳季耶夫娜小姐要吧，您就告诉她说是给万卡的。”

万卡叹了口气，声音有些发颤，他凝神看着窗户，回想起祖父总是带着孙子一起去树林里给老爷家砍圣诞树，那时的日子真是快活啊！祖父咔咔地咳嗽着，严寒把树木也冻得咔咔地响，万卡就调皮地学他们的样子，也咔咔地叫着。祖父往往会在砍树前吸上一袋烟，再闻很长时间的鼻烟，讪笑着冻僵了的万卡……那些做圣诞树用的小云杉都披着一层白霜，站在那儿一动不动，好像等着看它们谁先死掉似的。突然，不知从哪儿跑来了一只野兔，像箭似的窜过雪堆。祖父忍不住叫道：

“抓住它，抓住它……快抓住它！嘿，真是短尾巴鬼！”

祖父把砍好的云杉拖回老爷家里，大家开始动手装点它……最忙碌的是万卡所喜爱的奥莉加·伊格纳季耶夫娜小姐。万卡的母亲佩拉格娅在世的时候，在老爷家里做女仆，奥莉加·伊格纳季耶夫娜经常会给万卡糖果吃，闲着没事时也会教他念书、写字、数数，从一数到一百，甚至还教他跳卡德里尔舞。可是，佩拉格娅死后，孤儿万卡就被送到仆人的厨房，和他的祖父住在一起，后来又被从厨房送到莫斯科的靴匠铺子里……

“您快点来吧，我亲爱的爷爷，”万卡接着写道，“求您看在基督和上帝的份上，带我离开这儿吧。您就可怜可怜我这个不幸的孤儿吧，这儿人人都打我，还不给我东西吃，我饿得要命，还总是哭，都气闷得没法说话了。前几天，老板用鞋楦头把我打得都昏倒在地了，过了好长时间才醒过来。我的生活苦极了，连猪狗都不如……替我问候一下阿廖娜、马车夫，还有独眼的叶戈尔卡，千万不要把我的手风琴送给别人。孙伊万·茹科夫草上。亲爱的爷爷，您快点来吧。”

万卡把写好的信纸叠成四折，然后放在昨天晚上用一个戈比买来的信封里……他稍微想了一想，就用钢笔蘸着墨水写下了地址，然后，他搔着头皮，想了一想，又添了几个字：康斯坦丁·马卡雷奇。写完信后，他感到很满意，连皮袄也没顾上披，戴上帽子，只穿着衬衫便跑到街上去了……

昨天晚上他已经问过肉铺的伙计，伙计告诉他，丢进邮筒的信件会由醉醺醺的车夫驾着邮车从邮筒里收走，然后再分送到世界各地去。万卡跑到最近的一个邮筒，把这封宝贵的信塞进了邮筒里……

他怀着美好的愿望走了回来，过了一个小时，他睡熟了……梦中他看见了一个炉灶，祖父坐在炉台上，一双光脚耷拉着，正在给厨娘们念信……泥鳅在炉灶旁边走来走去，不时地摇着尾巴……

挂在脖子上的安娜

一

婚礼结束后，连点清淡的凉菜都没吃，新婚夫妇各自喝了一杯酒，便换了衣服，赶紧乘坐马车到火车站去了。他们没有安排音乐和舞蹈，也没有举行欢乐的结婚舞会和晚宴，而是选择到二百俄里以外的一个地方朝圣。许多人都赞成他们的做法，他们认为，莫杰斯特·阿列克谢伊奇已经身居要职，年纪也不小了，热闹的婚礼也许并不适合他。再说了，一个五十二岁的官员娶了一个刚满十八岁的姑娘，这种情况下的音乐会让人听了感到枯燥乏味的。也有人说，莫杰斯特·阿列克谢伊奇是一个循规蹈矩的人，他去修道院朝圣的原因在于：他想让年轻的妻子明白，自己即使在婚姻问题上，也是把宗教和道德放在第一位的。

同事们和亲戚们都来送别这对新婚夫妇，大家举着酒杯站在那儿，等着列车开动。彼得·列昂契伊奇是新娘的父亲，他身穿教员制服，头戴高筒礼帽，已经喝得烂醉如泥。他脸色有些苍白，不断地朝车厢窗口伸过头去，恳求道：

“阿纽塔！阿尼娅！阿尼娅，你听我说句话！”

阿尼娅从窗口探出头来，他便凑近她的耳朵小声地说了一句什么，一股呛人的酒味向阿尼娅袭来，哈出的气吹入她的耳朵，结果她什么也没有听见，他在她的胸口、脸上和手上画十字。看到女儿将要离去，他浑身发抖，闪闪发亮的泪珠充满了眼眶。阿尼娅的两个弟弟彼佳和安德留沙在背后拽着他的制服，小声说道：

“爸爸，行啦……爸爸，不要这样……”

火车开动后，阿尼娅看见她父亲跟着车厢跑了起来，踉踉跄跄的，酒杯里的酒都洒到了外面，显出一副可怜、善良而又面带愧色的神情。

“乌——拉！”他大声喊道。

现在只剩下新婚夫妇两个人了。站在车厢里的莫杰斯特·阿列克谢伊奇环顾了一下四周，把东西放在行李架上，随后便笑容可掬地坐在年轻妻子的对面。莫杰斯特·阿列克谢伊奇是一个中等身材的官员，留着长长的络腮胡子，但没有留唇髭，相当的胖，大腹便便，一副饱食终日的样子。他那轮廓鲜明的圆下巴，看上去就像脚后跟似的。他动作缓慢，态度温和，举止庄重。

“我现在不禁想起了一件事，”他微笑着说，“五年前，科索罗托夫获得了一枚二级圣安娜勋章，当他去感谢上司大人时，上司大人却说了这么一句话：‘现在，您已经有三个安娜了，一个别在您的扣眼上，两个挂在您的脖子上。’我得说明一下，当时科索罗托夫的妻子安娜，一个爱吵吵嚷嚷的轻薄女人，刚刚回到他的身边。我希望在我获得二级安娜勋章时，上司大人不会对我说这种话。”

他眯起了小眼睛，面带着微笑，她也回之以微笑，但一想到眼前这个人随时都会用他那湿乎乎的厚嘴唇亲吻自己，而自己又无权拒绝他，她便感到一阵焦虑不安。只要他那肥胖的身体轻微一动，她便吓得不行，觉得既可恶又可怕。莫杰斯特·阿列克谢伊奇站了起来，不慌不忙地摘下脖子上的勋章，脱掉燕尾服，换上了睡衣。

“这样会更舒服一些。”他说着便坐在了她的身旁。

一回想起婚礼上的情形，她就觉得痛苦，觉得宾客、神甫和教堂里的所有人都向她投来悲伤的目光，好像在问：这么可爱、漂亮的一位姑娘，为什么要嫁给这位上了岁数而又枯燥乏味的先生？为什么？今天早上，她还满心欢喜地认为一切都安排得很好了，可婚礼过后，现在坐在车厢里，她又觉得自己好像做错了什么，好像受了欺骗，一切都很荒唐可笑。事情好像也是这样的：嫁给了一个富翁，可自己仍然没有钱，结婚的礼服是赊账定做的，从今天来送行的父亲和两个弟弟的脸色来看，他们手头已经分文不剩，说不定今天晚上就得饿肚子。那明天呢？她感到父亲和两个弟弟正在挨饿，正在忍受一种难以忍受的忧愁，就像埋葬母亲后的第一个晚上一样。

“哦，我是多么不幸啊！”她在心里想道，“我为什么会如此不幸呢？”

莫杰斯特·阿列克谢伊奇是个举止庄重、不善于和女人打交道的人，他动作拙笨地抚摸着她的腰，不停地拍着她的肩膀，而她却一直在想着钱，想着自己的母亲，还有母亲的死。母亲死后，作为中学习字课和图画课教员的父亲彼得·列昂契伊奇便开始酗起酒来，家境逐渐陷入贫困。两个弟弟既穿不上长筒皮靴，也穿不上胶皮套靴，父亲还时常被扭送到民事调解法官那里，以致法警都前来查抄家具了……这是多么丢脸啊！阿尼娅经常要照料喝醉了的父亲，缝补两个弟弟的袜子，到市场上去买东西。许多人夸她年轻漂亮、举止优雅，每当这时，她就觉得全世界的人都在看着她那顶廉价的女帽，还有带有窟窿的皮靴。每天晚上她都会伤心落泪，无论如何也摆脱不了这个令人忐忑不安的想法：由于嗜酒成性，父亲很快就会被校方辞退，而他又承受不了这种打击，所以也会像母亲那样死去。正在她苦恼时，一些熟识的太太开始出面张罗起来，想为阿尼娅物色一个好男人。很快，这位莫杰斯特·阿列克谢伊奇就被找到了，他既不年轻，也不英俊，但是很有钱。他在银行里有十万卢布的存款，还有一处祖传的田庄，而且这个循规蹈矩的人还颇受上司大人的赏识。人们给阿尼娅出主意说，应该想办法让他去请求上司大人写封便函给中学的校长或者督学，以免彼得·列昂契伊奇被辞掉，他这样做不费吹灰之力。

她正在想这件事，一阵音乐声突然从窗口传了进来，同时还有嘈杂的说话声。原来，列车停在了一个小火车站上，有人正起劲地在月台后面的人群中拉着手风琴，一把廉价的小提琴奏出吱吱呀呀的声音。从一排高高的杨树和白桦树后面，从沐浴在月光中的别墅区，传来一阵阵悠扬的军乐声，可见别墅里正在举行舞会。一些住在别墅里的人以及遇到好天气便出来呼吸新鲜空气的城里人，可能正在月台上溜达散步。其中一定有阿尔蒂诺夫，因为他是整个别墅区的业主，也是一个大富翁。他是一个又高又胖的黑发男人，脸型很像亚美尼亚人，眼睛向外突出，喜欢穿一身稀奇古怪的衣服。他还经常穿一件不系扣子的衬衫，一双带着马刺的高筒皮靴，肩上披一件后襟一直拖到地面的黑斗篷，看上去就像女人穿的拖地长裙。两条猎狗寸步不离地跟在他的身后，不时地用尖鼻子嗅着地面。

阿尼娅眼里闪着泪光，不过她现在已经不去想钱，不去想母亲，也不去想自己的婚礼了。她伸出手和一些熟识的中学生及军官们握手，高兴地笑着，快速地说：

“您好！您过得怎么样？”

走出车厢的阿尼娅站在两个车厢中间的小平台上，月光沐浴着她，以便大家都能看到她所穿的那身华丽好看的新衣服，还有头上那顶漂亮的女帽。

“我们为什么要停在这里？”她问。

“这里要让站，”有人回答她说，“在等一辆邮车。”

阿尼娅发现阿尔蒂诺夫正看着自己，阿尔蒂诺夫是远近闻名的风流男子和放浪汉，于是，她卖弄风情地眯起了眼睛，大声地说起了法语。她的声音是那么的悦耳动听，周围的乐声也变得无比悠扬，一轮明月倒映在池塘里，阿尔蒂诺夫贪婪而好奇地盯着她，她突然感到快活起来。火车开动了，那些熟识的军官都举起手来向她行军礼，她也跟着从树林后传来的军乐声哼唱起了波尔卡舞曲。她回到自己的包厢里，心里产生了一种将来自己必定会很幸福的感觉。

这对新婚夫妇只在修道院住了两天便回城了，他们居住在一幢官家开办的公寓里。莫杰斯特·阿列克谢伊奇上班后，阿尼娅便坐在钢琴前，有时因无聊而伤心抹泪，有时坐在沙发榻上看小说，或者翻看时尚杂志。午饭时，莫杰斯特·阿列克谢伊奇吃得非常多，而且边吃边谈任命调动，谈政治，谈奖品、奖章，还谈到一个人应该努力工作并尽到自己的家庭责任。他还说自己把宗教和道德看得高于世上的一切。于是，他手中握着餐刀就像握着一把利剑似的，说道：

"每个人都应该尽到自己的责任！"

阿尼娅听到他的话，心里害怕极了，也吃不下东西，时常饿着肚皮离开餐桌。午饭后，丈夫就会躺下休息，鼾声大作，阿尼娅只好出门去看望自己的亲人。父亲和两个弟弟打量了她几眼，神情有些异样，好像他们刚刚还在责备她，说她为了金钱而嫁给一个自己并不喜欢，既无聊乏味又令人讨厌的人。她那华丽的衣裙、手上戴的名贵镯子，还有她那浑身的官太太派头，都使他们感到屈辱和拘束。她在场时，他们都有点放不开，也不知道跟她说什么好。不过，他们仍然像以前那样爱她，每次吃饭时少了她，他们都觉得有点不大习惯。阿尼娅坐了下来，和他们一起喝着白菜汤和粥，吃着用羊油煎的带着一股蜡烛味的土豆。彼得·列昂契伊奇用发颤的手给自己斟上一杯酒，贪婪地一口气就喝光了，接着他又斟上第二杯、第三杯……身材瘦小、脸色苍白、长着一双大眼睛的彼佳和安德留沙赶紧夺走他的酒杯，不知所措地说：

“不要再喝啦，爸爸……您喝得够多了，爸爸……”

阿尼娅惊慌不安地站起来，哀求父亲不要再喝了。可是，他却忽然火冒三丈，用拳头敲打着桌子，大声嚷道：

“谁也不许来管束我！顽皮的小男孩！讨厌的小女孩！你们统统给我滚出去！”

不过，他的声音里仍然流露出几分软弱和善良，所以并没有吓到谁。午饭后，他通常要打扮一番。他伸着细长的脖子在镜子前站了足足半个小时，一会儿梳梳头发，一会儿捻捻自己的黑胡子，再往身上喷洒一些香水，还把领结打成一个蝴蝶结，最后戴上手套和高筒礼帽，走向教家馆。遇到节日，他便留在家里，时而画画，时而弹弹那吱吱呀呀、咕咕隆隆吼叫着的风琴，尽管他竭力想让它发出和谐悦耳的声音。他边弹边唱，还冲着两个小男孩大发脾气：

“混账！混蛋！是谁把风琴弄坏了！”

每天晚上，阿尼娅的丈夫都会和住在同一所公寓的同事一起打牌，那些官吏的妻子也会参加，她们丑陋难看，服饰庸俗，就像厨娘一样举止粗鲁。她们传播着种种流言，显得粗俗而无聊。有时，阿尼娅也会和莫杰斯特·阿列克谢伊奇一起到戏院里看戏。幕间休息时，他总是不让妻子离开自己半步，挽着她的胳膊不停地在走廊上和休息室里走来走去。每当他向某个人躬身行礼后，便会小声地对阿尼娅说：“这个人是五品文官，上司大人经常接见他的……”或者说：“此人十分有钱，还有大量田产……”阿尼娅一向喜欢吃巧克力和苹果馅小蛋糕，可是她手头又没有钱，每当他们从小卖部走过时，她想向丈夫要却又不好意思。这时，莫杰斯特·阿列克谢伊奇拿起一个梨，用手指捏了捏，犹豫不决地问道：

“多少钱一个？”

“二十五戈比。”

“哎呀，怎么这么贵啊！”他说着就把梨放回原处。但没买什么东西就离开小卖部，他又觉得有点不好意思，于是要了一瓶矿泉水，然后独自把一瓶矿泉水喝光，喝得连眼泪都流出来了，这时，阿尼娅总是在心里恨得咬牙切齿。

有时，他还会突然涨红了脸，快速地对她说：

“你快给这位老妇人鞠躬呀！”

“可我并不认识她呀。”阿尼娅答道。

“这有什么关系，她是税务局长的太太！你快鞠躬呀，我在跟你说话呢！”他不停地唠叨着，“鞠一个躬，你的脑袋又不会掉下来。”

阿尼娅鞠了一躬，她的脑袋确实没有掉下来，但她却感到非常痛苦。丈夫让她做什么她就得做什么，做的同时她也很懊恼，因为自己居然像一个大傻瓜似的任他摆布。她之所以嫁给他，只是为了他的钱，可现在她手里的钱比出嫁前还要少。出嫁前，父亲好歹也会给她二十戈比，如今她连一个小钱也得不到。偷偷地拿钱或者向他要钱都是行不通的，因为她害怕自己的丈夫，一看到他就胆战心惊。她觉得自己的灵魂似乎早就对这个人存有一种恐惧。小时候，阿尼娅总以为中学校长是最威严可怕的，这种可怕的力量就像天上的乌云，或者像火车头一样，随时都会冲向她，把她压死。她也总是害怕家里人经常提到的那位上司大人。另外，她还害怕中学里那些胡子总是刮得干干净净、相貌严肃、铁面无私的教员。最后，她还害怕眼前这位莫杰斯特·阿列克谢伊奇，这个循规蹈矩的人，就连面孔也十分像中学校长。所有这些可怕的力量汇聚在一起，活像一头令人生畏的大白熊。每当她受到粗暴的爱抚，被丈夫的拥抱吓得胆战心惊时，她也不敢说一句顶撞的话，只好强颜欢笑，装出一副快活满意的样子。

有一次，阿尼娅的父亲彼得·列昂契伊奇壮起胆子向莫杰斯特·阿列克谢伊奇借五十卢布，以便偿还一笔很令人讨厌的债务，不过这次经历却让他终身难忘。

“好吧，我可以借给您，”莫杰斯特·阿列克谢伊奇考虑了一会儿，说，“但是，我要警告您，如果您不戒掉酒的话，以后我将不会再帮助您了。对于一个有公职的人来说，嗜酒如命是可耻的。我不得不提醒您一个大家都知道的事实，许多有才干的人都毁于这个嗜好，事实上，如果他们能克制自己的话，他们肯定会逐步高升，成为上等人物的。”

接着，他又发表了长篇大论：“依据……”“由此可以得出……”“鉴于上面所说的……”等等，可怜的彼得·列昂契伊奇因此受尽了折磨和屈辱，反而更想喝酒了。

阿尼娅的两个穿着破旧的靴子和裤子的弟弟来姐姐家里做客时，同样也必须对姐夫的教训洗耳恭听。

莫杰斯特·阿列克谢伊奇会对他们说：“每个人都必须尽到自己的责任！”

莫杰斯特·阿列克谢伊奇从来没有给过阿尼娅的家人钱，而是送给阿尼娅一些戒指、手镯和胸针，他认为遇到危难时这些东西会派上用场。不过，他经常打开阿尼娅的五斗柜，检查一下这些东西是否少了什么。

二

冬天来临了，在圣诞节前的很长一段时间，当地报纸就刊登出消息：一年一度的圣诞节舞会将于十二月二十九日在贵族俱乐部举行。每天晚上打完牌，莫杰斯特·阿列克谢伊奇都会兴奋不已地跟那些官太太嘀咕一阵，同时忧心忡忡地打量着阿尼娅，然后从一个角落走到另一个角落，长时间地踱来踱去，好像在考虑着什么。一个深夜，莫杰斯特·阿列克谢伊奇在阿尼娅的面前停下脚步，说：

“你应该给自己缝制一套舞衣，明白吗？不过，请你先跟娜塔利娅·库兹米尼什娜和玛丽娅·格里戈里耶夫娜商量一下。”

他给了阿尼娅一百个卢布。阿尼娅收下钱后，并没有跟娜塔利娅·库兹米尼什娜和玛丽娅·格里戈里耶夫娜商量，只是在父亲面前顺便提了一下，她竭力想象着母亲当年都是穿什么舞衣参加舞会的。阿尼娅故世的母亲一向穿得很时髦，而且喜欢把阿尼娅打扮得像个漂亮的洋娃娃，还教她说法语，教她跳优美的玛祖卡舞（她母亲出嫁前曾做过五年的家庭教师）。阿尼娅也像母亲那样会把旧衣服翻改成新衣服，租赁一些珠宝首饰；她也会像母亲那样眯起眼睛，娇声娇气地说话，摆出各种妩媚动人的姿态，如果需要，她还可以高兴得神采飞扬，或者装出一副楚楚可怜、神秘莫测的样子。她继承了父亲的黑眼睛、黑头发、神经质和爱打扮的习惯。

参加舞会前半小时，莫杰斯特·阿列克谢伊奇没有穿好礼服就走进阿尼娅的房间，想在妻子的穿衣镜前把勋章挂在自己的脖子上，他立刻被阿尼娅的美貌和那件鲜艳夺目的薄纱舞衣迷住了。他得意洋洋地梳理着自己的络腮胡子，说道：

“我的好宝贝……瞧你把自己打扮得真是漂亮呀！我亲爱的阿尼娅！”他突然又改用庄重的口气继续说道，“我使你得到了幸福，今天你也要使我得到幸福。我们去结识一位上司的夫人，看在上帝的份上，你一定要认识她一下！通过她，我就可以弄到一个主任呈报员的职位了！

他们乘车来到门口站着侍卫的贵族俱乐部。进入前厅后，他们发现那里的衣帽架上已经挂满了皮大衣，侍者穿梭在人群中间，袒胸露背的太太小姐们都装模作样地用扇子遮挡着过堂风。一股煤气灯和军人服装发出来的气味弥漫在空气中。当阿尼娅挽着丈夫的胳膊登上楼梯时，她从一个大镜子里看到了自己被灯光照亮的整个身影，于是，她心中的快乐情绪被唤醒了，预感到幸福即将来临。在以前那个月色皎洁的夜晚，在那个小火车站，她就曾经有过这样的预感。她仰起头、充满自信地走着，已经感觉不到自己是一个小姑娘了，而是一位太太，并不由自主地模仿着母亲生前的步态和风度。这也是她第一次感到自己是一个富有和自由的女人。即使丈夫就在自己身旁，她也感觉不到任何拘束，因为在她踏进贵族俱乐部门槛的那一瞬间，她就本能地意识到，身边这位年迈的丈夫丝毫不会贬低她的身价，恰恰相反，他只会给她增添一种诱人的神秘色彩，男人都喜欢这一点。大厅里的乐队已经奏响，舞会开始了。从简朴的公寓来到这五彩缤纷、灯火辉煌的宫殿中，阿尼娅激动不已，她向大厅里扫了一眼，心里想道："哎呀，这里真是太好了！"她马上便在人群里辨认出了她所认识的人，有的是在以前的晚会上或游玩时遇到过的人，还有那些军官、教员、律师、官吏、地主、达官贵人、阿尔蒂诺夫和上流社会的太太小姐们。太太小姐们个个都想打扮得漂漂亮亮的，她们穿着袒胸露背的衣服，有的丑陋难看，有的美丽动人，等候在募捐市场的小木屋和售货亭里，准备为救济穷人而举行义卖活动。一位身体强壮、佩戴着带穗肩章的军官——上中学时，阿尼娅是在老基辅街上跟他认识的，现在已经记不起他的名字了——好像是从地下钻出来似的，邀请她跳舞。于是，她就从丈夫的身边翩然而去，觉得自己仿佛坐在了一条在暴风雨中随波漂浮的小帆船上，而丈夫则被远远地留在了岸上……她跳得全神贯注，热情奔放，波尔卡、卡德里尔、华尔兹，一曲接着一曲，从一个舞伴的手里转到另一个舞伴的手里，痴狂地陶醉在音乐和喧闹之中。她娇滴滴地跟别人说着话，俄语里夹杂着一些法语，不停地发出大笑声，她既不去想自己的丈夫，也不去想其他的任何人、任何事。她博得了所有男人的欢心，这是显而易见的。阿尼娅激动得喘不过气来，不停地扇着手里的扇子，觉得口干舌燥，想喝点什么。这时，阿尼娅的父亲彼得·列昂契伊奇走到她的跟前，他穿着一身皱巴巴、带有汽油味的燕尾服，递给她一小碟粉红色的冰淇凌。

“你今天真是太迷人啦，”他异常兴奋地看着女儿说，“我还从来没有这么后悔过，我真不该同意你这样匆忙地出阁嫁人……为什么要这样匆忙呢？我明白你这样做是为了我和你的弟弟们，不过……”他的手颤抖着掏出一沓钞票，说，“这是我今天领到的教家馆的薪水，我可以把欠你丈夫的钱还清了。”

阿尼娅把小碟子塞到父亲的手里，接着就被人搂着腰带走了。她越过舞伴的肩膀看向父亲，只见父亲正在木地板上轻快地滑行着，搂着一位太太在大厅里到处旋转。

“他不喝醉酒的时候是多么可爱呀！”阿尼娅心里想道。

玛祖卡的舞曲响起了，她跟那位身材魁梧的军官又跳在了一起。他踏着傲慢而笨重的舞步，看上去就像一具穿着军服的兽尸，时而挺挺胸膛，时而耸耸肩膀，脚跟也是勉强地踏着拍子，露出一副极不乐意跳舞的样子。阿尼娅则像花蝴蝶似的在他身旁舞来舞去，用自己的美貌和裸露的脖颈挑逗着他。她的眼睛像火一样燃烧着，每一个动作都充满了激情，而他却变得越来越冷漠了。

“好，好哇！”人群中有人叫好道。

渐渐地，那位身体强壮的军官终于也按捺不住了，他兴奋起来，活跃起来，陶醉在阿尼娅的魅力之中，动作也变得轻快而充满活力了，可阿尼娅只是耸了耸肩膀，狡黠地望了他一眼，好像她是女王，而他只是她的奴隶。这时的她，觉得全大厅的人都在看着他们，所有的人都发自内心地嫉妒他们。舞曲结束了，那位身体强壮的军官刚刚向她道过谢，人群中突然让出一条道来，不知为何男人们都挺直了身子，垂下了手……这时，那位身穿燕尾服、佩戴着两枚星章的上司大人朝她走了过来，是的，她并没有看错，上司大人正是冲着她来的，他两眼直勾勾地紧盯着她，脸上带着甜蜜的微笑，嚅动的嘴唇好像在咀嚼着什么——这是他看到漂亮女人的一贯表情。

“见到您我很高兴，真的很高兴……”他开口说道，“我要下令关您丈夫的禁闭，因为他竟然把您这样一件宝贝隐瞒到现在。现在我是受我妻子之命前来找您的，”他向阿尼娅伸出一只手来，继续说道，“您应该给我们帮个忙……嗯，对了……我应该发给您一笔美人奖金才对，就像美国人做的那样……嗯，是的，美国人……我妻子正焦急地等着您呢。”

他把阿尼娅领进小木屋，在那里她见到了一位上了年纪的太太，她的脸下半截特别大，看上去很不成比例，就像嘴里含着一块大石头似的。

“您一定要来帮帮我们，”她用鼻音拖着长调说，“所有的漂亮女子都应该来募捐市场参加义卖活动，现在只有您一个人在这里只顾玩乐，您为什么不肯帮助我们呢？”

说完她就走了，阿尼娅便坐在她的位置上，守着几只杯子和一个银制茶炊。不知为何，这里的生意顿时兴隆起来。来人只要喝一杯茶，阿尼娅就至少要收一卢布，她强逼着那个身体强壮的军官一连喝了三杯。大富翁阿尔蒂诺夫也赶来了，他眼睛突出，大口地喘着粗气，不过没有穿那套古怪的衣服，而是像大家一样穿着燕尾服。他目不转睛地盯着阿尼娅，要了一杯香槟酒，然后付了一百卢布，接着又喝了一杯，又付了一百卢布——期间，他一直沉默不语，因为当时他正被哮喘病折磨得痛苦难耐……阿尼娅还强行邀来了一些顾客，照样都收了他们的钱。这时的她已经确信，她的笑容和眼神能给这些人带来极大的快乐。这时的她也才明白，她生下来就是专门享受这种有着音乐、舞蹈和崇拜者的生活的。很久以来，她一直恐惧那种猛烈袭来、威胁着她的力量，现在她认为这种感觉未免有些可笑。现在的她不再害怕任何人了，只可惜母亲已经去世，否则，这会儿母亲是会为她取得的成功而感到高兴的。

彼得·列昂契伊奇脸色发白，两条腿几乎快站不住了，他走到小木屋，请求给他一杯白兰地酒。阿尼娅脸涨得通红，害怕他会说出什么不得体的话来（现在她已经为有这样一个贫穷而又普通的父亲感到羞愧了），不过，彼得·列昂契伊奇喝完酒后，从那沓钞票中抽出十卢布，往外一扔，一句话也没有说就神气十足地离开了。过了一会儿，阿尼娅看见父亲正跟一位舞伴跳轮舞，这时的他脚步踉跄，不停地嚷叫着，弄得那位太太非常难堪。这让阿尼娅回想起三年前的一次舞会，当时父亲也是这样脚步踉跄，不停地大喊大叫——最后被派出所所长强行送回家去睡觉了。第二天一早，中学校长便威胁说要辞退父亲。这样的回忆是多么令人感到不快啊！

小木屋里的茶炊都已经熄灭了，精疲力竭的女慈善家们把收到的钱全都交给那个上了年纪、嘴里好像含着石块的太太。阿尼娅被阿尔蒂诺夫挽着胳膊送进了餐厅，餐厅里已经为参加募捐市场义卖活动的全体女士准备了丰盛的晚宴。出席晚宴的也就二十多人，但席间却热闹非凡。那位上司大人举杯祝酒道："这些廉价食堂是我们今天义卖活动的服务对象，让我们在这豪华的餐厅里，举杯祝这些食堂兴旺发达！"一位陆军准将也提议为那种"连大炮也甘拜下风的力量"干杯，于是，大家纷纷站起身来和女士们碰杯。

当阿尼娅回到家时，天色已将近黎明，厨娘已经到市场上去买东西了。阿尼娅带着几分醉意，满心欢喜，满脑子都是新印象，同时也感到疲惫不堪，于是就脱下衣服，一倒在床上就睡着了……

下午一点多，女仆唤醒了阿尼娅，并禀报说阿尔蒂诺夫先生来拜访了。阿尼娅急忙穿上衣服，来到客厅。阿尔蒂诺夫走后不久，那位上司大人也特意为阿尼娅参加了募捐市场的义卖活动而前来致谢。他盯着阿尼娅，目光甜蜜媚人，努着嘴唇亲吻她的手，请求允许他以后再来拜访，之后便坐车回去了。阿尼娅站在客厅里，又兴奋又惊讶，不敢相信自己的生活会发生如此快、如此惊人的变化。恰好这时，她的丈夫莫杰斯特·阿列克谢伊奇走进了客厅……现在的莫杰斯特·阿列克谢伊奇换上了一副阿谀谄媚、奉迎巴结、毕恭毕敬的奴才相，对于他这副模样，阿尼娅已经习以为常了，每逢遇到那些有权有势的大人物，他总是流露出同样的表情。因此，阿尼娅估计这个时候无论自己说什么话，丈夫都不敢把她怎么样，于是，她带着兴高采烈的神情，流露出气愤和轻蔑的神色，清晰地一个字一个字地说道：

"给我滚开，蠢货！"

从此以后，阿尼娅就没有一刻空闲的工夫了，因为她要参加野餐，参加郊游，还要参加戏剧演出。她每天都要到后半夜才能回到家，常常躺在客厅的地板上就睡着了，事后她却对别人说她总是在花丛里睡觉。阿尼娅感到自己需要很多的钱，现在她已经不害怕莫杰斯特·阿列克谢伊奇了，她花丈夫的钱就如同花自己的钱一样。她从不伸手向丈夫要钱，也不强求他给钱，而是派人把账单送给他，或者留张便条："交给来人二百卢布"或者"速付一百卢布"之类。

复活节时，莫杰斯特·阿列克谢伊奇获得了一枚二级安娜勋章。当他前去表示对上司的感谢时，那位上司大人把报纸放在一边，坐在圈椅上说：

"这么说来，现在您已经有三个安娜了！"他一边说，一边仔细地看着自己那双白皙的手和粉红色的指甲，然后又说，"一个别在扣眼里，还有两个挂在脖子上。"

莫杰斯特·阿列克谢伊奇谨慎地用两个手指头捂住嘴巴，免得自己笑出声来，他说："现在只等小弗拉基米尔出世了。我斗胆请求大人做他的教父吧。"

莫杰斯特·阿列克谢伊奇指的是那枚四级弗拉基米尔勋章，他暗自想象着上司将如何到处宣扬自己所说的这句一语双关、机智大胆、恰到好处的俏皮话。他本想再说一些类似的妙语，可这位大人却又埋头看起报纸来了……

阿尼娅出门时总是乘坐三套马车，她也经常跟随阿尔蒂诺夫一起去打猎，参加一些独幕剧的演出，并在豪华的餐厅用晚餐，同时，她越来越少回家去看望自己的父亲和弟弟了。失去了女儿的关心，彼得·列昂契伊奇酗酒更厉害了，但他依然没有钱，那台小风琴早已被他卖掉抵债了。两个小男孩根本不敢让他一个人上街，总是紧紧地跟在他的身后，以防他跌倒。他们经常在老基辅街上遇见阿尼娅乘坐着一匹马驾辕、一匹马拉边梢的双套马车兜风，阿尔蒂诺夫则坐在车夫的座位上为她赶车。这时，彼得·列昂契伊奇总是摘下高筒礼帽，想对女儿喊一声，彼佳和安德留沙却拽着父亲的胳膊，苦苦哀求道：

"不要这样，爸爸……还是算了吧，爸爸……"

胖子和瘦子

一个胖子和一个瘦子在尼古拉铁路的一个车站上相遇了，他们两人是朋友。胖子刚刚在车站上吃过午餐，嘴唇上还沾着油星子，油亮油亮的，就像熟透了的红樱桃。他的身上散发出一阵核列斯葡萄酒和新娘头上戴的香橙花的气味。瘦子则刚走出车厢，肩背手提着一个大包裹和一大堆硬纸盒，一股火腿肠和咖啡渣的气味从他身上飘散开来。他身后跟着一个尖下巴的瘦女人——他的妻子，还有一个眯着一只眼睛的高个子男孩——他的儿子。

“波尔菲里！”胖子一眼便看见了瘦子，激动地高声喊道，“真的是你吗？亲爱的！我们已经好久没见面了！都不知有多少个冬天，多少个夏天了！”

“我的上帝！”瘦子也惊讶地说，“你是米沙！我小时候的朋友！你这是去做什么呀？”

两位朋友紧紧地拥抱在一起，然后神情专注地凝视着对方那噙着泪花的眼睛。

“亲爱的！”瘦子首先开口道，“这太出乎意料了！真是没想到呀！我的朋友，让我好好看看你！你和年轻时一样，依然那么帅气，也还是那么气派，那么讲究穿着！这些年你过得怎么样？一定发了不少财吧？对了，你结婚了吗？你看，我已经结婚了……这就是我的妻子路易莎，娘家姓汪岑巴赫……她是一个路德派新教徒……我的儿子，纳法奈尔，他已经是中学三年级的学生了。纳法奈尔，我给你介绍一下，这是我的……”

纳法奈尔迟疑了片刻，然后摘下帽子。

“中学同班同学，”瘦子接着说，“我还记得同学们当时都叫你赫洛斯特拉特，因为你曾把公家的一本图书用香烟烧了个洞，而同学们则叫我厄菲阿尔特，因为我喜欢告密。哈哈……不说这些了，当时我们还都是小孩子呢！不要害怕，纳法奈尔，过来……”

纳法奈尔还是稍微迟疑地躲在了父亲的背后。

“没关系的，孩子，不用害怕。我的朋友，你的日子过得如何啊？”胖子神采飞扬地问道，“你在哪儿高就？肯定升官了吧？”

“你说得很对，亲爱的！我已经当了一年多的八品文官，还获得过一枚斯坦尼斯拉夫奖章，但薪水并不高……哎，不管这些了！我的妻子给人上音乐课，工作之余我也用木头雕刻一些烟盒，我雕的烟盒可精致啦！一个烟盒就能卖一卢布。如果有人买得多，十个或十个以上，我就降点价，这样日子还过得马马虎虎。我以前只是一个厅里的科员，现在才调到这个地方来当科长，不过还是原先那个部门……从今以后我就要在这片土地上工作了。喂，你怎么样啊？应该已经升到五品了吧，对不对？”

“比这还要高，亲爱的，”胖子得意地说，“我已经是三品文官了……还获得了两枚星章。”

听到这话，瘦子的脸色一阵白一阵紫的，目瞪口呆，但他很快就调整好了自己，露出一副笑容可掬的样子，脸上和眼睛里似乎闪耀着火花般的光芒，而他的身子却蜷缩成一团，弯腰弓背的似乎比别人矮了大半截……他的那些箱子、包裹之类的东西也似乎都变小了……他妻子的下巴拉得更长了，纳法奈尔则以立正的姿势站好，扣好了大衣上的所有纽扣……

“啊呀，我的大人……见到您真是不胜荣幸！虽说我们是从小一起玩的朋友，但是现在的您却变成了如此显赫的达官贵人！嘿嘿嘿……”

“得了，千万不要这样说！”胖子皱起眉头，“干吗要用这种口气说话呢！我们是从小一起长大的朋友，何必把官场上那一套搬出来呢！”

“我的大人……您可千万不要这么说，大人……”瘦子嘿嘿地笑着，身子蜷缩得更加弯曲了，“得到大人的恩典和关注……就如同得到使人再生的甘露……大人，这是我的儿子纳法奈尔……这是我的妻子路易莎，她是一位路德派新教徒，在某种意义上……”

胖子听得不耐烦了，本想反驳他几句，但一看到瘦子脸上流露出的那种阿谀奉承、毕恭毕敬、低三下四的表情，这位三品文官都快要呕吐了。他不得不赶快转过脸去，并伸出手跟他告别。

瘦子握住胖子的三个手指头，然后深深地鞠了一躬，整个身子都弯下去了。他的妻子也陪着笑脸，纳法奈尔则像军人那样碰响两脚向胖子行礼，帽子掉在了地上。在这里偶然遇到了胖子这位三品文官，一家三口都感到又惊又喜。

站 长

斯捷潘·斯捷潘内奇是德列别兹基火车站的站长，他姓舍普图诺夫。去年夏天，斯捷潘·斯捷潘内奇出了一件无足轻重的丑闻，但他却为此付出了昂贵的代价，不仅失去了那顶崭新的制帽，同时也失去了对人类的信心。

每年夏天，第八次列车都会在夜间两点四十分通过他所在的车站。斯捷潘·斯捷潘内奇非常不喜欢这个时间，因为他根本没法睡觉，不得不在站台上溜达，或者和女电报员闲聊。

斯捷潘·斯捷潘内奇本来有个助手，叫阿列乌托夫，但是每年夏天来临时，他都说要去结婚，剩下可怜的舍普图诺夫独自一人值班。命运之神对人真是太不公平了！不过，斯捷潘·斯捷潘内奇也并非每天夜里都感到孤独寂寞。车站附近有一处公爵的庄园，总管纳扎尔·库兹米奇·库查佩托夫的妻子叫做玛丽娅·伊利尼奇娜。这位并不年轻，也不特别漂亮的太太常在深夜来找舍普图诺夫。在伸手不见五指的深夜里，有时甚至会把一根电线杆子当成警察，这样的夜晚是寂寞的，就像饥饿一样冷酷无情地折磨着斯捷潘·斯捷潘内奇。而玛丽娅·伊利尼奇娜的到来改变了他的状态。舍普图诺夫会挽起玛丽娅·伊利尼奇娜的胳膊，从站台上一直走到货车旁边，在那里一边等候第八次列车，一边海誓山盟地谈情说爱，一直谈到列车的鸣笛响起。

一个满月的夜晚，他和玛丽娅·伊利尼奇娜并肩站在货车旁，等候着第八次列车的到来。一轮皎洁的明月挂在万里晴空之上，显得十分静谧、安详。月光洒满了整个车站和一望无垠的田野……四周万籁俱寂……舍普图诺夫紧紧地搂着玛丽娅·伊利尼奇娜的腰，两人都默默无语，陶醉在甜蜜的月光之中……

“月色真美！”舍普图诺夫叹息道，“你冷吗？”

玛丽娅·伊利尼奇娜没有回答，只是把身子紧贴在他那件制服大衣上。

两点二十分的时候，舍普图诺夫看了看怀表，说：“列车快到了……亲爱的玛丽娅，让我们看着铁道吧……先看到列车灯光的那个人会爱对方更深的……我们还是看着铁道吧……”

于是，两人目不转睛地凝视着渺茫的远方，无限延伸的铁道上到处闪烁着灯光，让人感到有些亲切。仍然没有看到第八次列车……舍普图诺夫望着远方，突然，一个东西映入他的眼帘……两个很长的黑影正越过枕木……径直向他们这边移动，黑影越来越大，越来越宽……其中一个黑影逐渐显出人形的样子，另一个黑影——大概是那人手里握着的一根又粗又长的木棒的影子……黑影越来越近了，很快就听见有人低声哼唱着《安果夫人的女儿》中的曲调。

“不要在铁轨上行走！赶快从铁轨上下来……”舍普图诺夫大声喊道，“火车就要开过来了！”

“还用你来发号施令吗，你这个混蛋！”传来一声辱骂声。

被臭骂了一顿的舍普图诺夫急欲冲向前去，但却被玛丽娅·伊利尼奇娜拽住了衣襟。“看在上帝的份上，斯捷潘，请你千万不要过去！”她哀求道，“他是我的丈夫，是纳扎尔来了！”

她话音刚落，库查佩托夫已经来到了受辱的站长面前。舍普图诺夫突然大叫一声，钻到车厢底下去了，他的头部好像撞到了一个铁东西。他把肚子紧贴着地面，爬过车厢，顺着路基逃跑。

在跳过枕木时，他被钢轨绊了一下，然后就像个疯子，也可以说像条尾巴上拴着狼牙棒的狗，飞也似的跑向水塔……

“天啊，他手里的那根木棒真是粗啊！”他一边逃跑，一边暗自想道。

舍普图诺夫来到水塔跟前才停下脚步，借机喘口气，这时他又听见了一阵脚步声。他回头一看，只见一个人影正飞快地朝自己移动，手里还拿着一根木棒。舍普图诺夫吓得魂飞魄散，拔腿便跑。

“快点站住！请等一等！”库查佩托夫在他身后喊道，“站住！当心啊！列车已经开过来了！”

舍普图诺夫抬头一看，只见一列火车迎面驶来，闪着两只可怕的火眼……他吓得头发都竖起来了，心脏怦怦地跳个不停，他忽然停住脚步，用尽全身力气，纵身向前跳去……在空中飞行了大约四秒钟后，他落在一个坚硬的斜坡上，滚了下去，手里还抓了一棵牛蒡草。

“这只是路基的斜坡，”他心里想着，“哼，这没什么要紧的。宁可从路基上滚下去，也不能让贵族老爷挨下等人的毒打。”

一分钟后，他的右耳边传来一阵沉重的大皮靴踩水的声音，来人还用手在他的背上摸来摸去……

“真的是您吗？”他听到了库查佩托夫的声音，“您是斯捷潘·斯捷潘内奇吧？”

“请您饶了我吧！”舍普图诺夫不停地哀求道。

“您这是怎么啦，亲爱的舍普图诺夫？您为什么要这样害怕？我是库查佩托夫！难道您不认识我了吗？是我在您身后追呀追的……我边跑边喊，您差点被火车给轧死，亲爱的！看见您跑了，玛丽娅也吓坏了，她现在已经昏倒在站台上了……您是不是因为我骂了您一句混蛋，才吓成这个样子的？请您千万不要生我的气，我还以为您是扳道员呢……”

“哎呀，您就不要挖苦我了……您如果想报复，就赶快报复吧……反正我已经在您的手心里了……”舍普图诺夫苦苦哀求道，“您就打吧，把我打成残废算了……”

“唉……您这是怎么啦，我的老兄？我是有事问您才追您的，我的大恩人呀！我有件事想跟您谈谈……”

库查佩托夫沉默了片刻，接着说：“这件事对您、对我都很重要……我的玛丽娅已经告诉我，您和她已不是普通的关系，可这件事对我来说其实也无所谓，因为玛丽娅·伊利尼奇娜在那件跟我和她都有关的事情上，总是让我不如意。但我毕竟是她的丈夫，是一家之主，为公平起见，就劳驾您跟我签订个协议吧，就像《圣经》上米哈伊尔所说的。德米特里公爵跟她发生关系时，每月都给我两张面值二十五卢布的票子。那么，您愿意出多少呢？俗话说得好：协议胜过金钱。您赶快站起来吧……”

舍普图诺夫勉强站了起来，他感到自己好像摔断了筋骨，拖着沉重的脚步向路基走去……

“您到底愿意出多少啊？”库查佩托夫追问道，“我只要一张面值二十五卢布的票子……同时还有一件事想求求您，您能否在您的车站上为我侄子找份小差事做做……”

库查佩托夫的声音虽然很大，但是舍普图诺夫却什么也没听见，什么也没看见，他勉勉强强地走进值班室，一头倒在了床上。第二天早晨起来，他发现自己丢了那顶制帽和一块肩章。

他至今仍尴尬得抬不起头来。

哀伤

格里戈里·彼得罗夫是一位优秀的旋匠，当年在加尔钦乡里可谓无人不知，无人不晓，同时他的糊涂也是众所周知的。此刻他正赶着一辆雪橇，送生病的老伴去地方上的自治局医院，这段路大概有三十多俄里，路况糟透了，就连公家的邮差也感到头痛，这样的路让像旋匠格里戈里这样的懒人来走，真是举步维艰。迎面吹来一阵刺骨的寒风，密密麻麻的飞旋着的雪花落在脸上，仿佛刀割一般。雪越下越大，已经分不清是从天上落下来的，还是从地上刮起来的。眼前除了茫茫大雪，还是茫茫大雪，田野、树林，就连电线杆也都被雪覆盖了。强劲的寒风袭来，格里戈里的车轮被深深地埋在了大雪之中，那匹瘦弱的老马艰难地向前移动着，拔出深雪里的腿，走上一步，再拔出深雪里的腿，再走上一步，吃力极了。旋匠急着给老伴看病，常常焦急地挥打着鞭子，狠狠地抽打在马背上。

"玛特廖娜呀，你就别哭了，我已经很卖力了……"他小声嘟哝着，"你就再忍耐一下，上帝会保佑我们及时赶到医院的。到了医院，用不了一会儿工夫，你那个病……巴维尔·伊凡内奇或许就会给你喝一些药水，也可能让人给你放点血，或者他会大发善心，派人用酒精给你擦身体，这样你腰痛的毛病就会好了。巴维尔·伊凡内奇肯定会尽力的……虽然他可能会责骂一通，或者跺跺脚，但他肯定会尽力帮你治病的……他是一位多么好的老爷啊，待人宽容和气……等我们一到，他肯定会立即从他的诊室里跳出来，接着就会数落个没完没了：‘你怎么回事啊？’他也许会嚷嚷道：‘你们为什么现在才来啊？为什么不早点来？难道你们认为我是一条狗，就该成天围着你们这些鬼东西转吗？为什么不上午来？滚，快点给我滚回去！明天再来吧！’那我就会求他：‘医生老爷！巴维尔·伊凡内奇！我尊贵的好老爷！’哎，你倒是快走呀，我让你发呆，真是见鬼！驾！”

旋匠甩开鞭子，狠狠抽在他的瘦马身上，看都没看他老伴一眼，继续低声地自言自语：

“我的老爷！我说的可都是实话啊，我敢向上帝……还是凭我的十字架起誓：天还没亮，我们就起程了，可那么远的路，怎么能说到就到呢？而且上帝……圣母娘娘……发了火，给我们送来了这么一场大暴风雪。您老人家也是看见的，即便一匹骏马也不一定能按时赶来，何况我这匹又瘦又老的马。’可能巴维尔·伊凡内奇照样会皱起眉头，大声喊道：‘我是清楚你们这些人的，总能找出理由来为自己辩护！特别是你，格里什卡！我早就了解你的为人了！恐怕你一路上进了五六家小酒馆吧！’我就会反驳他说：‘难道您认为我是恶棍，还是一个异教徒？自己的老伴都快要归天、咽气了，我怎么还有心思去小酒馆喝酒呢！您就饶恕我吧！快点给我的老伴看病吧，叫那些小酒馆见鬼去吧！’接下来，巴维尔·伊凡内奇就会吩咐人把你抬进医院，我当然会给他跪下，并说：‘巴维尔·伊凡内奇！我的老爷！我们千恩万谢也难以报答您的恩情啊！请您可怜可怜我们这些庄稼人吧，我们惹您生了这么多气，按理您是应该把我们连打带骂地赶出去的，可您老人家还是为我们看病。瞧，您的脚上都是雪！’巴维尔·伊凡内奇肯定会瞪着大眼，像是想要揍我一顿似的，说：‘蠢货，你与其给我跪着，还不如平时少灌自己几杯白酒呢。再看看你那可怜的老伴，我真想揍你一顿！’‘您说得太对了，我是真该揍，巴维尔·伊凡内奇，您就狠狠地揍我一顿吧！既然您是我们的救命恩人，叫您亲爹我都乐意，更不用说给您下跪了。老爷，我说的都是实话，如同站在上帝面前一样……如果我撒了谎，您就戳瞎我的眼睛。只要我的玛特廖娜，也就是我的老伴，能够治好病，还能和以前一样操持家务，不论您老人家吩咐我做什么，我都会替您做好的！像小烟盒、糙球，还有什么九柱戏的木柱，我都会精心为您做的，我可以旋得跟外国人一样好……而且我一分钱也不收！如果是在莫斯科，这种小烟盒可以卖四个卢布，可我一分钱也不会收您的。’巴维尔·伊凡内奇就会笑着说：‘好，好啊……你的心意我心领了！只可惜你是个酒鬼……’老伴，你看我跟那些老爷说得多好啊，我知道怎样跟他们打交道，没有我搭不上话的老爷。现在我只求上帝保佑，千万不要让我们迷路才好。你瞧这暴风雪刮的，我的眼睛都快睁不开了。”

旋匠的嘴里一直不停地嘟哝着。他东拉西扯，只求自己沉重的心情能放松一些。他嘴上的话虽多，可脑子里的想法和疑问却比嘴上的还多。哀伤不断地袭来，完全出乎他的意料，弄得他怎么也无法清醒过来、平静下来，认真地想一想。在此之前，他一直过着无忧无虑的生活，昏昏沉沉，无所事事，既不知道欢乐，也不知道哀伤，可现在他却突然心情沉重起来，内心十分痛苦。这个一直无忧无虑的懒汉和酒鬼好像突然变了一个人似的，竟然也忙碌起来，凡事都要操心。看到老伴生病了，他心急火燎的，也不怕这么大的暴风雪了。

旋匠记得非常清楚，他的哀伤是从昨天傍晚开始的。昨晚，他像往常一样喝得醉醺醺地回到家，接着就开始骂人，还挥舞着拳头。老太婆看了一眼自己的丈夫，眼神里充满了严厉和呆滞，就像圣像上的圣徒或将死的人一样，完全没有了往日的温顺和痛苦。旋匠的哀伤正是从她那奇怪、不祥的眼神开始的。他吓得不行，赶紧向邻居借了一匹老马，拉着老太婆就往医院赶，希望巴维尔·伊凡内奇能用神奇的药粉或者油膏恢复老太婆从前的眼神。

“你呀，玛特廖娜，如果……”他又小声地嘟哝起来，“如果巴维尔·伊凡内奇问起我有没有打你，你就对他说：‘没有，绝对没有的事！’我也会记住的！从今往后再也不打你了。我凭着十字架向上帝发誓！再说，我以前也不是故意打你的，没有什么怨恨！我只是不假思索就随手打了你。其实我可心疼你了，你看我不是正急着送你去医院看病吗……瞧，好大的暴风雪啊！上帝啊，你是在发怒吗？求你一定保佑我们不要迷路……怎么样，你的腰还痛吗？玛特廖娜，你为什么一句话也不说呢？我问你呢，你的腰还痛吗？”

旋匠感到非常奇怪，为什么老太婆脸上的雪总是不融化呢？那张脸为什么显得这么消瘦，灰白里还透着蜡黄，面容庄重而又严肃。

“唉，蠢婆娘！”旋匠大喝道，“我跟你说真心话呢，上帝可以作证……可是你，那个……咳，你真是个蠢婆娘！你再这样，我索性就不送你去医院了！”

旋匠放下缰绳，犹豫不决，他不敢回头看老伴，因为他害怕！他问的话得不到回答，同样让他感到害怕。最后，为了探个究竟，他狠了狠心，试着用手去摸了一下她的手，手是冰凉的，被抬起的手直直地垂了下来。

“你不会就这么死了吧，这下麻烦可大啦！”

旋匠大哭起来，他不仅可怜老伴，更感到懊丧。他认为这世上的一切都变得太快了，他的哀伤才刚刚开始，不应该这么快就收场的，他还没来得及让老太婆过上好日子呢，没来得及对她表示疼爱，她怎么就死了呢？他们共同生活了四十年，但这四十年却像一场噩梦：受穷、酗酒打架，没过上一天好日子。况且，当他正要痛改前非，正要疼爱老太婆，正要向她说声对不起时，她却死了。“上帝啊，你这样做分明是在跟我作对啊！”旋匠大声喊道。

旋匠回想起往事，说道：“我做得真是差劲啊，时常打发她出去向人家讨饭。要是她再活上十年，我会让她过上好日子的。否则，她还真以为我是那种人呢。圣母娘娘啊，我还往什么鬼地方赶呀？现在不应该再去看病了，而应该把她安葬了。那就掉头吧！”

旋匠使出全身力气抽打着他的马，让它掉转头来。回去的道路更难走了，连车轭也看不见了。雪橇有时还会撞到小杉树，一个黑乎乎的东西在他的眼前一闪而过，擦伤了他的手。接着，视野之内又变得白茫茫一片，风雪飞旋着。

“如果能从头再活一次，那就好了……”旋匠想着。

于是，他又回想起四十年前的玛特廖娜，那时她还年轻，是一个漂亮、快活的姑娘，出身于富裕人家。她的父母把女儿嫁给他，仅仅是因为他们喜欢他的好手艺。凭借自身的能力，旋匠本来可以过上好日子，不幸的是，婚后他就开始酗酒，整天烂醉如泥，一头倒在炕上就会睡到大天亮。婚礼上的事情他倒还记得，而婚礼之后的日子他却一点印象也没有。哪怕被人打死，他也只记得自己做过的仅有的三件事：喝酒、睡觉、打妻子，此外就什么也不记得了，一晃四十个年头就这样过去了。

黄昏来临了，鹅毛似的大雪使天空也变得灰暗了。

“我这是往哪里赶呀？”旋匠猛地清醒过来，“应该去墓地的呀，我怎么还是朝医院的方向赶呢……我真是变傻了！”

旋匠掉转雪橇，朝老马的背上又是一记鞭子。老马鼓足全身力气，打着响鼻，一路小跑起来。旋匠接二连三地抽打着老马的背……身后传来一阵阵东西撞击的声音，他头也不回一下，以为那是故去的老太婆的头撞击雪橇而发出的声音。天色变得越来越暗，风也变得越来越冷，越来越刺骨了……

“如果能再从头活一次，那就好了……”旋匠想道，“我会添置一套新的工具，接受大批的订单……把钱都交到老太婆手里……嗯，就这样办！”

后来，他一不小心弄脱了缰绳，可怎么也无法把缰绳捡起来，他的手已经不听使唤了……

“既然这样，那就算了……”他心里想道，“反正老马识途，它会把我拉回家的。现在我要小睡一会儿……趁下葬、安魂祭以前，我最好休息一会儿。”

旋匠闭上眼睛，打起盹来。不久，他感到马停了下来，睁开眼却看到自己面前有一堆黑乎乎的东西，像是大草垛，又像是小木屋……

这时，他真想从雪橇上爬下来，弄明白到底发生了什么事，可现在他全身懒得什么也不想干，甚至宁愿冻死，也不想动弹一下……接着，他就安静地睡着了。

等他再次醒来时，发现自己躺在一间明净的大房间里，温暖的阳光从窗外射进来。旋匠看到自己面前站着好些人，他首先要做的就是表明自己是个既稳重又懂事的人。

“请你们都来参加老太婆的安魂祭吧，乡亲们！”他说，“还要告诉东家一下……”

“唉，算了，算了！你还是只管躺着吧！”有人打断了他的话。

“天哪，您是巴维尔·伊凡内奇！”旋匠看到身边的医生，惊叫起来，“老爷哪！恩人哪！”

他想跳下床，扑通一声跪在医生脚下，但是，他感到自己的手脚已经不听使唤了。

“我的老爷！我的胳膊哪儿去了？我的腿呢？”

“你只能跟自己的胳膊和腿告别了……因为你把它们冻坏了！

好了，好了，你就不要哭了，你还是感谢上帝让你活了六十年吧，你活的时间也够长的了！”

“亲爱的老爷，我伤心呀！请您宽宏大量饶恕我吧！就是再让我活上那么五六年也好啊……”

“为什么？”

“马是借来的，还得还给别人……要把老太婆下葬了……这世上的事怎么变得这么快啊！我的老爷！巴维尔·伊凡内奇！卡累利阿榨木烟盒我还没有做好呢，槌球也还没有做出来……”

医生只是摆了摆手，就走出了病房，这个旋匠——算是彻底完了。

一件艺术品

萨沙·斯米尔诺夫是一位独生子，他脸上带着一副酸溜溜的表情，腋下夹着一件用第223期《市场报》包裹着的东西，面带愁苦地走进科舍利科夫医生的诊室。

"啊，亲爱的小伙子！"医生热情地说，"您现在感觉如何？是不是要告诉我一个好消息？"

萨沙眨了眨眼睛，用一只手摸着胸口激动地说："伊万·尼古拉耶维奇，我的母亲让我代她向您致敬问好，并嘱咐我向您表示感谢……我是母亲的独生子，是您救了我的命……把我从危难之中解救出来，所以……我们该如何感谢您才好呢？"

"千万不要这样说，年轻人！"医生打断他的话，脸因为高兴而涨得通红，"这是我应该做的，换成其他人也会这样做的。"

"母亲只有我一个儿子……而且我们也很穷，您那昂贵的出诊费我们无疑是付不起的，所以……这让我们太不好意思了，好大夫，您一定要收下这件东西，这是母亲和我的一片心意……这代表着我们的谢意，也是一件……非常珍贵的物品，它是一件古代的青铜器……一件稀有的艺术品。"

"您不必这样做的！"医生为难地说，"嗯，您刚才说这是一件什么东西？"

"不，请您一定不要拒绝，"萨沙一边打开纸包，一边唠叨着，“如果您拒绝了，我和我的母亲都会生气的……这件艺术品是先父留给我们母子的，我们一直把它当做珍贵的纪念品珍藏着……我父亲生前喜欢收购古铜器，然后再把收到的卖给古铜器爱好者……母亲和我现在仍在干这个行当……”

萨沙打开纸包，细心地把那件物品放在桌子上，这是一座古老的青铜烛台，体形不太高，两位女子的雕像耸立在台座上，她们的姿势就像夏娃一样，全身赤裸，一丝不挂。我没有勇气，也没有描写的天赋，因此也就无法详细地描写她们那遮盖私处的无花果叶和整个体态。两位女子的脸上显现出娇媚的微笑，似乎要从烛台上跳下来一样，然后会在房间里……这让读者看了会感到有伤大雅的。

医生仔细打量着这件礼品，轻轻用手指挠着耳根，干咳了一声，擤了一下鼻涕，表现出犹豫不决的样子。“真的，这的确是件精美的艺术品，”他含糊其辞地说，“不过，怎么说好呢，它看上去毕竟有点……有点不太雅观……她们并不仅仅是袒胸露背，天知道她们在干什么……”

“您的意思是说她们为什么不穿衣服吗？”

“就连那个偷吃禁果的夏娃，也无法与她们相提并论。如果把这个物件摆在桌子上，是不是显得主人太粗俗了？”

“大夫，您怎么能这样想呢！”萨沙生气地说，“要知道，这可是一件艺术品呀，您再仔细瞧瞧！您瞧，她们的身姿雕刻得多么优美高雅，看到的人都会禁不住对她们充满崇敬之情，甚至会流出感动的热泪来！看到如此优美的体态，您会忘掉尘世间的一切烦恼……您再仔细瞧瞧，她们的内在感情也是非常丰富的，一举一动是多么轻盈、多么富有艺术表现力……”

“这一切我都明白，我亲爱的朋友，”医生打断萨沙的话，“可是，您知道，我已经成家了，我的孩子们也常常会跑到这里来，常来这里的还有一些女士。”

“这是当然的啦，普通人是会用您所想象的那种眼光去看它，”萨沙说，“但是，具有这么高度艺术欣赏性的物品，自然不能用普通人的眼光来欣赏了……您是谁啊，您是赫赫有名的大夫，您应该比普通人站得更高些，从更高的角度去看待它。况且，如果您拒绝接受它，您拒绝的就不仅仅是一件艺术品了，而是我和母亲的一片诚心。我是我母亲的独生子……是您拯救了她儿子的生命……我们把极为珍视的东西送给您，这是理所应当的事情……”

“谢谢您，我亲爱的朋友，我非常感谢您和您母亲的一片诚意……请代我向您母亲表示感谢。不过，说句心里话，您自己想想看，我的三个孩子如果看到了，还有那些常来看病的女士……不如这样吧，您先把这件东西留在这里！反正您是不会明白我的想法的。”

“您用不着解释什么，”萨沙高兴地说，“您就把这个烛台放在花瓶旁边吧，可惜只有一只，要是有一对就好了。这太可惜了！好吧，再见，我的大夫。”

萨沙走后，医生凝视着那个烛台，不时地挠着耳根，陷入了沉思。“毫无疑问，这个烛台是一件非常好的艺术品。”他想道，“把它扔了吧，那就太可惜了……留在这里吧，自己又无法接受……嗯……这真是一件难办的事！还是把它送给谁吧！”

思考了很长时间，他终于想到了自己的好朋友乌霍夫律师，自己正在托他办一件案子。

“这真是太好了，”医生下定决心地说，“作为老朋友，他是不好意思收我的诉讼费的，对了，送他这件艺术品再合适不过了。我现在就把这件让人难以接受的艺术品给他送去！况且，他只是一个单身汉，也比较喜欢这类东西……”

说去就去，医生穿戴整齐，抱着那件东西就朝乌霍夫家走去。

“您好呀，”医生正好碰上律师朋友在家，他说道，“我到您这儿来……是为了表示对您的感谢，老弟，您可帮了我的大忙……您肯定也不会收我的钱的，那就请您收下这件礼物吧……我的老弟，您瞧……这是一件非常精美的艺术品，您肯定会喜欢的！”

一看见这件礼品，律师的欣喜之情溢于言表。

“这真是一件好东西啊！”他放声大笑起来，“哎呀，真是活灵活现，谁的手这么巧啊，居然能制作出这么好的东西来！真是太精致啦！我真的很喜欢！你是从哪儿弄到这件如此漂亮的东西的？”

律师由衷地赞叹了一番，然后胆怯地朝门口望了望，接着说：“虽然我也喜欢这件艺术品，但是，老兄，还是请您把这件礼品拿回去吧。我万万不能接受……”

“这是为什么啊？”医生疑惑地问道。

“因为……因为我家里还有一位老母亲，另外还有一些当事人也常来找我；再说，要是让仆人看到了……”

“不——不——不，无论如何您都不能拒绝我的好意！”医生挥着手说，“如果您拒绝接受它，那真是太愚蠢了！这可是一件艺术品……人物的体态是那么高雅优美，那么富有艺术表现力……我简直不敢妄加评论！如果您不接受，我一定会感到伤心的！”

“哪怕把那个地方盖上一点东西，或者蒙上一块遮羞布什么的也好呀……”

医生不停地挥着手，从乌霍夫的住宅里逃了出来。终于把这件礼物打发了出去，他心里感到很满意，然后就回家了。

医生走后，律师仔细地端详着那个烛台，用手指上上下下地抚摸着，然后也和医生一样，绞尽脑汁地想把这件礼品处理掉。“一件多么好的艺术品啊，”他思忖着，“扔掉它吧，挺可惜的。

放在自己的房间里，又不大雅观。嗯，最好的办法——还是把它送人算了……对了，今天晚上我就把它送给喜剧演员沙什金，这种东西会得到他们这些喜剧演员的喜欢的，况且今天正好是他从事艺术活动的周年纪念日……”

说做就做，一到晚上，他就把烛台包装好，径直来到喜剧演员沙什金的工作室。整整一个晚上，前来喜剧演员化妆室欣赏这件礼品的人络绎不绝。化妆室里一直欢声笑语，热闹非凡，人们的哄笑声就像马的嘶鸣一样响亮。如果有女演员来到门口问：“我可以进去吗？”喜剧演员那嘶哑的声音就会立刻传来：

“不行，真的不行，亲爱的，我还没有穿衣服呢！”

纪念演出结束后，喜剧演员耸了耸肩膀，摊开两手，为难地说：

“唉，你让我把这件污秽下流的东西放到哪里好呢？你知道我是住在私人住宅里的呀！再说，我这里时常有女演员来啊！这又不是照片，也不能放在抽屉里！”

“我说您呀，先生，把它卖掉就好了嘛，”理发师看透了喜剧演员的心思，便向他提出这样的建议，“一位专门收购古铜器的老太太就住在城外的居民区里，您到那里问一个姓斯米尔诺夫的人……大家就会告诉你的，没有人不认识她。”

喜剧演员听从了理发师的劝告……

两天以后，坐在自己诊室里的科舍利科夫医生正用一个手指顶着脑门，思考胆汁酸是如何产生的，房门突然被推开了，萨沙·斯米尔诺夫跑了进来，他神采奕奕，笑容可掬，浑身上下流露出喜悦的神情……手里拿着一件用报纸裹着的东西。

“大夫！”他上气不接下气地说，“您简直太走运了，我真是太高兴了！怎么说好呢，还是让我告诉您吧，我和母亲终于又弄到了一个烛台，和送您的那个一模一样，这样您就可以拥有一对烛台了！……我母亲也高兴得不得了……我可是母亲的独苗啊……是您救了我一条命……”

由于过分激动，萨沙两只手抖动着把烛台放在医生的面前。医生半张着嘴，想要说些什么，但却什么也没有说出来，他的舌头僵住了。

村 长

某县城有一家十分肮脏的小饭馆，村长希里玛正坐在这个饭馆的桌边吃一盆油腻的肉粥。他每吃完三勺肉粥，就喝上一杯酒，并且总是说：就喝这“最后一杯”了。

“就是如此嘛，你真是我的知心朋友，农民的案子真的很难办的！”他一边向小饭馆的老板解释，一边在桌子底下扣上那些被撑开的纽扣，“是啊，我的好兄弟！就连俾斯麦也对农民的案子缺乏了解。要办好这种案子，脑子必须非常灵活，还要有点手腕。那些农民为什么都喜欢我？他们为什么会像苍蝇似的围着我转？我为什么总能吃上带油的肉粥，而别的律师连点油星也沾不上？这些都是有原因的，那就是我的脑子好使，有能力。”

希里玛喘着粗气又喝了一杯酒，然后就神气十足地伸直了脏脏的脖子。他这个人不仅脖子不干净，而且他的两只手、耳朵、衬衫、裤子等全都肮脏不堪，处处透着龌龊。

“我从不说谎，我承认自己没有什么学问，既不是大学生，也不像学者们那样穷讲究、穿大礼服。不过，老弟，我可以毫不谦虚地对你说，我从不采用任何压制措施，却能把农民的案子办好，像我这样精通法律的能人，一百万人中也只能找出我一个吧。也可以这样说，我没审过斯科平的案子，也没办过萨拉·贝凯尔的案子，可只要是牵涉到农民的案子，我就能手到擒来，全都不在话下，不管什么样的检察官，也不管什么样的辩护律师，都不是我的对手……真的，上帝可以作证！只有我才擅长办理农民的案子，其他人都不行！ 就算你是贝多芬，就算你是罗蒙诺索夫，如果你没有我这份才能，最好不要来插手我的事。给你举个例子吧，你听说过列普洛沃村村长的那件案子吗？”

“没有，从没听说过。”

“这案子倒是很有意思，而且需要用点手腕！就算普列瓦科遇上它也会栽跟头的，可这个案子一经我的手，就办得干净利索。兄弟，事情是这样的：离莫斯科不远的地方有一家铸造大钟的工厂。我们列普洛沃村的一个农民在这家工厂里当工长，他叫叶甫多吉姆·彼得罗夫，他在那个厂里已经干了二十多年。从他的身份来看，他当然是一个庄稼人，也就是穿树皮鞋的乡巴佬。再看他的仪表相貌，那就完全不像是乡下人。二十年来，他学习了文化，穿上了花呢子衣裳，手上也戴了几枚金戒指，肚子上还绷着一条金链子，已经变得非常体面了。我想，你要是见到他，也不敢接近他，因为他完全不像一个庄稼人！其实，他变成这副样子，我们也不能觉得奇怪，兄弟！他能拿一千五百卢布的薪水，那里管吃管住，就连老板也跟他称兄道弟，如此一来，他身不由己地扎进了老爷堆里。你知道吗，他脸上的表情，也真那个……”希里玛喝了一杯酒，接着说道，“也真那个……叫人感动。不过，我告诉你，这位叶甫多吉姆·彼得罗夫有一天突然心血来潮，想回去看看自己的家乡，也就是想回到我们的列普洛沃村去住段时间。原本他的日子过得挺好的，大钟铸造厂里的生活甜似蜜，即使当工长，似乎也没有什么可发愁的事情，但是，他突然就有点想念家乡了，你肯定听说过那句名言——‘家乡的炊烟也香甜！’就拿你来打个比方，如果有一天你去了美国，并在那里发了大财，金钱都可以堆成山，你依然会想念你这个小饭馆的。这位心地善良的工长也一样会想念自己的家乡，说走就走！他向老板请了一个星期的假，就踏上了回家的路。回到久别的家乡列普洛沃，他首先要做的事就是去看望自己的本家和亲戚。他对人们说：‘这是我住过的地方。这是我放过牧的地方。这是我睡过觉的地方。’如此这般说个没完没了……总之，就是全都是回想小时候的经历。当然，他也免不了要夸夸口、吹吹牛什么的，他是这样说的：‘嗨，弟兄们，你们都来仔细瞧瞧啦！从前的我也和你们一样，是个穿着树皮鞋的穷汉子，可现在的我脱胎换骨了，我有钱了，过上了饱暖的日子，也一步步向着上等人的生活前进，这全是我的劳动和汗水换来的。你们也应该和我一样，好好干吧……’起初那些乡下人还乐意听他吹吹牛，并一个劲地夸奖他。可是，后来他们想：‘话是这么说，你说的这些听起来也都好极了，只是你能给我们带来什么好处呢？你在村里待了都快一个星期了，我们连一滴酒也没沾上……’于是，他们就找来乡村警察，让他去交涉……

“‘叶甫多吉姆，请你拿出一百个卢布来吧！你可能会问这是为什么？我告诉你，这是用来给村民们买酒喝的……村社的人都想热热闹闹地祝福你，祝你健康长寿……’

“但叶甫多吉姆为人稳重，而且信教敬神。所以，他既不抽烟，也不喝酒，即使别人想这样做，他也不同意。听了乡村警察的话，他毫不客气地说：‘想让我买酒给你们喝，我一分钱也不会给的！’

“‘你怎么能这样说话呢？你有什么权力对我们这样蛮横？难道你不是村子里的人？’

“‘是村子里的人又怎么样？我又没有拖欠税款……该交的钱我都交了，凭什么我就该出钱请你们喝酒呢？’

“双方你一言我一语，争来争去，始终没有个结果。村社的人坚持让叶甫多吉姆出钱买酒，而叶甫多吉姆则坚决不给。最后，村社的人终于忍不住发火了。你肯定也了解那些混混，跟他们是没有道理可讲的，既然他们打定了主意要你请喝酒，哪怕你有十二张嘴也劝不回他们，就是用大炮去轰他们，也吓不住他们。他们一门心思地想喝酒，真是铁了心啦！说句心里话，这件事也确实让人恼火，一个本地乡亲发了财却一点油水也不愿出！于是，他们开始琢磨怎么才能连敲带诈地让叶甫多吉姆掏出一百卢布来。结果，全村社的人琢磨了一个晚上，也没想出什么好办法来。他们只好围着叶甫多吉姆的房子转来转去，不停地吓唬他说：'你会尝到我们的厉害的！看我们怎么收拾你！'可是，叶甫多吉姆好像什么也没听见似的，还是安心地待在家里。他认为自己又没做错什么事，无论是面对上帝、法律，还是面对村社，他都问心无愧，有什么可怕的呢？他还唱起来：'我是一只自由鸟！'说得好！村民们大声起哄，而且他们还发现，就像一个人看不到自己的耳朵一样，他们是不可能见到叶甫多吉姆的钱的。于是，他们就开始琢磨怎样拔光这只自由鸟翅膀上的毛，以此惩罚他对村民们的大不敬。但是，他们也没想出什么好办法，于是就派人来找我。我来到列普洛沃，他们把事情的大体经过向我诉说了一遍，然后说：'丹尼斯·谢苗内奇，你给我们想个对付他的方法吧！'我的兄弟啊，你说我又该如何办呢？这不是明摆着的事吗，叶甫多吉姆这样做也没什么错啊，就算是检察官也无计可施，我又能怎么办呢？……估计连魔鬼也难以找到他的茬。"

希里玛又喝了一杯酒，接着挤了一下眼睛，说道：

"可是，我硬是想出了一个找茬的办法！"他嘿嘿地笑了一声，又说，"你猜猜我到底想出了什么样的主意？我想你一辈子也猜不出来！我是这么说的：'你们看这样行吗？乡亲们，你们不如选他当你们的村长好了。'村民们领会了我的意思，立马就选他当了村长。他们还给叶甫多吉姆送去了村长的标志性物品，就是一块铜牌。看到村民们这般架势，叶甫多吉姆笑了，

他说：‘你们可真会开玩笑，我说过愿意当你们的村长了吗？没有啊！’

“‘可这是我们全体村民的意愿啊！’

“‘可我并不愿意当这个村长啊！明天一早我就走人！’

“‘不行，你是走不了的了！因为法律规定村长是不能随便离开自己的职位的。’

“听了这话，叶甫多吉姆哭笑不得地说：‘既然这样，我只有辞去这个职务了。’

“‘你连辞去职务的权力也没有，村长上任任期最少三年，只有法院才能判决撤销这个职务。既然你被我们选上了，就得做下去，无论是你，还是我们……谁都没有权力撤销你的职务！’

“叶甫多吉姆急得大叫起来，他飞跑着去找乡长，就像火要烧着他的屁股似的。乡长和文书搬出了所有的法律条文，然后对他说：‘某条条款规定，任职不满三年不得辞职。你必须干三年啦！干满三年你才能走！’

“‘什么？我必须干三年！别说三年了，就连一个月我也等不了！没有了我，老板就像少了左右手一样！他会亏损几千卢布的呀！再说，除了工厂的事，我的家也在那里，我还有老婆孩子呢！’

“这件事一直没有个结果，一个月又过去了。叶甫多吉姆想给村民的已经不是一百卢布，而是三百卢布了，他苦苦哀求村民们看在基督的份上放他离开。村民们倒是乐意收下钱，但他还是没有走成，因为他的钱交得太晚了。叶甫多吉姆不得已，只好去见常任委员先生，跟他讲了事情的来龙去脉，然后说：

“‘大人先生，由于我的家庭拖累着我，所以我不能一心放在任职上，请求您放我走吧，上帝会保佑您的！’

“‘我没有撤你职的权力，同时也没有解除你职务的法律依

据。你一没有生病，二没有被法院判处有罪，所以，你必须继续担任村长的职务。’

“我还应该说明一下，村里的人说话时一律用‘你’称呼对方。在这个国家、乡里和村里，不管多大的官员，人们都可以称他们‘你’啊‘你’的，就跟招呼听差的一样。听见人们总是用‘你’称呼自己，身穿花呢衣裳的叶甫多吉姆心里很不是滋味，因此一直恳求常任委员看在基督的份上放他走。

“‘可是，我并没有这种权力啊，’他说，‘如果你不信，可以亲自到县府去问问，他们会给你一个明确的答复。不仅是我，就连省长也没有权力解除你的职务。村社大会的决议是至高无上的，只要村民们没有违背法律，谁也不能撤销。’

“叶甫多吉姆接着又去拜见了首席贵族和县警察局长。他几乎走遍了全县，可听到的都是同样的回答：‘你还是先干着吧！我们根本就没有权力放你走。’工厂寄来了一封又一封的信，拍来了一封又一封的电报，催他回去，该怎么办才好呢？叶甫多吉姆的亲戚劝他派人来向我请教，可他呢，你信不信？他根本就没有派人，而是亲自坐着马车找来了。刚进门，他二话不说就把一张十卢布的红票子塞到我的手里，恳切地说：‘我的后半生就全指望您了。’”

“‘这有什么难办的？’我轻松地说，‘我会替您想办法的，只要您肯出一百卢布，我就让您丢掉这个职务。’

“接过一百卢布的同时，我的办法也想好了。”

“怎么办呢？”小饭馆的老板急切地问道。

“你猜猜看，其实事情很简单，谜底就在法律本身。”

希里玛走到饭馆老板面前，哈哈大笑着凑近他的耳朵，小声说：“我给他出的主意是，让他偷点东西，这不就完事了吗？一经法庭受审，他的职务不就被撤掉了吗？怎么样？我的这个计谋妙不妙？

"开始，这位老弟惊呆了：'您怎么能让我去偷东西呢？'我说：'这有什么大不了的，您只不过是从我这儿偷走了一个空钱包，只会坐一个半月的班房。'起初他死活都不肯这样做，怕坏了自己的好名声。我又鼓动他说：'真是见鬼，光有好名声有什么用呢？您以为您是在填写履历表吗？只要您在牢房里待一个半月，案子就算了结了。您这个判罪的前科，很轻松就可以摘掉您那块村长的铜牌！'那个家伙考虑了一会儿，一狠心，就甩手把我的钱包给偷走了。现在的他怎么样了呢？现在他的刑期已经满了，正替我向上帝祈祷呢。你看看，老弟，你老哥这脑子灵不灵！说到办理农民的案子，整个世界上也不可能再找出第二个像我这样的行家来了，能办这种案子的，只有我一个人。真的，我一点也没跟你吹牛！"

希里玛又要了一瓶伏特加，开始讲述第二个故事——列普洛沃村的农民是怎么样偷人家的庄稼去换酒喝的。

未婚妻

一

晚上十点多，皎洁的月光洒在花园里。舒明家的晚祷刚刚做完，这是祖母玛尔法·米哈伊洛夫娜吩咐下来的。娜佳来到花园里，看见大厅里的餐桌上已经摆放好了冷盘，穿着华丽绸衫的祖母正忙前忙后，教堂的大祭司安德烈神甫正和自己的母亲尼娜·伊万诺夫娜说着话。隔窗望过去，母亲在夜晚的灯光映衬下，显得年轻了许多，安德烈神甫的儿子安德烈·安德烈伊奇站在他们身旁，专心地听着。

花园里一片寂静，黑暗的树影纹丝不动地映照在大地上。远处的蛙鸣声时断时续，听起来似乎十分遥远，很可能是在城外。已经是五月了，这是一个可爱的五月！空气清新得让人如此舒畅，好像自己正处于远离城市的天空下，树林的上空，还有田野和森林之中，到处都呈现出一派生机勃勃、春意盎然的景象，一切都是如此美好，如此神秘，气象万千而又圣洁无比。然而，那些孱弱无能、心怀恶念的人，是无法领会其中的奥妙的。

她，娜佳，今年已经二十三岁了。自从十六岁开始，她便热衷于尽早出嫁，如今她终于如愿以偿地成了安德烈·安德烈伊奇的未婚妻，此刻他就站在那边的窗户后面。娜佳很喜欢安德烈·安德烈伊奇，婚期早已订下了，就在七月七日。可是，随着婚期临近，她却怎么也高兴不起来，夜夜辗转反侧，难以入眠，欢乐的心情再也找不回来了……地下室的厨房那边，敞开的窗户里传出一片丁丁当当的切菜声，装有滑轮的房门发出砰砰的响声，一阵阵烤火鸡和醋渍樱桃的香味随风飘来。不知为何，她总觉得自己一辈子只能这样过下去了，一成不变，永无止境！

这时，有个人走出房间，站在台阶上，他叫亚历山大·季莫费伊奇，或者简称为萨沙，十天前从莫斯科来到了这里。早些年，祖母的远房亲戚玛丽娅·彼得罗夫娜常来请求救济，她是贵族出身，后来却成为了落魄的寡妇，而且她身材矮小，一副病怏怏的样子。萨沙就是她的儿子，不知为何大家都说他是一位出色的画家。玛丽娅·彼得罗夫娜去世后，为了拯救自己的灵魂，祖母把萨沙送进了莫斯科的警官学校，经过两年的学习，他又转入了绘画学校，一待就是十五年，最后勉强从建筑专业毕业。但是，他始终没有从事过建筑工作，而是在莫斯科的一家石印工厂里工作。几乎每年夏天，萨沙都要来祖母这儿小住，他每次来总是重病缠身，来的目的就是为了休息养病。

现在的他，穿着一件长礼服和裤脚已经磨坏的旧帆布裤子。他的衬衫没有熨过，皱皱巴巴的，整个人显得萎靡不振。而且他骨瘦如柴，眼睛大大的，手指又细又长，留着小胡子，皮肤黝黑，不过并没有掩盖住他的帅气。舒明一家已经把他当做亲人看待，萨沙在他们家就像在自己家一样。他们一家早就把萨沙住的那个房间叫做萨沙的房间。

站在台阶上的萨沙看见娜佳后，朝她走过来。

“你们这儿可真好啊。”萨沙说。

“当然好啦。您最好在这儿一直住到秋天。”

“当然，这很有可能。说不定我会在这里一直住到九月份呢。”

萨沙笑了笑，然后坐在她的身边。

“刚才，我从这儿看到了妈妈。”娜佳说，“从这里看过去，妈妈显得多么年轻啊！当然，我妈妈也有她的缺点。”她沉默片刻，又说道，“可是，她终究不是个寻常女人。”

“我很赞成您的看法，她是挺好的……”萨沙说，“您的母亲是一位非常善良、可爱的女人，不过……我不知道应该怎么跟您说，今天一早，我来到你们的厨房，正好看到四个女仆直接睡在地板上，没有床，只有一堆破破烂烂的被褥，而且臭气扑鼻，还爬着臭虫、蟑螂……和二十年前他们用的一模一样，丝毫没有改变。嗯，您的祖母年事已高，愿上帝保佑她！可您的母亲应该会讲法语吧，也经常参加一些业余演出，似乎应该明白的呀。”

萨沙说起话来，总爱把两个瘦长的指头伸到听话人的面前。现在他也是这样做的。

“我总觉得这儿的一切都有点奇怪，让人看了很不习惯，”他接着又说，“天知道这是怎么回事？人人都不想做事，您的母亲只知道成天四处游逛，就像一位公爵夫人似的；祖母同样无所事事。当然，也包括您，您也和她们一样。还有您的未婚夫安德烈·安德烈伊奇，他也是什么事都不肯做。”

这些话娜佳早在去年就听过了，似乎前年萨沙也说过，这样看来，萨沙已经没有别的话好说了。以前娜佳还觉得这些话很好笑，可现在她不知为何听着如此不快。

“您怎么还说这样的话啊，我都听厌了，”说罢，娜佳站起身来，又说道，“您还是说点新鲜的东西吧。”

一看娜佳生气了，萨沙笑了笑，也跟着站起来，两人朝房子走去。

娜佳身材高挑，既俊俏又苗条，和萨沙站在一起，更显出她那健美的身材来。娜佳也感觉到了这一鲜明的对比，不禁可怜起萨沙来，而且不知为何还有些难为情。

“您尽讲一些废话，”她说，“您刚才为什么会说起我的安德烈，您并不了解我的未婚夫。”

“‘我的安德烈’……但愿上帝会保佑您的安德烈！我真的感到惋惜，为您的青春而感到惋惜。”

他们来到大厅里时，大家都已经在吃晚饭了。祖母，或者按照家里人对她的称呼——老奶奶，长得很胖，而且相貌也很难看，一副浓浓的眉毛，上嘴唇上面长着细细的绒毛，说起话来嗓门很大，从她说话的声音和口气就可以表明她是这儿的一家之主。她拥有集市上的几排商铺以及这幢带圆柱和花园的老房子，但她依然每天早晨坚持做祈祷，求上帝保佑她的家产永不败落，一边祷告还一边流着眼泪。她的儿媳妇，也就是娜佳的母亲尼娜·伊万诺夫娜，长着一头浅色的头发，腰带束得紧紧的，戴一副夹鼻眼镜，钻石戒指戴满了每个手指头。安德烈神甫则是一个干瘦的老头，牙齿全没了，露出一副滑稽可笑的神情。他的儿子安德烈·安德烈伊奇是娜佳的未婚夫，生得英俊而健壮，一头棕色的卷发，像一个演员或者画家。他们三人正在谈论催眠术。

“再有一个星期，你就可以康复了，”老奶奶回头对萨沙说，“不过你还得多吃点饭。瞧你都瘦成什么样子了！”她叹了口气说，“你这副模样真是可怕！现在简直像一个流浪汉了。”

“挥霍掉父亲赠与的全部财产，”安德烈神父眼里带着笑意说，“浪荡的儿子只好去给人放猪……”

“我喜欢我父亲，”安德烈·安德烈伊奇拍了拍父亲的肩膀说，“他是个可爱、善良的老人。”

大家沉默了一会儿，萨沙突然笑出了声，并用餐巾捂住了嘴。

“这么说，您也相信催眠术了？”安德烈神甫问尼娜·伊万诺夫娜。

“当然，我也不好肯定地回答你。”尼娜·伊万诺夫娜回答道，脸上露出一副郑重其事，甚至十分严肃的样子，“可我得承认，许多神秘而无法解释的现象确实存在于自然界之中。”

“我完全同意您的看法，不过我要补充一点：宗教大大地缩小了神秘的领域。”

这时，一只又大又肥的火鸡被端了上来。安德烈神甫和尼娜·伊万诺夫娜仍旧在谈论催眠术的话题。尼娜·伊万诺夫娜手上的戒指发出耀眼的光芒，随后，她的双眼也因激动而泪光莹莹。

“尽管我不敢与您争论，”她说，“可您不得不承认，生活中存在很多难解之谜呀！”

“一个也不存在，我敢向您保证！”

晚饭后，安德烈·安德烈伊奇拉起了小提琴，尼娜·伊万诺夫娜弹着钢琴为他伴奏。他十年前毕业于大学语文系，但却从来没有在任何部门任过职，也没有固定的工作，只是偶尔参加一些为慈善事业募捐的音乐会，所以城里人都称他为演员。

大家静静地听着安德烈·安德烈伊奇的演奏，桌上的茶炊已经沸腾了，但只有萨沙一个人在喝茶。十二点的钟声敲响了，这时，小提琴上的一根弦突然断了，大家都笑起来，连忙起身告别。

送走未婚夫后，娜佳回到自己的卧室，她和母亲住在二楼（祖母住在一楼）。楼下大厅里的灯已经熄灭了，但萨沙依然坐在那儿喝茶。萨沙喝茶的时间总是很长，这是莫斯科人的习惯，他们每次总要喝上七八杯。娜佳睡下好久后，还听到女仆打扫和老奶奶发脾气的声音。终于，一切都安静了下来，只是从萨沙的房间里还不时传来一阵低沉的咳嗽声。

二

娜佳醒来时大约是两点多，这时天色已经开始破晓，远处传来巡夜人敲的梆子声。娜佳不想再睡了，她浑身软绵绵的，很不舒服，于是就坐在被窝里想起心事来，就像以前五月的夜晚一样。可是，她所想的事情却和昨天夜里的一样，无非是安德烈·安德烈伊奇如何追求她，如何向她求婚，她又是怎么表示同意的，过程单调乏味，没有任何情调可言。后来，她渐渐地看重这个聪明而善良的人了，现在离结婚的日期已经不到一个月，不知为何，娜佳总是感到惶恐不安，仿佛有什么说不清道不明的痛苦在等待着她。

“嘀笃，嘀笃……”传来一阵巡夜人敲的梆子声，“嘀笃……”

古老的大窗户外是花园，一眼望过去，一片丁香树丛繁花满枝，只是此刻冻得有点发蔫，好像略带一些睡意似的。白色的浓雾悄无声息地飘浮过来，把丁香树丛给遮掩住了。睡意朦胧的白嘴鸦在远处的树林中啾啾啼叫着。

“我的上帝呀，为什么我总是忧心忡忡的？大概……可能每个将要结婚的女子都会有这样的感受吧。谁又能告诉我呢！我是不是受了萨沙的影响？萨沙可是一连好几年都在说同样的话，就像背书一样，而且看起来显得那么天真、古怪。为什么我的脑子里始终忘不了萨沙呢？这究竟是为什么？”

巡夜人的梆子声早就停止了，花园里的鸟雀们又开始了叽叽喳喳的聒噪。花园里的雾气早已消散，周围的一切都沐浴在晨曦之中，仿佛带着笑意。在温煦阳光的爱抚下，整个花园很快便苏醒了，树叶上如宝石般晶莹的露珠发出闪亮的光芒。这个清晨，荒芜已久的古老花园显得流光溢彩、生机盎然。

楼下传来摆放茶炊、搬动椅子的声音，接着，老奶奶也醒来了，还有萨沙粗声粗气的咳嗽声。

时间过得真慢，娜佳早早就起床了，她已经在花园里溜达了很久，但是早晨依旧没有过去。这时，泪痕满面的尼娜·伊万诺夫娜走了过来，手里端着一杯矿泉水。她喜欢招魂术和顺势疗法，并且看了许多这方面的书，喜欢和别人讨论她所存在的种种疑惑。而这一切在娜佳的眼里，似乎都显示出一种深刻而神秘的意味。娜佳走上前去，吻了吻母亲，然后和她并肩走着。

“妈妈，你这是怎么了，你怎么哭了？”娜佳问道。

“昨晚我看了一部中篇小说，小说的主人公是一个老头和她的女儿。老头在外地任职，他的上司爱上了他的女儿。我还没有看完，可书中的情节却深深打动了我，让人忍不住落泪。”说罢，尼娜·伊万诺夫娜喝了一口矿泉水，“今天早上我回想起来，又大哭了一场。”

“不知为何，这些天我心里总是闷闷不乐，”沉默了一会儿，娜佳又说，“夜里我也总是睡不着觉。”

“亲爱的，我也不知道。我在夜里睡不着觉时，就会紧紧地闭上眼睛，瞧，就是这个样子，然后就开始想象安娜·卡列尼娜是怎么说话、怎么走路的，或者想象古代历史上的一些事件……”

娜佳感到母亲并不理解自己，而且也不可能理解自己。这种感觉还是她有生以来头一次才有的，她不禁害怕起来。于是，她回到了自己的房间。

下午两点多，大家坐在大厅里吃午饭，这天是星期三，正好是斋日，所以祖母吃的菜是鳊鱼粥和红甜菜素汤。

为了逗祖母开心，萨沙一会儿喝自己的荤汤，一会儿又喝祖母的红甜菜素汤。吃饭时，他一直说个没完，但他的笑话都很古板，总是带着一股道德说教的意味，其实一点都不好笑。每当他想说俏皮话之前，总会举起他那又瘦又长、毫无血色的手指，这时人们就会想到他身患重病，可能将不久于人世，于是对他生出一片怜惜之情。

午饭后，祖母回了自己的房间，尼娜·伊万诺夫娜弹了一会儿钢琴，也回自己的房间去了。

萨沙又像以前那样开始了他的饭后闲谈："唉，亲爱的娜佳，如果您听我的话，您就会好起来的！"

娜佳坐在一把古老的圈椅里闭目养神，萨沙则在房间里走来走去。

"如果您能外出求学也不错！"他说，"只有受过教育的高尚之人，才会生活得有意义，只有这样的人才是有用之人。您要知道，如果这样的人越多，人间天国的理想就会实现得越快。到那时，我们的城市就会出现巨大的变化，来一个彻底的改观，就像被施了魔法一般，富丽堂皇的高楼大厦拔地而起，一个个美丽无比的花园，一座座稀世罕有的喷泉，一个个出类拔萃的人……但这些还不是最主要的，最主要的是那时的我们，我们的心中就不会充满像今天一样多的恶念。那时每个人都会有自己的信仰，都清楚自己为什么而活，谁也不会仰人鼻息，顺从流俗。亲爱的，我的好娜佳，您就走吧！您应该明确地向大家表明，这种死气沉沉、黯淡无光、充满罪恶的生活，您早已厌倦了。哪怕能向您自己表明这点也是好的啊！"

"我不能这样做，萨沙，我马上就要结婚了。"

"唉，还是算了吧！这又何必呢？"

他们走进花园，在花园里散步。

"亲爱的娜佳，我认为您无论如何都应该好好想一想，您知道这种游手好闲的生活是多么不道德，"萨沙继续说道，"还有一点您是清楚的，您的祖母、您的母亲，还有您，你们全都一点事也不做，这就意味着必须有人为你们工作，你们这样做是在吞噬别人的生命，难道您不觉得这很肮脏吗？”

娜佳本想赞同萨沙的想法，还想说自己也明白其中的道理，可她的眼睛里涌满了泪水，无法说出自己的想法，只得瑟缩着身子回房间去了。

傍晚时，安德烈·安德烈伊奇来到娜佳的家，他照例拉了很久的小提琴，这是他的爱好。他一向不喜欢讲话，也许他把所有话语都融进小提琴的演奏中了。十点多了，他穿好大衣准备回家，突然转身一把搂住娜佳，急切地狂吻着她的脸庞、双手和脖子。

“亲爱的，我的宝贝，我的美人儿！……”他喃喃地说，“啊，我是多么幸福啊！我高兴得快要发疯了！”娜佳觉得这些话好像很久之前就听说过，要不就是在什么书里看到过……对了，一本早已扔掉的破旧小说里就这样写着。

大厅里，萨沙正用长长的五指托着茶碟，坐在桌子旁喝茶；老奶奶正在用纸牌占卜；尼娜·伊万诺夫娜则在看书。长明灯的火苗在圣像前发出轻微的爆响声，所有的一切都显得平静而安详。娜佳和大家道过晚安，就回到楼上自己的房间，身体一挨到床就睡着了。但是和昨天夜里一样，天刚蒙蒙亮她就睡意全无，醒来后的她心情沉重，忐忑不安。她坐起来，把头伏在膝盖上，又想起了自己的未婚夫，想起了即将到来的婚事……她也毫无理由地想到了母亲，母亲不爱她的丈夫，结果到现在也一无所有，只能跟依赖她的婆婆也就是老奶奶一起生活。娜佳思前想后，怎么也想不明白自己为什么一直把母亲看得那么特别、与众不同呢？为什么没有看出她其实只是一个平平常常、普普通通的不幸女人呢？

楼下的萨沙也没有睡着，不断传来他的咳嗽声。娜佳心想，萨沙真是一个古怪而又天真的人，他的种种幻想未免使人感到荒诞不经，但不知为何，他这种天真烂漫甚至荒诞不经的想法，却又让人感觉如此美好，以至于她一想到能到外面求学，整个胸膛都充满了一股清爽之气，涌起一阵快乐、惊喜之情。

“不过，最好还是不要想他吧，不要想他……”她喃喃自语道，“我不应该去想这类事情。”

“嘀笃……”巡夜人的梆子声又传来了，“嘀笃……嘀笃……”

三

到了六月中旬，萨沙突然感到心烦意乱起来，打算马上回莫斯科去。

“我无法再住在这个城市里了，”他闷闷不乐地说，“这个城市既没有自来水，也没有下水道！吃起用地下水做的饭，我就觉得恶心，还有厨房里肮脏得简直没法让人看一眼……”

“还是等一阵子再说吧，你这个浪子！”不知为何祖母会小声劝道，“娜佳七号就要举行婚礼了！”

“我并不想参加娜佳的婚礼。”

“你不是想在我们家住到九月份的吗？”

“可现在我实在住不下去了，我必须开始工作！”

这个夏天阴冷而潮湿，花园里的泥土总是湿漉漉的，整个花园看上去也是一片凄凉，毫无生气。楼上楼下的每个房间里，都充满了陌生女人的说话声，祖母房间里的缝纫机总是响个不停，这是在给她的孙女赶做嫁妆。仅是皮大衣就做了六件，祖母说这六件皮大衣中最便宜的一件也要值三百卢布！萨沙对这种忙碌大为恼怒，他总是坐在自己的房间里生闷气。大家都劝他留下来，最后他答应七月一号就走，绝不再停留。

时间过得真快，圣彼得节这天，安德烈·安德烈伊奇和娜佳在午后一起来到莫斯科街，打算再看看早已租好的婚房。这是一座两层的楼房，只装修了上层。大厅里的镶木地板被漆得油光发亮，还散发着油漆的气味。大厅里还摆放着许多维也纳式样的椅子、一个小提琴乐谱架和一架钢琴；墙上挂着一幅金边相框的大油画，上面画着一个裸体女人，她的身旁还有一只手柄折断了的淡紫色花瓶。

“真是一幅精美的作品啊！”安德烈·安德烈伊奇由衷地发出崇敬的赞叹，“这可是画家希什马切夫斯基的代表作。”

大厅的旁边是客厅，里面安放着一张圆桌、几把蒙着海蓝色套子的圈椅和一张长沙发。长沙发的上方挂有安德烈神甫的大幅照片，他头戴法冠，胸前挂着几枚勋章。接着，他们又来到配有餐柜的餐厅，后来又来到卧室。卧室里的光线十分幽暗，并排摆放着两张床，人们布置卧室时总是希望它永远美满。安德烈·安德烈伊奇带着娜佳走遍了每个房间，他一直搂着娜佳的腰。而娜佳却感到自己非常软弱、内疚，而且她也讨厌这些房间、这些圈椅，尤其讨厌那些床，还有那个裸体的女人更让她感到恶心。直到现在她才明白，她已经不再爱安德烈了，或者说，她可能从来就没有爱过他。但这样的话她怎么能说出口呢，她又该向谁去说呢，她一直也没弄明白这是怎么回事，她也不可能弄明白，尽管她整天都在冥思苦想……安德烈·安德烈伊奇搂着她的腰，说起话来也是稳重、亲切的，他满怀幸福的心情走在这套寓所里。而娜佳触目所及的却只是庸俗，幼稚、愚蠢、令人无法容忍的庸俗。就连那只搂着自己腰的安德烈的胳膊，也让她觉得冰冷、生硬，如同一道铁箍。这使她随时都准备着转身逃走，或者号啕痛哭着从窗户里跳下去。安德烈·安德烈伊奇把她领进浴室，随手碰了一下安在墙上的水龙头，水立即哗哗地流淌下来。

“你感觉怎样？”他笑着说，“我吩咐他们在阁楼上安装了一个能装一百桶水的大水箱，这样你我就有足够的水用了。”

他们穿过楼房的院子，来到大街上，安德烈叫来了一辆马车。飞奔的马车卷起的尘土就像团团浓云，看样子，大雨马上就要来临了。

“你冷吗？”安德烈·安德烈伊奇问，灰尘吹进了他的眼睛。

娜佳没有回答。

“你还记得吗，昨天，萨沙曾责备我无所事事。”沉默片刻后，他接着说，“是的，他说得很对，而且说得对极了！我真的是什么事也不想做，也做不来。亲爱的，你知道这究竟是为什么吗？为什么我一想到有一天会戴上佩有帽徽的帽子去任职就反感呢？为什么我一看见拉丁语教员、律师，或者市参议会委员，心里就不痛快呢？啊，我的俄罗斯母亲，你还背负着多少无所事事、百无一用的孩子呀！你的背上该有多少像我这样的人啊，我多灾多难的母亲！”

安德烈·安德烈伊奇对自己的游手好闲作了一番总结，认为这种游手好闲其实是一种时代的特征。

“等我们结了婚，”他接着说，“我们就一起去乡下，亲爱的，我们可以在那里干活！我们也可以在那儿买上一块地，整理出花园，还可以挖一条小河，两人一起劳动，一起观察生活……啊，那肯定非常美好！”

安德烈·安德烈伊奇摘下帽子，头发被风吹得飘了起来。娜佳一边听他说，一边想：“我的上帝呀，我只想回家！”快到家门口的时候，他们遇到了安德烈神甫。

“瞧，父亲来了！”安德烈·安德烈伊奇兴高采烈地挥动起帽子，“我很喜欢我的父亲，这是真的。”他一边说，一边付钱给车夫，“其实他是一个挺可爱的老头，也是一个好心肠的老头。”

终于回到家里了，娜佳生了一肚子的闷气，身体也难受极了，她想，晚上来的客人会有很多，她还必须面带微笑去陪他们，还要听小提琴和各种各样的废话。此刻，身穿华丽的丝绸服装的祖母正坐在茶炊前面，神气十足，望之俨然——她在客人面前总是这副模样。安德烈神甫进来了，他的脸上带着一种莫名其妙的微笑。

“看到您玉体安康，我欣慰之至！”他对祖母说道。真让人搞不懂他是在开玩笑，还是在说正经话。

四

阵阵狂风敲打着屋顶和窗户，呼啸之声让人感到害怕，忧郁的宅神在炉子里哼唱着凄婉的歌儿。此时已经是午夜十二点多，全家人都已就寝，但谁也没有睡着。娜佳总觉得有人在楼下拉小提琴。突然，一声砰的巨响，可能是一块护窗板掉了下来。过了一会儿，尼娜·伊万诺夫娜只穿着一件睡衣走了进来，手里举着一支蜡烛。

“娜佳，是什么东西发出的响声？”母亲问道。

母亲面带怯生生的微笑，头发扎成了一根辫子。在这个风雨之夜，母亲显得更加苍老，也更加丑陋、更加矮小了。娜佳不由得想起，不久之前她还总是怀着自豪感听母亲讲话，认为自己的母亲不同寻常呢。而如今她却怎么也记不起母亲的好了，她所能想起来的，全都无足轻重、平淡无奇。

炉子里发出好像几个男低音齐唱的歌声，她甚至还听到了叹息的声音：“唉——唉，我的天——哪！”坐在床上的娜佳猛然揪住自己的头发，紧紧地揪住，放声大哭起来。

“妈妈，妈妈，”她说，“我亲爱的妈妈，如果你知道我到底出了什么事就好啦！求求你，我求求你了，妈妈，你就让我走吧！我求求你了！”

“你要去哪儿？”尼娜·伊万诺夫娜感到莫名其妙，她也坐到了床上，“你到底要去哪儿呀？”

娜佳一直在哭，一句话也没说。

“你还是让我离开这个城市吧！”她终于说道，“我和安德烈·安德烈伊奇是不应该举行婚礼的，你一定要明白！我并不爱他……甚至连提都不想提他，当然我是不会和他举行婚礼了。”

“不、不、不，我亲爱的娜佳，这绝对是不行的。”尼娜·伊万诺夫娜吃惊地叫道，“你必须冷静下来，你之所以有现在的想法，都是因为你心情不好的缘故。一切都会过去的，这也是将要结婚的人常有的心态，你是不是和安德烈拌嘴了？小两口吵架都不会太久的，只不过是闹着玩罢了。”

“唉，你还是走吧，妈妈，你是不会理解我的！”娜佳又痛哭起来。

“我怎么会不理解你呢，”沉默片刻后，尼娜·伊万诺夫娜说，“不久前你还是一个小姑娘，还是个孩子，可现在却要做新娘子了。天地间的一切事物总是在不停地变化，不知不觉之中自己就会变成母亲，变成老太婆，到时你也会有一个女儿，跟我现在一样。”

“我亲爱的妈妈，你很聪明，但也很不幸，”娜佳说，“你如此不幸，为什么还要说这样庸俗不堪的话呢？看在上帝的份上，请你告诉我，这究竟是为了什么呢？”

尼娜·伊万诺夫娜本想对女儿说些什么，可她一个字也说不出来，只得嘤嘤啜泣着回了自己的房间。炉子里那些男低音又呜呜地哼唱起来，但这次忽然变得令人毛骨悚然了。娜佳连忙从床上跳下来，急匆匆地跑进母亲的房间。尼娜·伊万诺夫娜正泪流满面地躺在床上，身上盖着一条浅蓝色的被子，她的手里还拿着一本书。

“你听我说，妈妈！”娜佳说，“我求求你，你一定要好好想想，你应该会明白我的想法的。你看，我们的生活是多么琐碎、无聊，这是多么有损自尊的事啊！如今我的眼界真的开阔了，把一切都看得一清二楚。而安德烈·安德烈伊奇又是一个什么样的人呢？他一点也不聪明，妈妈！我的上帝呀！你要明白，妈妈，他甚至还很愚蠢！”

尼娜·伊万诺夫娜猛地从床上坐起来，哽咽着说：“你奶奶和你都来折磨我！你们难道不想让我活下去吗？”她用拳头连连捶打着自己的胸口，反复地说，“我想活下去，给我自由吧！我还年轻哪，可你们却想把我变成老太婆……”

尼娜·伊万诺夫娜伤心地哭了起来，她蜷缩着身子躺进被窝里，显得那么老实巴交，弱小可怜。娜佳回到自己的房间，穿好衣服，坐在窗前等待着天亮。她整夜都坐在那儿，脑子里什么也不想。护窗板发出一阵阵呼啸声，好像有人在房子外面不断地敲击着。

第二天早上，祖母抱怨说花园里的苹果全被夜里的风吹落了，一棵大李树也被折断了。天色阴沉晦暗，灰蒙蒙的，好像需要点灯的样子。雨点一直敲打着窗户，每个人都在喊冷。喝完茶后，娜佳走进萨沙的房间，一言不发地跪在屋角的一把圈椅旁边，用双手捂住自己的脸。

“您这是怎么啦？”萨沙问。

“我真的受不了啦……”娜佳说，“我怎么能在这里生活这么多年呢，真是太不可思议了！我看不起自己，也看不起我的未婚夫，更看不起这游手好闲、毫无意义的生活……”

“好啦，好啦……”萨沙还没弄明白到底是怎么回事，他说，“这又有什么呢……这不是挺好的嘛……”

“我厌烦透了这种生活，”娜佳继续说道，“我一天也无法忍受了，我现在就想离开这里。看在上帝的份上，您带我走吧！”

萨沙吃惊地看着娜佳，这时才终于明白过来到底是怎么回事，他高兴得像个孩子似的挥舞着双手，不停地跺着脚。

“这真是太好啦！”他一边说，一边高兴得直搓手，“上帝呀，这真是太好啦！”

娜佳睁着一双充满爱意的大眼睛，像着了魔似的一眨不眨地凝视着萨沙，等待着他立刻就说出具有深刻意义的话来。不过萨沙什么也没有说，但娜佳觉得一个前所未见的崭新的广阔天地已经展现在她面前了，她满怀希望地企盼着，准备为此全力以赴，即使献出生命也在所不惜。

“明天一早我就走，”他稍加思索后说，“您就装做去车站送我……我会把您的行李装在我的箱子里，再给您买好车票。等第三次铃响的时候，您再上车，这样我们就一定可以走掉的。我带您去莫斯科，您可以从莫斯科再一个人去彼得格勒。您有身份证吗？”

“有。”

“我向上帝发誓，您决不会为此感到后悔和遗憾的，”萨沙热情洋溢地说，“您一定要学习，一定要去，到那个时候，您的生活就会有个巨大的变化，一切都会改变的。最重要的是——要颠覆这种生活，其余的全都不重要。就这么说定了，明天我们一起走？”

“啊，是的，看在上帝的份上！”

娜佳感到自己激动极了，内心从来不曾这般沉重，从现在直到临走之前她一定会伤心难过，痛苦地思前想后。然而，她一回到楼上自己的房间，躺在床上就沉沉地睡去了。这一晚，她脸上带着泪痕和笑意，睡得格外香甜，直到傍晚时分才醒过来。

五

娜佳已经戴好帽子，穿好了大衣，派出去叫出租马车的人还没有回来。娜佳走到楼上，想再看一眼自己的母亲，看看自己的一切。她在尚有余温的床铺边站立片刻，环顾了一下四周，接着便轻手轻脚地来到母亲的房间。尼娜·伊万诺夫娜还在睡觉，房间里没有一点声音。娜佳轻轻地吻了吻母亲，帮她理了理头发……两三分钟后，她不慌不忙地转身下了楼。

外面下着倾盆大雨，马车夫已经支好了车篷，等在大门口。

“娜佳，你和萨沙两个人是坐不下的。”女仆往车上放皮箱的时候，祖母说道，“这种鬼天气，你又何苦去送人呢！你最好还是待在家里吧。瞧，这雨越下越大了！”

娜佳本来想说什么，但最终也没有说出口。这时，萨沙一把将她拉上了车，然后在她的腿上盖了一条方格毛毯，接着就和她并排坐了下来。

“祝你一路平安！萨沙，上帝会保佑你的！”站在台阶上的祖母又喊道，“萨沙，你到了莫斯科后一定要给我们来信哪！”

“我一定会的。老奶奶，再见了！”

“求圣母保佑你！”

“咳，这鬼天气！”萨沙抱怨道。

这时，娜佳大哭起来，现在她明白自己是非走不可了，此前去看母亲，刚才和祖母告别的时候，她还一直不确信自己真的要走了。永别了，我故乡的城市！骤然之间，娜佳想起了一切，想起了新房和那个有裸体女人的花瓶，想起了安德烈和他的父亲。现在她对这一切已经不再惊恐不安了，心情也不再沉重了，这些东西都显得渺小，渐渐远去了。当他们坐在火车上，列车开动的时候，所有的往事，所有漫长而沉闷的旧日时光，都缩成了一个小团，展现在眼前的则是她此前很少留意的宏伟广阔的未来。雨滴敲打着车窗，窗外只能看到绿色的田野，电线杆和电线上的鸟儿一闪而过。一阵欢乐之情突然袭来，让她喘不上气来。她这是在奔向自由，奔向求学之门。想到这里，她又是笑又是哭。

“不错！”萨沙得意地微笑着说，“这真是太好了！”

六

秋天过去了，冬天也过去了。娜佳的思乡之情逐渐浓烈起来，她每天都想念祖母，想念母亲，想念萨沙。家里的来信语气也平和了许多，好像祖母和母亲都已经宽恕她了。五月份的考试结束后，娜佳身体很好，心情也很愉快，便想动身回家去。途中她在莫斯科稍作停留，想见一见萨沙。萨沙依然是去年夏天的那副模样：头发散乱，胡子拉碴，身上还是穿着那件长礼服和帆布裤，那双大眼睛依然美丽。然而他却疲惫不堪，病容满面，不停地咳嗽，人也消瘦、苍老了不少。不知为何，现在娜佳觉得他平淡无奇，还有一点土里土气的。

"我的上帝，原来是娜佳来啦！"萨沙乐呵呵地笑着说，"可爱的姑娘，我的亲人！"

他们在石印厂里坐了一会儿，里面烟雾缭绕，油墨和颜料的气味呛得人透不过气来。随后，他们来到了萨沙的卧室，他的房间里同样有着刺鼻的烟味，地上痰迹斑斑。一个破盘子放在桌上冷冰冰的茶炊旁边，盘子里放着一张黑乎乎的纸，一只只死苍蝇粘在桌子和地板上。一切迹象都表明，萨沙对个人生活漫不经心，完全不把舒适的生活放在眼里，只适合凑合着过日子。如果有谁向他谈及他的私生活、他的个人幸福及对他的爱慕，他必定只是笑笑而已。

"没有什么，一切都很好。"娜佳匆匆说了一下自己的情况，"秋天时妈妈曾到彼得堡来看过我，她说奶奶已经不再生气了，只是经常去我的房间，并朝着墙画十字。"

萨沙看上去很快乐，但总是咳嗽，说话的声音也有些发颤。娜佳一直仔细观察着他，始终没弄明白他是真正的病入膏肓，抑或仅仅是自己感觉他病了而已。

“我亲爱的萨沙，”娜佳说，“您是不是真的有病啊？”

“不要管它，没有关系的。我确实有病，但并不严重……”

“哎呀，我的上帝，”娜佳着急地说，“您为什么不去治疗呢？您为什么总是不爱护自己的身体？我亲爱的萨沙！”娜佳说着说着，泪水夺眶而出。不知为何，这时，她的脑海里连连浮现出裸体的女人和花瓶、安德烈·安德烈伊奇，以及自己的全部往事。但是，昔日的时光就像童年一样，已经变得遥不可及了。想到萨沙已经不再像去年那样新奇、有意思、有见地，她大哭着说：“亲爱的萨沙，您病得不轻啊！我该怎么做才能让您不再这样苍白、消瘦呢。我真是太感激您啦！我的好萨沙，您简直想象不出您为我做了多少好事！我早就把您当成我最亲近、最贴心的人了。”

他们交谈了一阵，娜佳明显地感觉到自从她在彼得堡度过了一个冬天后，萨沙的言谈举止、笑容以及他整个人，全都显得这么陈旧、落伍、过时。

“后天，我要去伏尔加河一带旅游，”萨沙说，“嗯，然后我会再去喝些马乳酒，我很久没喝马乳酒了。与我同行的还有一个朋友和他的妻子。他的妻子真是一个了不起的人，我一直在鼓励她出去学习，希望她也能像你一样把自己的生活翻个身。”

他们交谈了一阵后就来到了火车站。萨沙请娜佳喝了茶，吃了苹果，火车开动的时候，萨沙微笑着向娜佳挥动手帕。娜佳从他腿脚的动作中看出，他确实病得很重，恐怕不久就会离开人世了。

中午时分，娜佳回到了自己的故乡。回家的途中，她觉得街道变宽了，房屋却矮小了不少。到处了无人迹，她只碰到一个穿着棕色大衣的德国钢琴调音师。所有房屋好像都蒙上了一层尘土，祖母依旧那么肥胖、难看，但却十分老迈了。她一把抱住娜佳，把脸伏在孙女的肩膀上，哭了好久也不肯放手。尼娜·伊万诺夫娜也丑多了，老多了，整个人瘦得更厉害了，但依然像从前那样束着腰，手指上带着一个个闪闪发亮的钻戒。

“宝贝啊！”她因激动而浑身战栗着说，“我的宝贝！”

接下来，大家坐下来默默地流着眼泪。显而易见，祖母和母亲都已经感觉到过去的一切都无法挽回了，不管是当年的社会地位，还是先前的荣誉，都已经不复存在了。这就像一家人原本过着轻松愉快、无忧无虑的日子，半夜三更突然遭到警察的搜查，说这家主人盗用公款、伪造证据一样。

娜佳来到楼上自己的房间，房间里一切依旧，还是原来的床铺、原来的窗户和原来朴素的白窗帘。她站在窗前向外看，窗外的花园也依旧，阳光洒满了整个花园，草木葱茏，鸟语花香。她抚摸着自己那张桌子，然后坐在桌前沉思起来。她享用了一顿丰盛的午饭，品尝了可口浓郁的奶茶，但不知为何总觉得少了点什么，她总感觉房子里空空荡荡的，天花板也低矮得很。晚上，她躺在床上，盖好被子，总觉得躺在这张温暖柔软的床上有些可笑。

尼娜·伊万诺夫娜来到她的房间，像个罪人似的坐在那里，一副提心吊胆的样子。

“哎，娜佳，你感觉怎么样？”母亲沉默片刻，然后问道，“你还满意吗？”

“当然满意了，妈妈。”

尼娜·伊万诺夫娜站起身来，面对着娜佳和窗户画十字。

“你也看见了，我开始信教了。”她说，“告诉你，现在我正在研究哲学，而且一直在思考，不断地思考……对我来说，如今许多东西已经很明朗了，就像大白天一样。首先，我觉得，全部生活都要像通过三棱镜一样度过。”

“妈妈，你能告诉我吗，奶奶的身体究竟怎么样了？”

“还可以。你和萨沙走了以后，你奶奶一看到你发回来的电报，当场就晕倒了，一动不动地躺了整整三天。她醒来以后就一直向上帝祷告，伤心落泪。现在她倒不怎么伤心了。”

母亲站起来，在房间里来回踱步。

“嘀笃……”巡夜人又在敲梆子了，“嘀笃，嘀笃……”

“首先，我要让自己的生活像透过三棱镜一样度过，”母亲说，“也就是说，要在意识中把生活分解为最单纯的一些因素，就像光能分解成七种原色一样，并且我对每种因素都应当细心地研究。”

尼娜·伊万诺夫娜还说了一些话，但娜佳根本就没听清，也不知道母亲是什么时候走的，因为她很快就睡着了。

五月过去了，六月又到来了。娜佳已经习惯了家里的生活，祖母则每天都张罗茶炊，叹息声不断。尼娜·伊万诺夫娜每天晚上都要大谈一通她的哲学。她依然像个食客一样待在这个家里，她所花的每一分钱都得向老奶奶去要。家里的苍蝇很多，房间里的天花板似乎越来越矮了。老奶奶和尼娜·伊万诺夫娜从不上街，因为害怕遇见安德烈·安德烈伊奇和安德烈神甫。娜佳则不同，她常逛花园，也常逛大街，眼前的一座座房子、一道道栅栏，让她觉得这个城市里的一切都已经腐朽过时，等待它的只能是末日的来临。否则，它就要开始一种朝气蓬勃、充满生机的生活。啊，但愿这种大家都期盼的新生活能够早日到来，到那时，人们就可以勇敢地直面自己的命运，也可以做一个快乐而自由的人了！这样的生活迟早会来临的！可是，眼下祖母的家已经不堪目睹了，四个女仆已经没有了栖身之地，只能挤在地下室一个肮脏的房间里。但是，总有一天这座房子将会片瓦无存，被人们遗忘……邻家的院子里，几个顽童正在玩耍，当娜佳在花园里散步的时候，这些孩子便敲打着栅栏，笑嘻嘻地逗惹着她：“新娘子！新娘子！”

萨沙寄信来了，信是从萨拉托夫寄来的，信中充满了欢快、灵动的话语，他写道：我的伏尔加河之行十分顺利，只是在萨拉托夫生了点小病，嗓子有点哑了，已经在医院里卧床休息两个星期了。娜佳明白这意味着什么，她心里充满了确信无疑的预感。但是她已经不像以前那样激动不已了，她渴望新的生活，一心想去彼得堡。与萨沙的交往虽然让她感到亲切，但那已经成为十分遥远的过去了！这一夜她彻夜无眠。早晨，娜佳坐在窗前凝神静听，一阵七嘴八舌的说话声从楼下传来，惊恐不安的祖母正在询问着什么，随即又有人大哭起来……娜佳来到楼下时，祖母正泪流满面地站在屋角做着祈祷，桌上放着一封刚刚收到的电报。

娜佳拿起那封电报浏览了一遍。电报上说，亚历山大·季莫费伊奇，或简称萨沙，已于昨日清晨因肺结核在萨拉托夫病故。

祖母和尼娜·伊万诺夫娜到教堂联系了举行追悼仪式的事情，娜佳仍旧在各个房间里走来走去，一句话也不说。她清楚地意识到，她的生活已经像萨沙所希望的那样发生了彻底的改变，在这儿她只会感到生疏、孤独和多余，她对这儿的一切都失去了兴趣，以往的一切也都被她抛弃了，永远消失了，就像一把火烧成的灰烬那样随风四散了。她走进萨沙住过的房间，在那儿伫立了很久很久。

“永别了，我亲爱的萨沙！”她默默地说。她分明看到自己面前已经展现出一种广阔而自由的崭新生活。这种生活虽然还不是很清晰，但却充满了神秘感，吸引着她，令她充满了无限的向往。

娜佳回到楼上自己的房间，收拾好行李，决定明天一早就与家人告别，然后精神焕发、欢天喜地地离开这座城市，并且打算这一去后，就永不复返了。

一个文官的死

一个天气宜人的黄昏，伊万·德米特里奇·切尔维亚科夫，一个优秀的庶务官，正利用望远镜从戏院正厅的第二排看着戏剧《哥纳维勒的钟》。这部戏剧让他感到心旷神怡。可是，他的脸忽然皱了起来，呼吸在眼珠往上翻的同时停住了……他把望远镜从眼睛上取下来，赶紧低下头去，于是……啊嚏！很显然，他打了个喷嚏。打喷嚏这件事并没有人物和时间上的限制。农民、警察局长，就连三品文官偶尔也要打打喷嚏——大家都是要打喷嚏的！切尔维亚科夫镇定自若地拿出小手绢来擦了擦脸，像有礼貌的人那样往四周看了一眼，想看看他的喷嚏有没有打扰别人。这一眼让他瞬间就变得心慌意乱。他看见一个坐在他前边第一排的小老头，正嘟囔着用手套使劲擦他的秃顶和脖子。切尔维亚科夫认出这个小老头是在交通部任职的文职将军布里兹扎洛夫。

“我把唾沫星子喷在他身上了！”切尔维亚科夫暗想，“尽管他是别处的长官，不是我的上司，但这仍然有点不合适，我应当赔个罪才是。”

于是，切尔维亚科夫清了一下喉咙，向前探凑到将军的耳根边小声说道：

“十分抱歉，大人，我把唾沫星子溅在您身上了……我完全不是有意的。”

“没关系，没关系……”

“请您看在上帝的份上原谅我。我本来……我不是有意这样的！”

“哎呀，劳驾您好好坐着！让我听戏！”

切尔维亚科夫一阵心慌意乱，傻笑着把视线转回到舞台上。可是，舞台上的戏不再让他感到心旷神怡了。他开始变得惶恐不安、心神不定。到了休息时间，他到布里兹扎洛夫身前的旁边走了几下，压下胆怯的心情，叽叽咕咕地说：

“我把唾沫星子溅到您身上了，大人……请您原谅……我本来……不是要……”

“哎呀，够了！我已经忘了，您却说个没完！”将军说着不耐烦地撇了撇嘴唇。

“他嘴里说忘了，可眼睛里却有一道凶光啊，”切尔维亚科夫暗想道，怀疑地看着将军，“他连话都不想说。我应当把我的无意识行为向他解释一下……说这是自然的规律，否则他会认为我是有意啐他了。事后他就不会像现在这样认为我的行为是无意识的了！”

回到家后，切尔维亚科夫把自己的失态之举告诉了妻子。他觉得妻子对待这件事似乎过于轻率。被吓了一跳的妻子知道布里兹托洛夫是在“在别处工作”后就放心了。

“不过，你最好还是去赔个不是，”她说，“他会认为你在大庭广众之下举动不得体！”

“说的就是啊！我已经赔过不是了，可他的样子不知为何有点古怪……他连一句合情合理的话也没有说。不过那时也没有时间细谈。”

第二天，穿上新制服、理了头发的切尔维亚科夫到布里兹扎洛夫那儿去解释……他在接待室里看见将军正被很多等待办理各种事情的人夹在中间，听取各种请求。问过几个有事的人以后，将军抬起眼睛看着切尔维亚科夫。

“昨天，大人，要是您还记得的话，在‘乐园’里……”庶务官开始报告说，“我打了个喷嚏，而且……无意中溅了您一身唾沫星子……请您原……”

“简直是胡闹……上帝才知道是怎么回事！您有什么事要我效劳吗？”将军扭过脸去对下一个办事的人说。

“他连话都不愿意说！”切尔维亚科夫暗想，脸色发白，“这就是说，他生气了……不行，这件事不能就这样置之不理……我要向他解释清楚……”

切尔维亚科夫在将军跟最后一个办事的人谈完话，举步往内室走去的时候，跟在他的身后，叽叽咕咕地说：

“大人！倘使我斗胆打扰大人，那我可以说，纯粹是出于懊悔的心情！……您要知道我完全不是故意的！”

将军做出一副要哭的脸相，摆了摆手。

“您简直是在开玩笑，先生！”他边说边走进内室，并且关上了身后的门。

“这怎么会是开玩笑呢？”切尔维亚科夫暗想，“我一点开玩笑的意思也没有啊！身为将军他竟然连这个都不懂！既然这样，我也不想再给这个爱摆架子的人赔罪了！让他见鬼去吧！我给他写封信好了，反正我不想来了！真的，我不想来了！”

切尔维亚科夫这样想着，便回家了。可是，他没有写成那封给将军的信。他思考再三，怎么也想不出这封信该怎样写才合适。他只好第二天又亲自去解释。

“我昨天来打扰大人，”他等到将军抬起问询的眼睛看着他，就叽叽咕咕地说，“并非像您所说的是为了开玩笑。我是为了打喷嚏时溅了您一身唾沫星子这件事来向您道歉的……我从来都没想过跟您开玩笑。我敢开玩笑吗？如果我居然开玩笑，我对大人物就……没一点敬意了……”

"滚出去！"将军脸色发青，周身颤抖，突然大叫一声。

"什么？"切尔维亚科夫低声问道，吓得愣住了。

"滚出去！"将军顿着脚，又说了一遍。

切尔维亚科夫肚子里似乎有个什么东西掉下去了。他看不见，也听不见任何东西，退到门口，走到外面的街上，慢悠悠地走着……他信步走回家里，没脱掉制服，往长沙发上一躺，就此死了。

柳树

有谁走过“勃”、“特”两地之间的驿道？

只要是走过的人，当然会记得科兹亚夫卡河岸上那座孤零零的安德烈耶夫磨坊。这是个只有两方磨盘的小磨坊……早就废弃不用的它已有百年多的历史，因此看起来像个身形佝偻、衣衫褴褛、摇摇欲坠的小老太婆也就不奇怪了。老磨坊倚靠着一棵粗大的老柳树才不至于倒塌。两人合抱都不能围拢的柳树很粗壮。屋顶和堤坝上都落有柳树油亮的树叶；下部的枝条垂进水里，耷拉在地面上。这棵柳树也老态龙钟了。一个极为难看的黑色大洞镶嵌在它那佝偻的树干上。把手伸进树洞里，黑糊糊的蜂蜜会粘上你的手。一群野蜂会不停地在你头上嗡嗡地叫着螫你。这树有多大年纪了？据它的朋友阿尔希普说，很久很久以前，当初他先后在一位老爷和太太家当“法国听差”和“黑人听差”的时候，那棵柳树就已经很老了。

另一个衰老不堪的老头阿尔希普也靠这棵柳树支撑着。他经常从早到晚地坐在柳树根上钓鱼。他跟老柳树一样变得老态龙钟了，那没牙的嘴就像树洞。老头白天钓鱼，夜里坐在树根上沉思。老柳树和老头阿尔希普没日没夜地在喃喃自语……树和人这一生都饱经沧桑。现在请听他们的故事……

大约三十年前一个复活节前的礼拜天，那天是柳树老婆婆的命名日，老头又在老地方坐下，一边钓鱼一边观看春天的景色。

周围像往常一样安静……只听到人和树的轻声细语，偶尔响起一条游鱼的溅水声。老人一边钓着鱼，一边等待中午到来。中午他动手煮鱼汤。这时柳树的阴影正好离开对岸。另外，根据邮车的铃铛声，阿尔希普也能知道时间。一辆由“特”城来的邮车每天中午十二点必定会经过拦河坝。

这个礼拜天，阿尔希普在又一次听到铃铛声时放下了鱼竿，并开始朝堤坝张望。一辆三套马的大车翻过山包，下了坡，眼看就要来到堤坝上。邮差睡着了。马车在爬上堤坝后，无缘无故地停了下来。已经很久不对世事感到惊奇的阿尔希普，这一次却不由得大吃一惊。一件异样的事情发生了。赶车人张皇四顾，惊慌失措地把邮差脸上的布巾扯下来，挥起一把短柄链锤。邮差马上不动了，一个鲜红色的伤口从他的浅色头发里露了出来。赶车人跳下车，又挥起臂膀给了他一锤。不一会儿，近处有脚步声传到阿尔希普的耳朵里，赶车人从岸上下来后径直奔向他这边……他那晒黑的脸庞十分苍白，眼睛呆呆地不知看着什么地方。他浑身颤抖地跑到柳树跟前，把邮包塞进树洞里，他一直没有发现阿尔希普。令阿尔希普更为吃惊的是，他跑上堤坝跳上大车后，朝自己的太阳穴猛地敲了一下，然后把血抹了一脸，这才抽打起马匹来。

“救命啊，出人命啦！”他大声叫喊道。

他的呼喊引起了回声，阿尔希普在很长一段时间里都能听见这声“救命啊”。

大约过了六天，有人来磨坊调查。他们画了磨坊和堤坝的平面图，不知为何还测量了河水的深度。在柳树下吃完饭后，一行人又坐车走了。在来人调查的时候，阿尔希普一直浑身发抖地坐在水轮下，眼睛望着那个邮包。他看见里面的不少信封上盖着五个戳子。他从早到晚地望着这些戳子沉思，而柳树老婆婆白天默默无语，到了夜里就呜呜哭泣。“傻婆子！”阿尔希普倾听着柳树的哭泣暗想。阿尔希普在一周后带着邮包进了城。他一进城就向人打听：

"这里的官府在哪儿?"

有人指给他看一幢门口有一个条纹岗亭的黄房子。他走进前厅，见到一位制服上的纽扣亮晶晶的老爷。老爷正一边吸着烟斗，一边因为什么事训斥着看守人。阿尔希普走到老爷跟前，谨小慎微地讲了老柳树旁发生的事情。那个长官接过邮包，脸色在解开细皮带后变得白一阵红一阵。

"我一会儿就回来!"他说完就跑进办公室。他在那里被许多人团团围住……人们乱成一团地跑来跑去，小声交谈着……十分钟后，长官把邮包交给阿尔希普，对他说:

"老伙计，你找错地方了。你该到下街去找警察局，那里会告诉你该怎么处理这件事，这里是地方金库，亲爱的朋友!"

阿尔希普接过邮包，走了出来。

"邮包怎么变轻了!"他思忖，"比原来少了一半!"

在下街，有人指给他另一幢门口有两个岗亭的黄房子。阿尔希普走进去。这里没有前厅，登上台阶就是办公室。老人向坐在一张桌子后面的几名文书讲了邮包的来历。那几个人一边对着他大声叫喊，一边夺走他手中的邮包。他们派人去找长官，不久来了一个胖胖的大胡子。他简单地问了几句，就拿着邮包进了另一个房间，并把门插上了。

"钱在哪儿呢?"房间里不一会儿传来说话声，"邮包是空的!去告诉那个老头，他可以走了。要不抓他去见伊凡·马尔科维奇!不，算了，还是让他走吧!"

阿尔希普鞠了一躬，走了出来。一天后，他那把灰白胡子又出现在那些鲫鱼和河鲈面前了……

深秋的时候，阿尔希普依然坐在河边钓鱼……

他的脸阴沉得像那枯黄的柳树一样难看。他不喜欢秋天。他的脸色在看到那个赶车人出现在身旁时，越发阴沉了。赶车人没有发现他，径直把手伸进柳树的黑色大洞里。湿漉漉、懒洋洋的蜜蜂爬满了他的袖子。他的脸色在用手摸了一阵后变得刷白。一个小时后，他来到河边坐下，呆呆地望着水面。

“那东西在哪儿？”他问阿尔希普。

刚开始，阿尔希普一声不吭地沉着脸躲开这个杀人凶手，但不久又可怜起他来了。

“我送交官府了！”他说，“不过，你这个蠢货别害怕……我跟他们说我是在柳树下拾到的……”

赶车人从地上一跃而起，朝阿尔希普吼叫了一声，扑过去把他痛打了一顿，打他的老脸，用脚踹他摔倒在地上的身体。之后他却没有离开老头，而是留在磨坊里跟阿尔希普一起生活。

他白天睡觉，沉默不语，到了夜里就在堤坝上来回走动。在堤坝上游荡的还有邮差的幽灵，于是他就跟幽灵交谈。赶车人在春天依然不言不语，继续游荡。一天夜里，老头去找他。

“够了，你这蠢货别再闲逛了！”他说，同时偷眼打量邮差的幽灵，“你走吧！”

邮差的幽灵也这么说……老柳树也这么说……

“不行！”赶车人回答，“我倒是想走，可我的腿和心都在痛。”

阿尔希普扶起赶车人，把他带到城里下街的警察局，走进那间他上交邮包的办公室。赶车人跪在长官脚下连连悔罪。大胡子露出惊讶的表情。

“你把什么罪名安在自己头上了，傻瓜！”他说，“你是喝醉了，还是要进拘留所？都疯了，这些混蛋！事情只会被他们搞乱……凶手没有找到，好，这就完了！你还想干什么？滚出去！”

大胡子在阿尔希普提到那只邮包时哈哈大笑，几个文书都露出吃惊的样子。看来他们的记性都不大好……于是，赶车人只好在赎罪不成后又回到了柳树旁……

为了躲避良心的折磨，赶车人投水自尽了，被搅动的水面上正漂着阿尔希普的浮标。赶车人溺水身亡。现在，老汉和柳树老婆婆在堤坝上可以看到两个幽灵……他们莫非是在和幽灵交谈？

坏孩子

一个招人喜欢的年轻人和一个翘鼻子的年轻姑娘，双双坐在陡峭的河岸下的一张长椅上。他们是伊凡·伊凡内奇·拉普金和安娜·谢苗诺夫娜·扎姆布里茨卡娅。长椅藏在水边密密的柳丛中。这个地方真是妙极了！你只要坐在这儿，就与世隔绝了——只有鱼儿和在水面上如闪电般跑来跑去的水蜘蛛能看见你。这对年轻人随身带着鱼竿、抄网、装蚯蚓的小罐和其他鱼具。他们一坐下来就立即开始垂钓。

"我真是高兴极了，我们总算能单独在一起了，"拉普金东张西望着开始说道，"我有许多话要对您说，安娜·谢苗诺夫娜……千言万语……当我看到您的第一眼……鱼咬您的钩了……我马上就明白：我活着的原因，我崇拜的偶像在哪儿，我清白而勤劳的一生应当奉献给谁……可能是一条大鱼在咬钩……见到您后，我第一次爱上并且如此疯狂地爱一个人！……您等一会儿再拉竿……等它咬死了……我向您发誓，我亲爱的，请告诉我，我能否指望……啊，我不是指望相互爱慕，不是的！……这我不配，而且我从来也不敢这样想……我能否指望……您快拉竿呀！"

安娜·谢苗诺夫娜把握着的钓竿用力往上一拉，尖叫一声，一条银绿色的小鱼在空中闪闪发亮。

"天哪，一条鲈鱼！喃，喃……快！要脱钩了！"

挣脱了钓钩的鲈鱼在草地上蹦跳着，本能地朝它舒适的老家逃去，然后……扑通一声落到了水里！

急忙去抓鱼的拉普金不知怎的没有抓到鱼，却无意中抓住了安娜·谢苗诺夫娜的手，又把这手无意间送到唇边……对方想要抽出手来，但为时已晚。无意中两人的嘴贴在了一起，这个吻来得有点出人意料。他们不停地接吻，之后山盟海誓，互诉衷肠……多么幸福的时刻！不过，话又说回来，绝对的幸福是不存在于人世间的。毒素存在于幸福本身，或者说有外来事物毒害幸福。这一次也不例外。一阵笑声突然在两个热烈拥吻的年轻人耳边响起。他们在看向河面上声源地的一瞬间都呆住了：一个赤身裸体的男孩正齐腰站在水里。他是一个名叫科利亚的中学生——安娜·谢苗诺夫娜的弟弟。他站在河里怪里怪气地笑着，看着两个年轻人。

“哎呀呀！……你们亲嘴呢？”他说，“好啊！我告诉妈妈去。”

“我希望，您，作为正派人……”拉普金满脸通红地开始嘟哝，“偷看别人的行为是卑鄙的，告密更是下流、可憎、可恶……我以为，像您这样正派而高尚的人……”

“一个卢布会让我闭嘴的！”高尚的人回答道，“否则我就告诉妈妈去。”

拉普金从衣袋里掏出一卢布，递给科利亚。科利亚把钱捏在湿淋淋的手心里，吹了一声口哨，游走了。这对恋人却再也无心接吻了。

第二天，拉普金从城里给科利亚带来了各色颜料和一个皮球。姐姐呢，不得不先后送给他她所有的丸药盒和几颗刻着小狗脸的纽扣。很显然，这个坏孩子很喜欢这些“战果”，而且，他开始监视他们，以便收到更多的礼物。他时刻跟在拉普金和安娜身后，不给他们一分钟单独待在一起。

“坏蛋!”拉普金咬牙切齿地说,“年纪轻轻就已经这么坏!他长大了会变成什么样的人?!”

在六月份,这对可怜的恋人因为科利亚没有过上一天好日子。他扬言要去告密,不停地跟踪,索要各种各样的礼物。他总觉得礼太轻了,最后便不时提起怀表来。唉,有什么办法呢?只好答应送他一块。

有一天吃午饭,科利亚在仆人送上维夫饼干时突然哈哈大笑起来,向拉普金挤了挤眼,问道:

“说吗?啊?”

面红耳赤的拉普金把餐巾当成维夫饼干嚼了起来。安娜从桌后跳起来,朝另一个房间跑去。

这对年轻人在这种处境下一直捱到了八月底,那一天,拉普金终于向安娜求婚了。啊,这个日子多么令人感到幸福!在与安娜的父母谈过话,征得了同意后,拉普金所做的第一件事就是跑到花园去找科利亚。拉普金找到他后,高兴得几乎放声大哭。坏孩子的耳朵被他一把揪住。安娜·谢苗诺夫娜也跑来找科利亚,他的另一只耳朵也被揪住了。现在轮到科利亚哭着哀求他们:

“亲爱的,好人哪,亲人哪,我再也不那样做了!哎哟,哎哟,你们饶了我吧!”

这时,真该看一看这对恋人脸上那副得意洋洋的表情。

后来,这对年轻人承认,当他们揪住那个坏孩子的耳朵时所感受到的幸福,是整个相恋期间从来没有过的,那种极度的快乐真是令人迷醉。

外科手术

由于地方自治局医院的医师回家举办婚礼，暂时由医士库里亚京接待病人。这个四十岁上下的胖子身上穿着一件很旧的柞丝绸单排扣短上衣，下身穿的花呢裤也很破旧。他的脸上露出一副责任重大、心情愉悦的表情。一支冒着臭气的雪茄烟夹在他的食指和中指之间。

一个身高体壮，穿着窄腰肥袖的棕色长袍，拦腰束一条宽皮带的老头走进诊所，他是诵经士奉米格拉索夫。他那患有白内障的右眼半睁半闭着，从远处看，长在鼻子上的一颗疣子活像一只很大的苍蝇。诵经士用眼睛很快地搜寻着圣像，没有找到后便对着一个盛着石碳酸溶液的长颈大玻璃瓶画了一个十字，随后，他边鞠躬边把从红布巾里取出的一块圣饼放到医士面前。

“啊……谢谢啦！”医士打着哈欠说，“您有什么事？”

“祝您有个愉快的礼拜天，谢尔盖·库兹米奇……我有事相求……对不起，还是圣诗里说得对，‘我所饮的，搀着眼泪’。几天前我跟老婆子坐在一起喝茶——哎哟，我的上帝！我连一点一滴也喝不进去，只想躺下，可说是生不如死……刚喝那么一小口……我就痛得浑身无力！除了牙痛，这半边脸……好痛啊，好痛啊！耳朵里也突然痛起来，不行啊，就像里面有颗钉子，或是别的什么东西……一阵阵刺痛，一阵阵刺痛！作孽呀！犯戒呀！……心窍被可耻的罪恶迷住，终身陷入懒惰之中……报应啊，谢尔盖·库兹米奇，报应啊！做完弥撒后，大司祭神父责备我：‘你呀，叶菲姆，口齿含糊，鼻音很重。唱诗时别人一点也听不清你到底在唱什么。’请您来评评理，要是连张开嘴都办不到，还怎么能唱诗呢！脸都肿了，不行啊，夜里也失眠……”

“噢，是的……请坐下……张开嘴！”

奉米格拉索夫坐了下来，张开了嘴。

库里亚京皱着眉头往他嘴巴里看，看到一排由于年老和烟熏而变黄的牙中有一颗龋齿。

“助祭神父要我把辣子泡酒敷在脸上……但不管用。格利克里娅·阿尼西莫夫娜……求上帝保佑她老人家身体安康……让我把她从阿索斯圣山带回的一根细线扎在胳臂上，还要我用牛奶漱口。我呢，老实说，线倒是扎上了，但是我并没有用牛奶漱口，我敬畏上帝，正是斋戒期呀……”

“迷信！……”医士稍作停顿，又说，“得拔掉龋齿，叶菲姆·米海伊奇！”

“谢尔盖·库兹米奇，您比我明白。受过教育的您对这种事很在行，知道该怎么办，是拔了，还是上点药水，抑或用点别的什么……所以您才能在这里。恩人哪，求上帝保佑您身体健康，好让我们为您，亲爹哪，日日夜夜祷告……直到躺进坟墓……”

“小事一桩……”医士谦虚地说，接着走到立柜前翻找拔牙器具，“外科手术——小事一桩……熟能生巧，手要有劲……这是很轻松的事……地主亚历山大·伊凡内奇·叶吉佩茨基不久前来到医院，他跟您一样……也是牙痛……这人学识丰富，什么事都要追根问底，弄个明白：怎么回事，原因是什么。他跟我握手，叫我的名字和父名……他在彼得堡住了七年，和所有的教授都很熟……我跟他待了很久……他以耶稣上帝的名义请求我：‘谢尔盖·库兹米奇，您给我拔了它！’那有什么不可以的呢？当然可以。不过，做这件事不能不懂行……牙齿各种各样，有的用夹钳拔，有的用专用牙钳，有的用螺旋钳……这要视具体情况而定。”

医士疑惑地看着拿起的专用牙钳，一分钟后又把它放下，然后拿起一把夹钳。

“好吧，先生，嘴张得更大些……”他拿着夹钳来到诵经士跟前说，“我这就来把它……那个……这是很轻松的事……只要扎破牙床……顺着垂直轴心往外拽……这就行了……”他扎破牙床，“这就行了……”

“您是我们的救命恩人……我们这些人笨得什么也不懂，是天主让你们的脑袋开了窍……”

“张着嘴就不要说话啦……虽然这颗龋齿很容易拔，但是牙根常常拔不出来……这一颗——很轻松的事情……”他把夹钳放上去，“等一等，别拉扯……坐着别动……只要一眨眼的工夫……（用力拽）……关键是，要往深里拔（使劲拽）……牙根不能弄断……”

“我们的上帝啊……圣母娘娘啊……哎哟哟……”

“不对……不对……怎么拔？你的手不要乱抓！把手放下！”他使劲拔，“马上就好……快了，快了……要知道这件事并不简单……”

“上帝啊……爹娘啊……”他不停地尖叫着，“天使啊！哎哟哟……你倒是拔呀，拔呀，你难道要拖拖拉拉地拔上五年吗？”

“你要知道这件事……属于外科手术……不可能一蹴而就……快了，快了……”

奉米格拉索夫痛得把双膝抬到胳膊肘，十个指头乱抓乱动，瞪大眼睛，上气不接下气……汗水从他紫红的脸上冒了出来，泪水从眼睛里喷涌而出。站在诵经士面前的库里亚京累得直喘气，跺着脚用力拔……最折磨人的时刻持续了半分钟——夹住牙齿的钳子脱落了。诵经士跳起来，把手指伸进嘴里一摸，在老地方摸到了那颗龋齿。

“瞧你拽的！”他哭笑不得地说，“把你拽到阴间才好！太感谢了！没本事的话就别给人拔牙！痛得我眼前发黑……”

“那你为什么用手抓我？”医士也生气了，“你总在我拔牙的时候碰我的手，还说了无数蠢话……混蛋！”

“你才混蛋！”

“乡巴佬，你以为拔牙是一件容易的事吗？你来试试！这可不像爬到钟楼上去撞撞钟那么简单！（戏弄他）‘没有本事，没有本事！’你倒教训起人来了！真是好样的……我给叶吉佩茨基老爷，也就是亚历山大·伊凡内奇拔过牙，一点事都没有，他什么也没说……人家的手也不乱抓，比你高贵多了……坐下！我跟你说，坐下！”

“我痛得快晕过去了……你让我喘口气……哎哟！”他坐下来，又说，“用的时间不要太长，用力拔吧。你别拽，用力拔……一下子就拔出来！”

“居然跟行家说教！天哪，这么一个浅陋无知的粗人！跟这种人一起生活……你会发疯的！张开嘴！”他把夹钳放进去，“老兄，外科手术可不是闹着玩的……这跟在唱诗班里唱诗不是同一个级别上的事情……”他用力拽，“别发抖……看来，这牙老了，牙根很深……”他使劲拽，“别动……这就对了，这就对了……别动……好，好……”响起了断裂声，“我早知道会这样！”

奉米格拉索夫像失去了知觉似的，呆呆地坐了片刻。他昏迷了……眼睛茫然地望着空中，汗水布满了他惨白的脸。

“要是用专用牙钳就好了……”医士嘟哝着，“真是出乎预料！”

清醒过来的诵经士立即把手指塞进嘴里，两个冒尖的碎茬就在病牙所在的地方。

“恶，恶鬼！……”他破口大骂，“让你们这些希律[1]待在这里，会要了我们的命！”

“你再骂人……”医士嘟哝着把夹钳放回立柜，“浅陋无知的粗人……你在神学院里挨的鞭子还不够多……叶吉佩茨基老爷，也就是亚历山大·伊凡内奇，他在彼得堡住了七年……学识渊博……他的一件外衣就值一百卢布……可他不骂人……你有什么了不起？没关系，你死不了！”

诵经士只好拿起桌上的圣饼，用手捂着脸颊，回家去了……

① 希律：即希律一世，于公元前四十年至公元四年统治加利利和犹太，曾想杀害幼儿耶稣。

假　面

为了给慈善事业募捐，某地社交俱乐部举办了一次假面舞会，当地的女士们也把假面舞会称做化装舞会。

午夜十二点，五个没有戴假面跳舞的知识分子正围坐在阅览室的一张大桌旁，把鼻子和胡子藏到报纸里去看报、打瞌睡，而且，据一位颇有自由派倾向的京都报纸驻本地记者表述，他们在“思考”。

卡德里尔舞曲“纺车”的乐声从大厅里传来。不时有仆役从门外跑过，同时响起冬冬的脚步声和杯盘的丁当声。阅览室里却十分安静。

“这里看起来更舒服！”一个低沉而喑哑的声音突然在阅览室里响起，这声音更像是从炉子里发出来的，“都来这儿！快点，朋友们！”

一个男人打开阅览室的门闯了进来，他肩宽背厚、个子敦实，穿着马车夫的号衣，宽边帽上插着几根孔雀毛，脸上蒙着假面。两个戴假面的女人和一名端托盘的仆役跟在他身后走了进来。托盘上放着一个盛满烈性甜酒的大肚玻璃瓶、三瓶红葡萄酒和几只杯子。

“都来这儿！这里凉快多了，”男人说，“把托盘放在桌上……你们坐下吧，小姐们！热—武—阿—拉—特里蒙特朗，你们呢，先生们，都挪开……别待在这里！”

男人摇晃了一下身子，一手把桌上的几本杂志扫到地上去了。

“把托盘摆到这儿来！你们呢，看报的先生们，把地方让出来吧。看报和研究政治不是这个时候应该做的事情……把报纸都扔了！”

“请您安静点，”有个戴着眼镜的知识分子看了一眼那人的假面说，“这里不是小吃部而是阅览室……这个地方不是用来喝酒的。”

“为什么不是？莫非桌子摇晃，还是天花板会塌下来？奇怪！不过……现在不是跟你们闲扯的时候！你们把报纸扔了……你们也看了足够长时间的报纸了。你们已经聪明得不用再看报纸了，再说看报伤眼睛。关键是，我不要你们看报，事情就是这样！”

仆役把托盘摆到桌上后，站在门边，胳膊肘上搭着手巾。两个女人立即把红葡萄酒抓在手上。

“这里怎么会有这么聪明的人，居然认为报纸比美酒更好，”插着孔雀毛的男人给自己倒了一杯烈性甜酒，开口道，“依我看，你们这些可敬的先生是因为没钱买酒才如此喜欢看报。我没说错吧？哈哈！他们总在看报！喂，那上面写什么啦？眼镜先生！您读到哪些事件？哈哈！得了吧，不要看了！别再装模作样！不如一起喝一杯！”

插孔雀毛的男人稍稍挺起身子，从眼镜先生手里夺过报纸。对方的脸上白一阵红一阵，用吃惊的眼神看了看其他的知识分子，那些人也用吃惊的眼神看看他。

“您太放肆了，先生！”眼镜先生发怒了，“阅览室竟被您当成了小酒馆，您还放肆地把我手里的报纸夺走了！我不允许！您不知道您在跟谁打交道，先生！我是银行经理热斯佳科夫！……”

“我呸！你这个热斯佳科夫！你的报纸能享受到的荣幸只能是这个……”

男人拾起地上的报纸，把它撕成了碎片。

“诸位先生，这究竟是怎么了？”热斯佳科夫喃喃地说，他愣住了，“真是不可理喻，这……真是岂有此理！”

“他老人家发怒了。”男人笑了起来，“哎呀呀，我吓得两条腿都直打哆嗦了。事情是这样的，可敬的先生们！我实在是懒得跟你们说废话……因为我想单独跟这两位小姐待在这里找点乐子，所以请你们都出去，不要在这儿妨碍我们……先生们，快请吧！别列布欣先生，快滚出去！你皱什么眉头？你给我听话乖乖地滚出去！快点！否则小心我揍你一顿。”

“这算什么话？”红了脸的孤儿院会计别列布欣耸着肩膀说，“我简直搞不懂……闯进来一个无赖……突然说出这种混账话来！”

“你敢说我是无赖？”插孔雀毛的男人怒不可遏地大喝一声，托盘上的杯子因为他捶在桌子上的拳头震跳了起来，“你是跟谁说话？你以为在我戴假面的时候就可以信口开河地骂我了吗？真是牙尖嘴利！我叫你出去，你就出去，哪个混蛋都不准留在这里！快点，统统给我滚蛋！”

“结果马上就会出来的！”热斯佳科夫的镜片因为激动而冒汗了，“我要给你点颜色看看！喂，快去把值班主任叫来！”

很快，一个身材矮小、头发棕红的主任走了进来，蓝色小布条别在他的上衣翻领上，跳舞跳得他气喘吁吁。

“请您出去！”他开口说，“这儿是不允许喝酒的！请到小吃部去！”

“你是从哪儿跳出来的？”戴假面的男人说，“我叫你来的吗？”

“请别你你你的，请出去！”

“可爱的人，听我说，你的时间只有一分钟……因为这里的主任和话事人是你，所以，请拉着这些演员的胳膊出去。我的姑娘们不喜欢这里有外人……而我既然花了钱，就希望害臊的她们露出自然本色。”

“这个野蛮人显然不明白，他不是在猪圈里！”热斯佳科夫大声叫道，“把叶夫斯特拉特·斯皮里多内奇叫来！”

“叶夫斯特拉特·斯皮里多内奇！”呼喊声在俱乐部里响起，“叶夫斯特拉特·斯皮里多内奇在哪儿？”

一个身着警察制服的老头——叶夫斯特拉特·斯皮里多内奇，立刻就来了。

“请您离开这里！”他瞪着可怕的眼睛，耸动着染过的八字胡，嘶哑着声音说道。

“哎呀，太吓人了！”男人快活得哈哈大笑，“真是太吓人了！居然有人这么可怕，你那小胡子活像猫的触须，眼睛都快瞪出来了……嘿嘿嘿……”

“少说废话！”气得浑身发抖的叶夫斯特拉特·斯皮里多内奇声嘶力竭地喊道，“滚出去！不然你就会被人从这里拉走！”

阅览室里响起了一片难以想象的嘈杂声。脸红得像煮熟了的虾的叶夫斯特拉特·斯皮里多内奇不停地喊叫、跺脚。热斯佳科夫、别列布欣，以及所有的知识分子都在喊叫。不过，假面人低沉暗哑的声音却把他们的声音都压下去了。舞会因一片混乱而不得不中断，人群从大厅涌向阅览室。

为了显示自己的威风，叶夫斯特拉特·斯皮里多内奇把俱乐部里所有的警察都叫了过来。他坐下开始写违警记录。

“写啊，写啊，”假面人拿手指戳着笔尖说，“哎呀，我这个可怜的人现在可怎么办啊？我这个可怜虫呀！你们为什么要毁了我这个无依无靠的人！哈哈！好吧，现在我让你们看看！—……

二……三！”

男人挺胸凸肚地站起来，把自己的假面猛地摘下来。他露出自己的醉脸，看着大家，欣赏着自己造成的效果，之后高兴得倒在圈椅里放声大笑。他的确引起了巨大的反响。所有的知识分子都神色惊慌，面面相觑，吓白了脸，有的直挠后脑勺。叶夫斯特拉特·斯皮里多内奇像个无意中干了蠢事的人那样，不安地清着嗓子。

原来，这个捣乱分子就是向来以喜欢胡闹、热心公益事业而扬名乡里的皮亚季戈洛夫——当地的百万富翁、工厂主、世袭的荣誉公民。另外，他还像当地通报里多次所写的那样“满怀对教育事业的爱”。

“怎么样，你们到底走不走？”皮亚季戈洛夫沉默片刻后问道。

知识分子们都一声不吭，默默地踮着脚尖走出了阅览室。皮亚季戈洛夫在他们离开后立即反锁上门。

“你一定早就知道他是皮亚季戈洛夫！”叶夫斯特拉特·斯皮里多内奇摇着那个端酒进阅览室的仆役的肩膀，嘶哑着声音小声说，“你为什么一句话都不说？”

“他老人家不许说，长官！”

“不许说……等我把你这个该死的混蛋在牢房里关上一个月的时候，你就知道‘不许说’的厉害了！滚开！而你们这些先生倒好，”他又转过身对那些知识分子说，“想反了不成！你们就不能离开阅览室十分钟吗？好了，现在这烂摊子还是由你们去收拾吧。唉，先生们，先生们……我真的不喜欢这样！”

知识分子们一个个垂头丧气地在俱乐部里来回走动，像大难临头似的心神不宁，面带愧色，自言自语……他们的妻子儿女听说皮亚季戈洛夫因为“受了委屈”而大发脾气，都吓得不敢出声，各自早早地回家了。舞会不得不提前结束了。

直到夜里两点，皮亚季戈洛夫才从阅览室里出来。喝醉酒的他走起路来东倒西歪的。他来到大厅的乐队旁坐下，在乐曲中打起了瞌睡，愁苦地垂下头后立即鼾声大作。

“停止奏乐！”主任们对乐师们直摇手，“嘘！……叶戈尔·尼雷奇睡着了……”

“请问，叶戈尔·尼雷奇，要把您送回府上吗？”别列布欣俯身凑近百万富翁的耳朵问道。

皮亚季戈洛夫像要吹掉脸上的苍蝇似的努了努嘴唇。

“请问，要把您送回府上吗？”别列布欣又问了一遍，“或者把马车准备好？”

“啊？谁？你……你有什么事？”

“该把您送回府上，先生……是时候睡觉了……”

“我要回……回家……你送我……回去！”

喜笑颜开的别列布欣赶紧扶起皮亚季戈洛夫。其余的知识分子也赶紧跑过来帮忙。他们愉快地微笑着，七手八脚地把这位世袭荣誉公民小心翼翼地抬起来，送到马车上。

“能愚弄这么一大群人的只有演员和天才，”热斯佳科夫扶他坐下时高兴地说，“这确实让我感到震惊，叶戈尔·尼雷奇！我到现在还想笑……哈哈……可我们却大动肝火地瞎闹！哈哈！你们相信吗？我从来没有在看戏的时候这样开怀大笑过……太好笑了！我一辈子都不会忘记这个难忘的夜晚！”

那几个知识分子在送走皮亚季戈洛夫后，脸色终于好了起来，开始定下心来。

“他临走时还向我伸出手呢，”热斯佳科夫得意地说，“这么看来，什么事也没有，他不生气了……”

“愿上帝保佑！”叶夫斯特拉特·斯皮里多内奇松了口气说，“恶棍，无赖，可要知道，又是慈善家！……真是没法说！……”

小人物

“尊敬的阁下，父亲，恩人！”文官涅维拉济莫夫正在写一封贺信，“祝您在这个复活节及日后的生活中身体健康、万事顺意，并祝合家安康……”

黑烟和焦臭味从快要烧干煤油的灯里冒出来。桌子上，一只迷途的蟑螂在涅维拉济莫夫写字的那只手旁边慌张地跑来跑去。看门人巴拉蒙在与值班室相隔两个房间的地方，第三遍擦他那双只在节日时才穿的皮靴。他擦得很起劲，他的啐唾沫声和上过鞋油的刷子的沙沙声响遍了所有的房间。

“还要再给那个混蛋写点什么呢？”涅维拉济莫夫抬眼望着熏黑的天花板思考着。

他在天花板上看到一个发黑的圆圈，那是灯罩的阴影。下面依次是落满灰尘的墙檐和早先刷成深褐色的墙壁。他感到这个值班室就像是荒凉的沙漠，他开始可怜起自己和那只蟑螂来……

“值完班后我可以离开这里，而它却要在这里值一辈子班，”他伸着懒腰想道，“苦闷啊！要不我也刷刷皮靴？”

涅维拉济莫夫再次伸了个懒腰，之后懒洋洋地踱向传达室。巴拉蒙已经不擦皮靴了……他一手拿着刷子，一手画着十字，站在通风小窗前倾听着……

“打钟了，先生！”他睁大一双呆滞的眼睛，望着涅维拉济莫夫，小声说道，“已经打钟了，您听。”

涅维拉济莫夫把耳朵凑到小窗口，也倾听起来。与复活节的钟声一齐从窗口涌进室内的还有春天清新的空气。各处的教堂钟声齐鸣，马车在大街上来来往往时发出辘辘声，在这片乱哄哄的声音中依旧清晰可闻的，只有最近的教堂那活跃而高昂的钟声，还有一阵不知是谁发出的刺耳的大笑。

“人真多啊！”涅维拉济莫夫朝下面的街道看了看，叹了口气。不时有人影从亮着的街灯下面闪过。“大家都跑去做晨祷了……我们的人喝足了酒，现在恐怕正在城里闲逛哩。笑声和谈话声真多呀！只有我倒霉透顶，每年的这种日子都要在这里坐着！”

“谁叫您拿人家的钱呢？本来今天值班的不该是您，是扎斯杜波夫雇您当替身。您在别人都去玩乐的时候替人值班……这是贪财啊！”

“见鬼，这怎么叫贪财呢？根本没有什么财可贪，只有两个卢布和一条领带……这不是贪财，是贫穷！可你明白，要是现在能跟大家在做完晨祷后去开斋，我认为那是一件极好的事情……喝几杯酒，吃点冷荤菜，然后躺下来睡上一觉……或者往摆着受过圣礼的库利契的桌旁一坐，茶炊发出咝咝的响声，还有那么一个迷人的小妖精陪在你身边……你喝一小杯酒，摸摸她的小下巴，还真是令人神魂颠倒的东西……你在这时才会感觉自己是个人……唉……我这辈子算是完了！瞧，有个骗子正明目张胆地坐在四轮马车上，而你却不得不待在这里，要么想想心事……”

“人各有命，伊凡·达尼雷奇。上帝保佑，您将来也会升官晋级，坐上四轮马车的。”

“我？嘿，不可能，朋友，你开玩笑吧。我即使拼掉性命也只能做个九品文官了……我没有受过什么教育。”

“没有受过教育的又不止您一个，将军也是，不过……”

“嘿，在成为将军之前，我们的将军就偷盗了十万公款。朋友，我可比不上他那副派头……我这副模样是不会有什么出息的！连姓也上不得台面——涅维拉济莫夫[①]！总而言之，朋友，这样下去是没有出路的。是继续活下去还是去上吊自杀，全凭自己的意愿……”

离开通风小窗后，涅维拉济莫夫在各个房间里苦闷地来回转悠。钟声越来越响了……即使不站在窗口也能听到。可是，深褐色的四壁和烟熏的墙檐在越发清晰的钟声和越发响亮的马车辘辘声中，显得越发阴暗，煤油灯的黑烟也冒得越浓。

“要不从值班室溜走？”涅维拉济莫夫想道。

不过，逃跑不会有什么好结果……即便离开公署，在城里闲逛一阵，最后还是要回到自己的住所，而他的住所比值班室更阴暗、更糟糕……就算他在复活节这一天过得舒服满意，可是以后呢？四壁依然阴暗，自己仍然要受雇于人替人值班，还是要写这种贺信……

涅维拉济莫夫站在值班室里开始沉思。

他被一种渴望过上美好新生活的想法弄得痛苦不堪，无法忍受。他热切地想突然出现在人潮涌动的大街上，和人们一起参加节日庆典——齐鸣的钟声和轰响的马车是因此才有的。他想要重温儿时的感受：全家人聚在一起，亲人们脸上喜气洋洋，白桌布，室内亮堂而温暖……他想起了刚才一位太太乘坐的四轮马车，想起了庶务官穿上就神气活现的那件大衣，想起了秘书佩戴在胸前的金表链……他想起了温暖的床铺，斯坦尼斯拉夫勋章，新皮靴，袖子没有磨损的文官制服……他心里想的都是他没有的东西……

“难道去偷？”他又想道，“就算偷东西容易，可要藏好却很

① 涅维拉济莫夫：其俄语发音与“衬裤”相似。

难……据说有些人带着赃物逃往美洲，不过，这个美洲的所在地鬼才知道！看来只有受过教育的人才能偷盗。”

钟声停了。此刻能听到的只有远处的马车声和巴拉蒙的咳嗽声，涅维拉济莫夫越来越难以忍受内心强烈的愁苦和愤恨。公署里的挂钟指向了十二点半。

“要不写告密信？普罗什金一次告密，之后就步步高升……”

涅维拉济莫夫坐在自己桌前陷入沉思。浓烟从已经烧干了煤油的灯里冒出来，眼看就要熄灭了。找不到安身之处的迷途蟑螂还在桌上爬来爬去……

“告密也可以，可是该怎么写这封告密信呢？要像普罗什金那样写得模棱两可，还得花点心思……我哪行呢！日后我一定会因为写了这种东西而受到申斥，我这个笨蛋只能见鬼去！”

于是，涅维拉济莫夫开始开动脑筋琢磨种种摆脱困境的办法，目光始终停留在他起草的那封贺信上。这封信是写给一个他十分憎恨又惧怕的人的，十年来他一直在向这个人请求把他从十六卢布的职位提升到十八卢布的职位上……

“啊……让你跑，鬼东西！”那只不幸让他看到的蟑螂身上被他愤恨地拍了一巴掌，“真讨厌！”

蟑螂仰面躺在那里，拼命蹬着细腿……涅维拉济莫夫捏住蟑螂的一条腿，把它扔进玻璃灯罩里。突然起火的灯罩里发出劈劈啪啪的响声……

这时，涅维拉济莫夫才感到心里轻松了些。

我的“她”

按照我的父母和上司的权威说法，她出生的时间比我早。姑且不论他们的话对或错，我只知道，自出生以后，我的每一天都从属于她，时刻感到自己处于她的控制之下。她无时无刻都在我身边，我也从未表示要离她而去，因此，这种结合是牢不可破的……然而，年轻的女性读者们请不要嫉妒！除了各种不幸，我并未从这令人感动的结合中得到任何好处。首先，日日夜夜厮守着我的“她”从不让我干点正经事。无论阅读写作，还是游玩欣赏大自然风光，我都受到她的妨碍……我才写了几行字，她就总是来碰我的胳膊肘，无时无刻不在引诱我到床榻上去，不亚于古代的克莉奥佩特拉引诱古代的安东尼。其次，她就像法国妓女，害得我倾家荡产。我因为她的依恋，牺牲了一切——前程，荣誉，舒适……承蒙她的关照，我租住便宜的屋子，穿着破烂，吃得糟糕，写作用淡墨水。她吞噬一切，所有的一切，这个欲壑难填的家伙！我厌恶她，蔑视她……但是我至今没有跟早该分手的她分手，倒不是因为在莫斯科办离婚案要付给律师四千卢布……我们目前没有孩子……您想知道她的名字吗？好吧……她那富于诗意的名字令人联想起莉丽娅，列丽娅，涅丽……

她叫“琳”——懒惰。

必要的前奏

刚举行完婚礼的年轻夫妇乘马车从教堂回到家里。

“喂，瓦莉娅，”丈夫说，“使劲揪我的胡子。”

“只有天知道你在想什么！”

“不，不，有请啦！求求你了！抓住我的胡子，使劲揪，千万别客气……”

“得了，你何苦这样呢？”

“瓦莉娅，我要求你……或者命令你！你如果爱我的话，就抓住我的胡子揪……这是我的胡子，揪吧！”

“无论如何都不行！多痛苦，而我爱这个人胜过爱自己的生命……不，我永远也不会这样做！”

“可是我求你！”新婚丈夫生气了，“听清楚了吗？我要求你，而且……命令你！”

最后，大惑不解的妻子在经过长时间的争执后，终于把小手伸进丈夫的胡子里，使劲地揪了一下……不料丈夫居然连眉头也没皱一下……

“瞧，我一点也不痛！”他说，“真的，不痛！好了，你等一等，现在该我来揪你的了……”

丈夫使劲揪了揪妻子鬓角上的几根头发。妻子大声尖叫起来。

“现在，我亲爱的，”丈夫总结道，“你要明白，我不仅比你强壮许多倍，还比你有耐力。今后，当你挥起拳头想打我，或者扬言要把我的眼珠挖出来的时候，你要牢记这一点……总而言之：妻子对丈夫要有畏惧心！”

预谋犯

一个庄稼汉站在法院审讯官的面前。他身材矮小、消瘦，穿着花粗布衬衫和打着补丁的裤子，阴沉而冷漠的表情从那张鬓须浓重、布满麻点的脸，以及藏在耷拉的浓眉里、不易看清的眼睛里流露出来。他那头看上去像一顶帽子的蓬乱的浓发已经很久没有梳理了，这使他的面容越发显得如蜘蛛般阴沉。他光着脚。

“丹尼斯·格里戈里耶夫！”审讯官开始说，“你到近一点的地方来回答我的问题。本月七日，也就是七月七日，铁路看守人伊凡·谢苗诺夫·阿金福夫沿线巡查到一百四十一公里处的时候，撞见你在拧铁轨上固定枕木的螺丝帽。瞧，就是这颗螺丝帽……你和这颗螺丝帽一起被他扣下了。对吗？”

“什么？”

“阿金福夫说的是真的吗？”

“是的，没错。”

“好。那你拧螺丝帽干什么？”

“什么？”

“你别‘什么什么’的，回答我的问题：你拧螺丝帽干什么？”

“俺才不会在不需要的情况下去拧它哩。”丹尼斯斜眼望着天花板，声音嘶哑。

“那你要拿这螺丝帽做什么？”

“螺丝帽吗？俺们拿它做坠子……”

“谁是俺们？”

“俺们就是老百姓呗……也就是克利莫夫斯克的庄稼人。”

“听着，老乡，你别装糊涂，说实话！不要说谎，扯什么坠子不坠子的！”

“俺从出生到现在都没有说过谎，现在居然说俺瞎扯……”丹尼斯眨着眼睛，嘟哝着，“再说，老爷，坠子是必不可少的，您把鱼饵或是蚯蚓装到钓钩上，没有坠子是沉不到水底的。还说俺瞎扯哩……”丹尼斯冷笑道，“浮在水面上的鱼饵有什么用！鲈鱼、梭鱼、江鳕，从来都往深水里钻。只有赤梢鱼在鱼饵漂在水上时去咬钩，不过很少碰到这种事……俺们那条河就没有赤梢鱼……大河大水里才有这种鱼。”

“你干吗跟我大谈特谈赤梢鱼？”

“什么？是您问我的呀！在俺们那儿，连地主老爷也是这么钓鱼的。如果没有坠子，即使最不懂事的孩子也不去钓鱼。当然啦，有一种人什么也不懂，嘿，没有坠子也去钓鱼。傻瓜从来不顾什么章法……”

“那你的意思是，这颗螺丝帽是被你拧下来做坠子的？”

“不然为什么呢？它总不会被我拿来当羊拐子[①]玩！”

“可是，你尽可以拿铅块、子弹壳……或者钉子之类的……做坠子。”

“铅块除了花钱去买，是不可能在大路上找到的。钉子不管用。只有螺丝帽最好使……又重，还有个小洞。”

“别装傻！就好像昨天才出生，或者从天上掉下来似的。笨

① 羊拐子：一种儿童游戏。

蛋，你不知道拧掉螺丝帽会造成什么后果吗？如果不是看守人及时发现，火车就会出轨，使许多人丧命！你就成了杀人凶手！”

“上帝保佑，千万不要发生这种事，老爷！为什么要害人？难道俺们不信教，或是什么坏人？感谢上帝，好老爷，别说我从来没有害死过人，这种事我是想都没有想过的……求圣母娘娘保佑，饶恕……瞧您说的，老爷！”

“那么在你看来，火车为什么会出事？告诉你，你拧下两三颗螺丝帽，火车就会翻车！”

丹尼斯嘿嘿地冷笑着，眯起眼睛怀疑地看着审讯官。

“得了吧！俺们村的人这些年拧下了不少螺丝帽，上帝保佑，火车从来也没翻过。现在说什么出事，害人……如果铁轨被我搬了去，或者打个比方吧，一根大木头被我横在铁路上，噢，如果那样，火车也许会出轨，可是……呸！不就是少了一颗螺丝帽嘛！”

“你要知道，那些螺丝帽是用来固定铁轨和枕木的。”

“俺们当然也懂……又不是所有螺丝帽都被俺们拧下来了……还有许多留着呢……俺们也不是不动脑子地做事……俺们也懂……”

丹尼斯打了个哈欠，在嘴巴上画了个十字。

“有一列火车去年在这个地方出轨了，”审讯官说，“现在知道是为什么了……”

“您说什么？”

“我是说，现在知道了，有一列火车去年为什么在这个地方出轨了……我知道原因了！”

“您受过教育，所以才通晓事理，俺们的恩人……上帝知道该让谁明白事理……您刚才评判了一大堆，是怎么回事，为什么，但那个看守人也是什么都不懂的庄稼汉，就知道揪住俺的后脖领，拖着俺就走……您先说清楚理由，再拖人也不迟呀！俗话说得好，庄稼人有庄稼人的道理……您再记上一笔，老爷，他还打了俺两个嘴巴，并在俺胸口上打了一拳。”

“从你家里搜出了另外一颗螺丝帽……你是在什么地方、什么时候拧下那颗螺丝帽的？”

“您说的那一颗是在小红箱子底下的吧？”

“我可不知道它放在哪儿，只知道又有一颗被搜了出来。你什么时候拧下的？”

“那是伊格纳什卡给我的，不是俺拧的，他就是独眼龙伊凡的儿子。俺说的是那颗压在小箱子底下的螺丝帽，至于院子里雪橇上的那一颗，是俺和米特罗凡一起拧的。”

“哪个米特罗凡？”

“就是米特罗凡·彼得罗夫啊……没听说过吗？他在俺们村编织鱼网，然后卖给老爷们。这种螺丝帽他需要得多，估摸着得十来颗才能编一张网……”

“你听着……根据刑法第一千零八十一条规定：凡蓄意破坏铁路，致使该路上行驶中的运输工具发生危险，且肇事者明知该行为的后果将造成不幸——听清楚了吗？明知！而你肯定知道拧掉螺丝帽的后果是什么——该肇事者当判处流放并服苦役。”

“当然，您懂得很多东西……俺们是浅陋无知的人，俺们哪里懂得这个！”

“没有什么是你不懂的！当然了，你就会瞎扯，装糊涂！”

“干吗要瞎扯？您不信的话可以去问问村里的人……不加坠子只能钓钓欧鲐。在没有坠子的情况下，就连最次的赤梢鱼也不会上钩。”

“你再说说赤梢鱼呀！”审讯官微笑着说。

“赤梢鱼在俺们那儿可是没有的……俺有时用蛾子当饵，钓丝因为缺少坠子在水面上漂，只有雅罗鱼在极少的情况下来咬钩。”

“好了，你闭嘴吧……”

随后是一阵沉默。丹尼斯不知所措地倒换着脚站着，看着眼前蒙着绿绒布的桌子，使劲地眨着眼睛，仿佛看到的是红太阳而不是绿绒布。审讯官快速地写着什么。

“俺可以走了吗？”丹尼斯沉默半晌后问道。

“不行。你得被押起来，送进牢房。”

丹尼斯抬起浓眉，不再眨眼了，怀疑地望着审讯官。

“怎么要去牢房？老爷！俺可是很忙的，俺得去赶集。把伊戈尔欠俺的三卢布腌猪油钱要回来……”

“闭嘴，别多事。”

“坐牢房……真的做了坏事后去也是行的，可是……活得好好的……犯什么罪了？俺又没有偷东西，好像也没跟人打过架……如果您怀疑俺拖欠税款，老爷，村长的话您可千万别信……您一定得问问常任委员先生……他，那个村长，没有良心……”

“闭嘴！”

“俺也没说什么……”丹尼斯嘀咕道，“俺敢对天发誓，村长经常造假账……俺们三兄弟：老大库兹马·格里戈里耶夫，老二伊戈尔·格里戈里耶夫，再就是俺，丹尼斯·格里戈里耶夫……”

“你妨碍到我办事了……喂，谢苗！”审讯官叫道，“把他押下去！”

“俺们三兄弟，”丹尼斯继续嘀咕着，这时，两名壮实的士兵把他押着走出审讯室，“亲兄弟是不能互相担当责任的……库兹马没有完税，那么就得由你丹尼斯来承担……什么法官！我的东家是将军——可惜死了，但愿他升天——否则他会给你们这些法官点颜色看看的……得有本事才能审案子，不能随便乱来……您哪怕用树条抽我一顿，可是得有真凭实据，凭良心……”

出事

车夫讲的故事

瞧，老爷，曾有不幸的事情发生在山沟后面的那片小树林哩。有一天，我死去的爹——愿他老人家升天，赶着大车给东家送一笔五百卢布的款子。我们村和舍佩列沃村的农民当时都租种那位老爷的地，那笔款子是大家半年的田租。作为一个敬畏上帝的人，我爹常读圣书，对于克扣或欺负别人，或者说，诈骗人家钱财——这些上帝不许可的事情，他是从来不干的，所以他很受农民的爱戴。当村里需要派人进城去见长官或者给地主送钱的时候，他总是第一个被推举。人品出众的他和一般人不同，但我说这话请别见怪，他这人缺少点毅力，和其他老人一样贪杯。要做到对路边的小酒馆视若无睹是不可能的，他总要拐进去，喝几杯酒——没有一点办法，糟透了！他也知道自己的这个毛病，担心自己睡着了，或者出点事把钱弄丢了，所以他在送公款的时候，总是带上我或者我的小妹妹安纽特卡。

老实说，我们全家都喜欢喝酒。我受过教育，有点文化，曾有六年时间在城里的烟草店里站柜台，遇到各种有教养的老爷都能应付一阵，能说各种各样的体面话。可是，我曾经读过的一本小说里说，伏特加是恶魔的血。这句话正确极了，老爷。我的脸色因为总喝酒而发青，晕晕乎乎的脑子里什么事都弄不明白。后来，现在您也看到了，我只好当了马车夫，倒像一个目不识丁的庄稼汉，一个浅陋无知的粗人。

我刚才跟您说到我爹给东家送钱的事情，那一次安纽特卡也被带上了。安纽特卡当时不是七岁就是八岁——一个十分矮小的傻女孩。在到卡朗契克之前，他们一路平安无事，我那没喝酒的爹脑子十分清醒。可是，他老人家在离卡朗契克不远的莫谢卡时，进了一家小酒馆，他的老毛病又犯了。三杯酒下肚后，他便在众人面前信口胡吹起来：

“别看我这个小百姓普普通通的，口袋里可揣着五百卢布哩。只要我愿意，这酒馆，这些坛坛罐罐，这莫谢卡，连同镇上所有的犹太娘们和犹太崽子们，我都能买下来。我全买了，包干了。”

显而易见，这是老人家的玩笑话。随即他又抱怨起来：

“教友们，当财主或者商人可是件糟糕透顶的事情。没有钱，也就没有了牵挂；有了钱，你就得为了提防坏人而成天捂着口袋。那些在世上的富翁总是活得提心吊胆的。”

他的话自然被那些喝酒的人听得明明白白，记在了心上。当时卡朗契克一带正在修铁路，各种各样的刁民和光脚汉像蝗虫一样多。我爹后来醒悟过来了，但为时已晚。话不是麻雀——飞出去就抓不回来了。老爷，当时他们走的就是这片小树林。走着走着，他们忽然听到有人骑着马从后面追了上来。我爹的胆子可不小，不能这么说他，但他还是起疑心了。小树林里的路无法通过车马，拖点干草或木柴什么的人倒是有的，但是，骑马来这里就没有必要了，特别是农忙的季节。骑马飞奔不会是去做好事。

“好像有人在追，”我爹对安纽特卡说，“他们跑得好快。我刚才在酒馆里本该闭上嘴巴，宁可叫舌头上长疮。哎哟，闺女啊，我觉得，不好的事情马上就要发生了！”

老人家考虑了一下眼前危险的处境，对我妹妹安纽特卡说：

“大事不妙，恐怕真的有人在追我们。无论如何，亲爱的安纽特卡，好孩子，你把这些钱藏在衣服里，躲到树丛里去。万一那些该死的来抢劫，你就跑回去，把钱交给你娘，再让她送到村长家。不过你千万要留神，不要被别人看到，专捡树林子、小山沟跑，以免被人发现。拼命跑吧，再求告仁慈的上帝保佑你。愿基督与你同在！”

我爹把钱包塞给安纽特卡。她钻进了一处浓密的灌木丛。三个骑着马的人不一会儿就来到了我爹面前。其中一个穿着红布衬衫和大靴子，身强体壮，肥头大耳。另外两个衣衫破烂、邋里邋遢，看起来是修铁路的。老爷，果然发生了我爹怀疑的事。那个穿红布衬衫的是个身强力壮、不同寻常的庄稼汉，他勒住马，和那两个人一起动手收拾我爹。

“站住，混蛋！钱呢？”

“什么钱？你们见鬼去吧！”

“你要送给东家的田租呀！拿出来，你这脓包，秃子，否则我们就干掉你，叫你连向上帝忏悔的机会都没有！”

他们开始对我爹耍无赖，我爹既没有求饶，也没有哭哭啼啼，相反，老人家勃然大怒，开始声嘶力竭地痛骂他们。

“你们这些魔鬼为什么要缠着我？你们是一群心中没有上帝的恶棍，真希望你们得上霍乱！你们不该拿到钱，应该给你们抽鞭子，让你们的肩背痛上比三年还要久的时间！都滚开，你们这些蠢货，否则我要自卫了！我怀里揣着一把有六发子弹的手枪！”

听到这些话，强盗们变得更凶狠了，他们随手操起家伙就往我爹身上招呼。

他们把板车上的东西翻了个遍，又把我爹全身里里外外搜了一遍，就连他的靴子也被拽了下来。我爹挨了打后骂得更厉害了，他们就想尽办法折磨他。这时，躲在树丛里的可怜的安纽特卡什么都看见了。后来，当她看到爹爹喘着粗气躺在地上的时候，赶紧跳起来，穿过小树林，拼命地沿着小山沟往家里跑。年纪还小的她什么也不懂，又不识路，只能跑到哪儿算哪儿。那个地方到我家也就八九里路。别人要跑到那里只需一个小时，可是，她这样一个小孩子常常是进一步，绕两步，再说并不是每个人都能在荆棘丛生的树林里光着脚跑的，那得习惯了才成，而我们那里的小姑娘不是蹲在炕头上，就是在院子里忙活，都害怕进树林子。

安纽特卡好不容易在傍晚时分跑到了一户人家。那幢木屋是苏霍卢科沃村外守林人的家，他守的那片林子是官家的，当时有商人租了这片林子在烧炭。有个女人听到她的敲门声后，出来给她开门，那是守林人的老婆。安纽特卡当即毫不隐瞒地哭着对她讲了一遍事情的经过，就连钱的事情也毫不例外。守林人的老婆很同情她的遭遇。

“你这孩子真可怜，宝贝！你还这么小，上帝可是在保佑你的！快进屋吧，我的好闺女，至少吃点东西！”

于是，那个女人又给吃又给喝地竭力安抚安纽特卡，甚至陪她一起掉眼泪。她对安纽特卡那么好，您猜怎么着，钱包都被这小妞交给了她。

“我呀，小乖乖，先得藏好它，等到明天早上再还给你，然后把你送回家，小宝贝！”

拿了钱后，那个女人把安纽特卡安顿在炉台上，当时炉台上正烘烤着许多笤帚。跟我家安纽特卡差不多大的守林人的女儿躺在炉台上的笤帚上。安纽特卡事后对我们说，那些笤帚有一股蜂蜜味，很香！躺在那里的安纽特卡睡不着，一个人偷偷地哭，她担心她那可怜的爹爹，而且心里感到害怕。可是，老爷，有人在一两个小时后进屋来了。她一看，哎哟，正是折磨爹爹的那三个强盗。那个穿着红布衬衫的人，他们的头领，走到女人面前说：

“哎，老婆，我们今天白白弄死人了。刚才，晌午的时候，我们打死了一个人，但却没有搜到一个子儿。”

显然，那个穿红布衬衫的人就是女人的丈夫，那个守林人。

“那个家伙白白送了性命，”那两个衣衫褴褛的同伙说，“我们也是白白让灵魂背上了罪孽！”

守林人的老婆望着他们三个人，嘿嘿地笑起来。

“你笑什么，傻婆娘？”

“太好笑了，瞧吧，我既没有打死人，灵魂也没有背上罪孽，可却拿到了钱。”

“什么钱？你胡说些什么呢？”

“那你们看看我有没有胡说。”

那女人把钱包解开，这该死的婆娘拿出钱来给他们看，然后一字不落地说起来：安纽特卡如何来找她，说了什么，等等。那些杀人凶手高兴坏了，立即坐下来开始分赃，还差点打了起来，后来，他们开始大吃大喝起来。可怜的安纽特卡把他们的话听得一清二楚，吓得躺在那里浑身发抖，就像掉进热锅里的犹太人。该怎么办？通过他们的谈话她知道爹爹死了，尸体被扔在路上，她恍恍惚惚好像看到可怜的爹爹正被一群狼和狗撕食，好像我们家那匹跑进林子深处的马也被狼吃了，又好像她自己被扔进了大牢，那些要打她的人怪罪她不该把钱弄丢了。

那些胡吃海喝的强盗打发女人去买酒，让她拿五卢布去买伏特加和甜葡萄酒。他们花别人的钱吃喝玩乐。这些喝个没完的狗东西又叫女人去买酒，看样子，他们要没完没了地喝下去。

“干脆喝它个通宵！”他们嚷道，“我们现在有很多钱，没必要那么小气！喝吧，就是别喝昏了头！”

就这样到了半夜，三个人都喝得酩酊大醉，那女人第三次去买酒，身子东歪西倒的守林人在屋子里来回走了两趟。

“哎，弟兄们，”他说，“得干掉那个小丫头！如果不把她干掉，她一定会跑去告发我们的。”

他们商量了很长一段时间，决定干掉安纽特卡——不能让她活着。谁都知道，要对一个无辜的孩子下毒手，这种可怕的事情只有醉鬼或疯子才下得了手。他们为谁去杀她争论了快一个小时。三个人互相推来推去，差点打了起来，结果谁都不想去。最后只得抓阄，抓到的是守林人。他又灌了一大杯酒，清了清嗓子，然后到外屋去取斧子。

可是，这个叫安纽特卡的小妞还挺有心计。别看她平时傻呵呵的，这次她想出的主意，可以说，绝不是随便哪个受过教育的人想得出来的。多半是怜悯她的上帝让她的脑子开了窍，也可能是她的脑子经这么一吓变聪明了。总之，她在关键时刻比谁都机灵。她悄悄爬起来，向上帝求告了一阵，把守林人老婆盖在她身上的羊皮袄拿起来。您知道，跟她年龄相仿的守林人的女儿并排跟她躺在炕上。安纽特卡把羊皮袄盖在她身上，自己则披上盖在小姑娘身上的那女人的棉袄。也就是说，她们掉换了一下。她用棉袄蒙住头，穿过房间，走过那些醉鬼身边，那些人把她当成守林人的女儿，看都没看她一眼。幸运的是，那个女人又去买酒了，不在屋里。否则，安纽特卡恐怕躲不过那把斧子，因为女人的眼睛都像隼一样尖。那女人的眼睛就很尖。

出了屋子后，安纽特卡撒腿就跑。她迷了路，在林子里转悠了一夜，好不容易来到林边空地时已经是早晨了，然后上了大路。上帝保佑，她碰到了文书叶戈尔·丹尼雷奇——愿已经去世的他升天堂！——他正拿着鱼竿要去钓鱼。安纽特卡对他说了一遍事情的全部经过。他赶紧往回走——这时哪里还顾得上去钓鱼！他回到村里召集了一帮农民，赶到守林人家里。

他们到了那里，看见那几个已经醉倒了的杀人犯歪七扭八地躺在地板上。那女人也醉倒了。这群人首先从他们身上搜出了钱。他们朝炕上一看，哎哟，愿上帝宽恕我们！守林人的女儿还盖着羊皮袄睡在笤帚上，只是让斧子给砍得满头鲜血淋漓。他们把那三男一女弄醒了，反绑了他们的手，押到乡里。那女人哭天喊地，守林人只顾晃着脑袋，央求道：

“乡亲们，再给点酒喝，让我醒醒酒！我的头好痛！”

后来按程序在城里开庭审判，他们依法受到了严厉的惩罚。

老爷，这件不幸的事就发生在那片小山沟后面的树林里。林子现在已经看不大清楚，红太阳落到树林后头去了。我只顾跟您说话，连这些马好像也在听似的站住了。嗨，宝贝，我的好马！再跑快点，坐车的可是位会赏茶钱的好老爷！嗨，宝贝，我的好马！

美妙的结局

有一天，列车长斯特奇金不用值班，一个名叫柳博芙·格里戈里耶夫娜，四十岁上下、相貌端庄、身体壮实的女人坐在他的家里。专事说媒的她，同时还干许多通常只能背地里悄悄说的事情。斯特奇金虽然像平常一样严肃、认真、稳重，但还是有点尴尬。他在房间里抽着雪茄，来回走动，说：

“非常高兴认识您。谢苗·伊凡诺维奇把您推荐给我，他认为，您将在一件非常重要的事情上能帮到我。这件关系到我一生幸福的事情非常重要。柳博芙·格里戈里耶夫娜，我已经五十二岁了，在我这样的年龄，本该儿女成群了。我有稳定的职业，虽然没有很多财产，但是完全可以养活心爱的女人和孩子们。我不妨告诉您，除了薪水，我在银行里还有存款，我是以自己的生活方式节省下来这些钱的。我为人正派、滴酒不沾，生活严谨而合理，可以说，我在这方面能做许多人的表率。不过话又说回来，我还是有所不足——没有家庭温暖和生活伴侣的我居无定所，像个到处漂泊的匈牙利人，没有任何娱乐，遇事也没有人可以商量，一旦生病，连个端茶递水的人都没有，等等。另外，柳博芙·格里戈里耶夫娜，在社会上，单身汉的威信往往比已经成家的人更低……我有学问，又有钱，但如果以某种观点来看我，我又算什么呢？一个跟出家人毫无区别的孤苦之人。所以，我非常希望徐门[1]能来牵线，换句话说，跟一位般配的女士结成合法夫妻。”

“这是好事！”媒婆松了一口气。

“形只影单的我在这个城市没有认识的人。既然我谁也不认识，我能上哪儿，去找谁呀？所以，谢苗·伊凡诺维奇才劝我找一个这方面的行家，她的工作就是促成人们的幸福。所以，柳博芙·格里戈里耶夫娜，我恳请您伸出援助之手，把我的命运安排好。您认识城里所有的未婚小姐，很容易促成我的好事。”

“这很容易……”

“请喝呀，不要客气……”

媒婆老练地把酒杯送到嘴边，连眉头也没皱一下，一口干了。

“这很容易，”她又说，“那么您，尼古拉·尼古拉伊奇，想找的新娘是什么样的呢？”

“我？随缘吧。”

“说到缘分，当然也对。但是，每个人都有自己的喜好。有人喜欢黑头发的，有人却喜欢金发女郎。”

“您知道，柳博芙·格里戈里耶夫娜，”斯特奇金郑重地叹了口气，说，“我是一个正派、刚强的人。我并不在乎美貌以及一般的外表，因为您也明白，脸蛋不能当水喝，娶个漂亮的妻子会太操心。在我看来，一个女人的内在比外表重要得多，换句话说，她要有善良的心地，品性要好。不要客气，请喝呀……毫无疑问，长得富态的妻子让人看着舒服，但是，这对双方的幸福并不重要，智慧才是重要的。但说实话，女人其实也用不着智慧，因为智慧会让她狂妄自大、胡思乱想。教育在这年头是必须的，这不用说，可是也有各式各样的教育。如果妻子的法语或德语非

---

① 徐门：他读错了，应为许门，即许墨奈俄斯，希腊神话里的婚姻之神。

常流利，甚至精通各国语言，那当然好，简直太好了；可是，如果她给你，比如说，连扣子也不会钉，那能说外语又有什么用呢？我这人有学问，即使是跟卡尼杰林公爵，我照样能像现在跟您说话一样，说得头头是道，朴实一点的女人才是我需要的。最重要的是，她得敬重我，知道带给她幸福的人是我。”

“那当然。”

“好吧，现在我们来谈谈名词[①]。问题……我不要富贵人家的小姐。我不会为了金钱而结婚，那是在作践自己。我希望女人吃我的面包，而不是我吃女人的面包，而且她心里要明白这一点。不过，我也不想要穷苦人家的姑娘。虽然有点钱财的我不是出于贪财，而是出于爱情才结婚，但是，穷女人我也不会娶的，因为您也知道，现在物价高昂，况且日后还要养儿育女。”

“可以找个有陪嫁的。”媒婆说。

“别客气，请喝呀……”

五分钟的沉默后，媒婆叹一口气，瞟了列车长一眼，问道：

“那么，老爷，那种……单身女人您不会要吧？有好货呢。有一个法国女人和一个希腊女人，都挺抢手的。”

列车长考虑了一下，说：

“不，谢谢您！承蒙您好心关照，我心领了。现在容我问一下，您给人张罗一个新娘要收多少钱？”

“不多，按规矩是二十五卢布和一件衣料，您按这个给我就多谢了……至于找有陪嫁的女人，那就是另一个价码了。”

斯特奇金把胳膊交叉着抱在胸前沉思了一会儿，叹口气说：

“这也太贵了……”

“一点也不贵，尼古拉·尼古拉伊奇！从前收费便宜些是因为做成的婚事多，现在这年月我们能挣几个钱呀？在不持斋的月

① 名词：俄语中“名词”与“实际”谐音，他读错了。

份要是能挣上五十卢布，那就得感谢上帝了。老实告诉您，老爷，我们光靠说媒是不可能发财的。”

斯特奇金疑惑不解地望着媒婆，耸了耸肩膀。

“哼！五十卢布难道还不多吗？”他问。

“当然！我以前经常拿一百多呢。”

“哼！实在没想到，居然能以干这种事挣大钱。五十卢布！不是所有男人都能挣到这个数目的啊！别客气，请喝呀……”

媒婆又眉头也不皱地喝了一杯。斯特奇把她从头到脚默默地打量了一番，说：

“五十卢布……这么说，一年就是六百了……别客气，请喝呀……有这么多红梨（红利），您可知道，柳博芙·格里戈里耶夫娜，您很容易就可以给自己找个新郎……”

“我？”媒婆笑了，“我老啦……”

“哪里的话……您身材这么好，脸蛋又白又胖，其余的也不错。”

不仅是媒婆，就连斯特奇金也变得不好意思了，他挨着她坐下来。

“您还挺招人喜欢的，”他说，“您要是能再找一个作风正派、省吃俭用的男人来当家，有他的薪水，加上您的收入，您就更招人喜欢了，两个人会相亲相爱地过日子……”

“您的意思只有天知道，尼古拉·尼古拉伊奇……”

“说说又有什么？我并没有恶意……”

一阵沉默。斯特奇金开始大声地擤鼻涕，满脸通红的媒婆则羞答答地望着他，问道：

“那么，尼古拉·尼古拉伊奇，您一个月的收入是多少呢？”

“我吗？不算奖金的话是七十五卢布……另外，在硬脂蜡烛和兔子上我们也有些进账。”

“您打猎吗？”

“不，兔子是我们对逃票乘客的称呼。”

他们又沉默了一分钟。斯特奇金站起来，开始在房间里激动地来回走动。

“我要找的不是年轻姑娘，”他说，“我已经上了年纪，需要那种……像您这样……中年以上、做事稳重、有您这种身段的女人……”

“您的意思只有天知道……”吃吃笑着的媒婆用手绢遮住自己涨红的脸。

“您还考虑什么呢？我认为您的那些品性正合我的心意。我这人作风正派，滴酒不沾，如果您也喜欢，那……那就最好不过了！请允许我向您求婚！”

媒婆激动得掉下了眼泪，然后又吃吃地笑起来。她立即跟斯特奇金碰杯来表示自己的赞同。

“好了，”列车长欢天喜地地说，“现在请允许我向您说明，我对您在待人接物和操持家务这些方面的要求……一向严肃、认真、稳重的我做事光明磊落，希望我的妻子也跟我一样要求严格，她要知道，我是她的恩人，是她一生中最重要的人。”

他坐下来，深深地叹了一口气，开始对未来的新娘说明他对家庭生活、妻子责任等方面的看法。

打　赌

一个黑乎乎的秋夜。在书房里来回踱步的老银行家，回想起他十五年前举行过的一次晚会，那时也是秋天。许多有识之士参加了这次晚会。他们谈了不少有意思的话题，顺便谈起了死刑。晚会上还有不少学者和新闻记者，大部分人都否定死刑。在他们看来，这种已经过时的刑罚对于信奉基督教的国家来说，已经不适用了，而且不合乎道德。他们认为，死刑应当一律被无期徒刑替代。

“我不赞同你们的观点，”主人银行家说，“我既没有品尝过死刑的滋味，也没有体验过无期徒刑的磨难，不过，如果可以有主观看法的话，我认为无期徒刑并没有死刑那么合乎道德，那么人道。无期徒刑是慢慢地把人处死，而死刑却是一下子把人处死。究竟更人道的是哪一个刽子手？是在漫长的岁月里慢慢把您折磨死的人，还是在几分钟内把您处死的人？”

“两种刑罚都不道德，”有个客人说，“因为目的是一致的，那就是夺走人的生命。国家不是上帝。有些它日后即使有心归还却无法归还的生命，它是没有权力夺去的。”

晚会上有一个二十五岁的年轻律师。当别人征求他的意见时，他说：

“死刑和无期徒刑都是不道德的，但是，如果要我在死刑和无期徒刑中进行选择的话，后者当然是我的选择。活着总比死了好。”

这下开始了热烈的争论。当时，年轻气盛的银行家一时冲动，在桌子上捶了一拳，对着年轻的律师喊道：

“您说的不对！我赌两百万，在囚室里，您连五年都待不了！”

“如果您说话算数，”律师回答说，“那我也打赌，我是坐十五年，而不是五年。”

“十五年？行！”银行家喊道，“各位先生，我赌两百万！”

“我赞同！您赌两百万，我赌我的自由！”律师说。

这个野蛮而荒唐的打赌就这样成立了！银行家也说不清自己当时到底有几百万家财，娇生惯养、轻浮鲁莽的他打完赌后十分高兴。他在吃晚饭的时候取笑律师说：

“年轻人，现在清醒还为时不晚。两百万对我来说是小事一桩，而您，您一生中最美好的三四年时光，会因为您的冒险而被白白浪费掉。我说三四年，是因为您坐的时间不可能比这更长。您要明白，不幸的人，自愿受监禁甚至比强迫坐牢更难熬。您会因为那种‘我有权利随时出去享受自由’的想法而在囚室中生活得痛苦不堪。我真为您感到可怜！”

银行家此刻在书房里来回踱步，想起这件往事，他禁不住问自己：

“为什么打这种赌呢？律师把自己十五年的大好光阴白白浪费掉了，而损失了两百万的我又能得到什么好处呢？这能否向人们证明死刑和无期徒刑孰好孰坏呢？不能，不能。荒唐得毫无意义！ 一时心血来潮的我，完全是因为无所事事，而律师则纯粹是贪图钱财……”

银行家随后回想起上述晚会后的事。当时决定，律师必须住到银行家后花园里的一间小屋里，他的监禁生活要在最严格的监视下过完。规定他无权在十五年间跨出门槛，也不能见活人，听人声，收信件和报纸。他可以有一样乐器，可以读书、写信、喝酒和抽烟。根据合约，他只能通过一个特设的小窗口与外界联系，但说话是不允许的。他可以把需要的书、乐谱和酒之类的东西写在纸条上，要多少都可以，但只能通过窗口获得。规定了种种条款和细节的契约保证了监禁隔离的严格性，律师必须从一八七〇年十一月十四日十二时起，坐到一八八五年十一月十四日十二时止。律师一方违反契约的任何企图，哪怕比规定的期限早走两分钟，银行家支付他两百万的义务即可被解除。

从律师的简短便条可以看出，在监禁的第一年，孤独和烦闷让他痛苦不堪。从早到晚都有钢琴的声音从他的小屋里传出来！他拒绝喝酒抽烟。他写道：酒激起欲望，而囚徒的首要敌人就是欲望。再说，喝着美酒却见不着人，这种事最让人烦闷了。烟则把他房间里的空气给熏坏了。第一年，律师索要的是情节复杂的爱情小说、侦探小说、神话故事、喜剧等内容轻松的读物。

第二年，小屋里不再传出乐曲声，律师的纸条上要求的只有古典作品。第五年又有乐曲声传出来，囚徒要求送酒去。那些从小窗口监视他的人说，他在整整一年中只顾吃喝，哈欠连天地躺在床上，愤愤不平地喃喃自语。他不读书。夜里有时会爬起来写很长时间的东西，但一到清晨又被全部撕碎。他的哭泣声不止一次被听到。

第六年的下半年，囚徒对语言、哲学和历史的研究非常热衷。他研究这些学问如饥似渴，他所要的书，银行家都来不及订购到。在后来的四年间，他要求买的书总共有六百册。银行家在他陶醉于阅读中的时候，还收到过他写的一封信：

亲爱的典狱长：

请将我用六种文字给您写的信交有关专家审阅。如果他们一个错误都找不出来，我请求您在花园里让人放一枪。枪声将告诉我，我的努力没有白费。尽管各国历代的天才操不同的语言，然而，他们的心中燃烧着同样热烈的激情。啊，但愿您能知道，我的内心现在由于能了解他们，而体验到多么巨大的非人间所有的幸福！

囚徒实现了他的愿望。银行家让人在花园里放了两枪。

十年后，律师坐在桌旁一动不动地读一本《福音书》。银行家觉得很奇怪，他既然能在四年内把六百本深奥的著作读完，为什么要花一年的时间读这么一本易懂且不厚的书呢？他读完《福音书》后，接着又读了宗教史和神学著作。

在监禁的最后两年里，囚徒不加选择地读了很多书。他有时研究自然科学，有时索要拜伦和莎士比亚的作品。他往往把同时索要的化学书、医学书、长篇小说、某篇哲学论文，或者神学著作写在一张纸条上。他就像一个落水后在大海中漂浮的人，为了活命，急不可待地时而抓住沉船的这一块碎片，时而抓住另一块浮木！

老银行家回忆这些事后想道：

“明天十二点他就自由了。我要按合约付给他两百万。付清款子后我将彻底破产，一切都完了……”

十五年前，他不知道自己究竟有几百万，如今却害怕问自己，他的财产和债务到底哪个多？他在交易所里的赌博全凭侥幸，投机买卖则靠冒险，他的事业因为他那到老都没有改变的急躁脾气而渐渐一落千丈。他已经由无畏无惧、自信过头、骄傲无比的富翁变成了一个中产的银行家，总是因为证券的起落而提心吊胆。

“该死的打赌！”老人绝望地抱住头嘟哝，“这个人怎么还活着？仅仅四十岁的他不久就会把我最后的钱拿走，然后结婚，享受生活的乐趣，搞证券投机。变成乞丐的我却只能满怀嫉妒地看着他，每天听他表白：‘我能得到幸福完全是因为您，让我来帮助您。’不，我接受不了！让这个人死是我摆脱破产和耻辱的唯一办法！”

时钟敲了三下。银行家侧耳倾听，房子里的人都睡着了，只有窗外的树木被冻得呜呜作响的声音。他极力不弄出声音，从保险柜里取出那把已经十五年没有用过的房门钥匙，穿上大衣后走出房去。

花园里下着雨，又黑又冷，呼啸着刮过潮湿而刺骨的寒风，树木也不得安静。银行家努力集中注意力，但仍然看不见土地，也看不见白色雕像、树木和那座小屋。摸到小屋附近后，他叫了两次看守人。没有人回答。显然，躲避风雨的看守人此刻正睡在厨房或者花房里。

“如果我的勇气足够到实现自己的意图，”老人想，“那么，首先被怀疑的对象就是看守人。”

他在黑暗中摸索着台阶和门，进了小屋的前室，又摸黑进了不大的过道，划亮了一根火柴。里面没有人。有一张没有被子的床，角落里有个黑糊糊的铁炉。囚徒房门上的封条完好无损。

火柴熄灭了，摸到小窗口往里张望的老人心慌得浑身发抖。

囚徒室内点着一支昏黄的蜡烛。他坐在桌前，从外面只能看到他的背、头发和两条胳膊。桌子上、两个圈椅里以及桌子旁的地毯上，到处放着摊开的书。

囚徒在五分钟里始终没有动一下。他在十五年的监禁生活中学会了静坐不动。银行家弯起一个手指敲了敲小窗，但囚徒毫无反应。银行家小心翼翼地撕去封条，把钥匙插进锁孔里。生锈的锁发出一声闷响后，房门吱呀一声开了。两三分钟后，银行家预料的惊叫声和脚步声并没有发出，门里像原先一样安静。他决定走进房间里。

一个不像人样的人一动不动地坐在桌子后面。这是一具皮包骨头的骷髅，一头长长的跟女人一样的卷发，乱蓬蓬的胡子。他那土黄色的脸上脸颊凹陷，狭长的背部，又细又瘦的胳膊，长发蓬乱的头被一只手托着，那模样看上去真让人害怕。他的头发已经变成灰白色，那张脸枯瘦得像老人似的，没人会相信他只有四十岁。他睡着了……在桌子上，他垂下的头前放着一张纸，上面密密麻麻地写满了字。

“真是可怜！”银行家想道，“睡着了的他大概正梦见那两百万呢！我只要把这个半死不活的人抱起来扔到床上，把他的头用枕头闷住，稍微压一下，那么连最仔细的医检事后也找不出横死的迹象。不过，我得先看看他写了什么……”

银行家从桌上拿起纸，读到了下面的文字：

明天十二点我将获得自由及与人交往的权利。不过，我认为，在我从房间离开、见到太阳之前，有几句话必须对您说。我凭着清白的良心，面对注视我的上帝，向您声明：我蔑视自由、生命、健康和你们的书里称之为人间幸福的一切。

十五年来，我对人类的生活进行了精心研究。我的确看不见天地和人们，但在你们的书里，我唱歌、喝香醇的美酒、在树林里追逐群鹿和野猪、和女人谈情说爱……无数由你们天才的诗人凭借生花妙笔创造出的美女，犹如白云般轻盈，常常在夜里来探访我，小声地对我讲述着神奇的故事，我听得如痴如狂。在你们的书里，我攀登到艾尔布鲁士和勃朗峰的顶巅去观看早晨的日出，观看如血的晚霞把天空、浩瀚的海洋和林立的山峰染成红色。我站在那里，看到如蛇般游弋的雷电在我的上空劈开乌云；看到森林、原野、河流、湖泊和城市，听到塞壬的歌唱和牧笛的吹奏；就连美丽的魔鬼的翅膀，我也触摸过，它们居然飞来跟我谈论上帝……我也在你们的书中坠入过无底的深渊，我创造奇迹，杀人放火，毁灭城市，宣扬新的宗教，征服了无数王国……

我从你们的书中获得了智慧。千百年来，人类孜孜不倦的思想所创造的一切，如今在我的脑袋中浓缩成一团。我知道你们所有的人都不及我聪明。

我也蔑视你们的书和各种人间的幸福与智慧。所有的一切都不值一提，瞬间即逝，虚幻莫测，不足为信，犹如海市蜃楼。你们虽然骄傲、聪明而美丽，但却会被死亡彻底消灭，就像消灭地窖里的老鼠一样，而你们的子孙后代、历史以及不朽的天才，都将随着地球一起或者冻结成冰，或者灰飞烟灭。

丧失理智的你们走上邪道。谎言被当成真理，丑被看做美。如果由于某种环境，苹果树和橙树上长出的是蛤蟆和蜥蜴而不是果实，或者马的汗味从玫瑰花里发出来，你们会感到奇怪；同样，你们这些宁愿舍弃天国来换取人世的人也让我感到奇怪。我不想了解你们。

我放弃那两百万来向你们表明，我蔑视你们赖以生活的一切，虽说我曾经像对天堂一样对它朝思暮想，可我现在蔑视它。为了放弃这一权利，我决定在规定期限之前五小时离开这里，从而违反合约……

读到这里，银行家把纸放回桌上，亲了一下这个怪人的头，含泪走出小屋。他一生中任何时候，即使在交易所输光后，也不曾像现在这样深深地蔑视自己。回去后，他倒在床上，因为激动和眼泪久久不能入睡……

第二天早晨，吓得脸都变了颜色的看守人跑来告诉他，说他们看见住在小屋里的人从窗户里爬了出来，进入花园后往大门走去，然后就不知所踪了。银行家立即带领仆人赶到小屋，证实囚徒确实跑掉了。他拿走了桌上那份放弃权利的声明，以杜绝外面的风言风语，并把它锁进了房间的保险柜里。

在流放地

岸边的篝火旁，外号“明白人”的老谢苗和一个不知姓甚名谁的年轻鞑靼人坐在一起，待在小木屋里的是另外三名摆渡工人。谢苗是个六十岁上下的老头，瘦骨嶙峋，牙全掉了，不过有着一副宽肩膀，因此看上去还挺硬朗。他这时已经醉醺醺的了。他早该进屋去睡觉，但还有半瓶伏特加在他的口袋里，他怕屋里的伙计们向他讨酒喝。鞑靼人生着病，非常难受，他裹紧破衣衫，正在讲他的家乡辛比尔斯克如何如何好，他家里的妻子多么漂亮聪明。他顶多二十四五岁。此刻，他的脸色在篝火的映照下，显得十分苍白，一副愁苦的病容，看上去像个孩子。

“当然啦，这儿不是天堂，”明白人说，“你也看到了，这里只有水，光秃秃的河岸上到处都是黏土，此外什么也没有……复活节早过了，可河面上还有流冰，今天早上还下了一场雪。”

“不好，不好！”鞑靼人说着，提心吊胆地四处张望。

十步开外有一条灰暗的寒气逼人的河流，汩汩作响的河水拍打着布满洞穴的黏土河岸，急匆匆地向遥远的不知方向的海洋奔去。靠这边河岸的是一条黑糊糊的大驳船，被这里的船工叫做“浮船”。有几处火光像游动的火蛇，在河对岸远远的地方时而蹿起，时而熄灭——那是有人在烧往年的荒草。火光之后又是一片黑暗。不时有不大的冰块撞击驳船的声音传来。四周潮湿而阴冷……

鞑靼人抬头望了望天空，满天都是跟他家乡一样多的星星，周围也是一片黑暗，可总觉得少了点什么。在家乡，在辛比尔斯克，星星和天空都不是这样的。

“不好，不好。”他连连说道。

“你会习惯的！”明白人笑道，“你现在还年轻，傻乎乎的，乳臭未干，凭这股傻劲你会认为，你是这个世界上最不幸的人，可是，你总有一天会说：‘上帝保佑，但愿这种生活人人都能拥有！’看看我你就知道了。一个星期后，等水退下去了，我们会在这里安置渡船。你们就要离开这里，到西伯利亚闯荡，我则继续留下来，在这两岸间摆过去渡过来。我已经干了二十年了。感谢上帝！我什么也不要。上帝保佑，但愿这种生活人人都能拥有。”

鞑靼人加了些枯枝在篝火上，挨近火堆躺下，说：

“我爹体弱多病，我娘和妻子等他死了后也会到这儿来。她们同意了。”

“为什么要让你娘和妻子来，”明白人问，“真是糊涂，兄弟。魔鬼迷住了你的心窍，让它见鬼去吧！你千万别听它的话，别让这该死的魔鬼得意。它用女人来勾引你，你就跟它对着干，说：‘我不在乎！’它用自由来诱惑你，你要咬紧牙关顶住，说：‘我不在乎！’什么也不要！不要爹娘，不要妻子，不要自由，不要房屋，不要一根木橛子！什么也不要，让它见鬼去吧！”

谢苗拿起酒瓶，猛喝了一大口，接着说：

“我呀，兄弟，是教堂执事的儿子，并不是普通的庄稼汉，也不是出身卑贱的人。想当年，住在库尔斯克的我自由自在，穿着礼服来来去去。可我现在让自己适应了这种环境：我能赤裸着躺在地上睡觉，靠吃草过活。上帝保佑，但愿这种生活人人都能拥有。我什么也不要，也不害怕任何东西，依我看，我是这个世界上最富有、最自在的人。当年，我被从俄罗斯发配到这里后，从第一天起就咬紧牙关，什么也不要！魔鬼用妻子、亲人以及自由来引诱我，我却对它说：我什么都不要！我下定决心，坚持了下来，所以你看，我现在生活得很好，毫无怨言。谁只要放纵魔鬼一回，他就彻底完蛋了，没救了；他会陷进泥潭，面临灭顶之灾，再也爬不上来。别说你们这些糊涂的庄稼人会完蛋，就连那些出身高贵、学识丰富的老爷也一样。有位老爷在大约十五年前被从俄罗斯发配到这里。据说，他伪造了一份不和自家兄弟平分财产的遗嘱。他好像是公爵还是男爵，也许只是一名文官——天知道！好，他到这里的第一件事，就是在穆霍金斯克买了一幢房子和一块地。他说：'我今后要靠自己的劳动和汗水来养活自己，因为现在我是一名移民，而不是老爷了。'我对他说：'没什么，这不是什么坏事，上帝会保佑您的。'他当年还年轻，喜欢操心各种事情，整天忙来忙去，自己割草，偶尔去捕鱼，还能骑着马跑个六十来俄里。只有一件事不太妙：他从第一年起就三天两头跑去格林诺，去邮政局。他总是站在我的渡船上叹气：'唉，谢苗，不知为何，我很久没有收到家里寄来的钱了！'我说：'瓦西里·谢尔盖伊奇，不要钱，要钱干什么？您抛开所有往事，忘记它，就当它是一场梦，从未发生过，您从头开始生活吧！'我又说：'您千万别听魔鬼的，它除了布下陷阱，从来不做好事！等着瞧吧，您现在想要钱，过一阵子又会想要别的东西，然后想要更多更多的东西。若是想让自己幸福，您就什么也不要，这才是最重要的。对了……'我对他说，'您和我要是被命运狠狠地欺负了，那么，千万不能向它卑躬屈膝和求饶，而要嘲笑、蔑视它。否则我们就会被它嘲笑。'我就是这么告诉他的……大约两年后，我又把他渡到这边岸上，他笑嘻嘻地搓着手说：'我去接我在格林诺的妻子。她怜悯我，总算来了。她对我很好，心地善良。'高兴得忘乎所以的他在一天后和妻子一起坐车来了。年轻漂亮的太太戴着帽子，怀里抱着个小婴儿，带了一大堆各种各样的行李。瓦西里·谢尔盖伊奇高兴地在她身边转来转去，怎么也看不够，怎么也夸不够。他说：'对，谢苗老兄，人们即使在西伯利亚，也照样能生活！在西伯利亚照样能幸福！’我心想：算了吧，不要高兴得太早了。自那以后，他几乎每个星期都要去一趟格林诺，看看有没有钱从俄罗斯寄来。花销太大了。他说：‘她留在西伯利亚完全是为了我，为了我连自己的青春美貌都断送了，她愿意跟我共患难，所以我应当尽量让她幸福……’为了让太太高兴，他跟许多长官和各种坏蛋打交道。为此，他得给那帮人提供吃喝，还要有钢琴，要有一条毛茸茸的哈巴狗躺在沙发上——让它见鬼去吧！……总之，他扮富，宠着她。可太太跟他过的时间也不长。她哪行呀？这个地方有的只是粘土、水和寒冷，没有蔬菜、水果以及任何交际，而她是一位在京城里养尊处优的女人……她当然厌烦了。再说丈夫吧，无论如何，现在是一个移民流刑犯，而不是什么老爷——谈不上高贵了。过了也就三年吧，我记得是圣母升天节前夜，有人在河对岸大声喊叫。我把渡船划过去一看——是太太，她从头到脚遮得严严实实，一位年轻的老爷站在她身边，那是一名文官。旁边还有一辆三套马车……我把他们渡到这边岸上，他们坐上马车——转眼就失去了踪影！不过还是有人看见他们了。瓦西里·谢尔盖伊奇一大清早就赶着双套马车飞奔而来。他问：‘谢苗，我妻子是不是跟一个戴眼镜的老爷过河了？’我说：‘没错，您到野地里追风去吧！’他骑马追了五天五夜。后来我又把他送到河对岸，他倒在渡船上，使劲用头撞着船板，还号啕大哭。‘事情显而易见，’我还笑他，提醒他，‘即使在西伯利亚，人们也照样能生活！’他撞船板撞得更厉害了……他后来盼望自由。一心想着去找已经跑回俄罗斯的妻子，把她从情人手里夺回来。从此，我的小老弟几乎每天都骑着马跑邮政局，不然就进城去找长官。他不断把呈文寄出去，递上去，请求赦免放他回家。他经常提到，他总共花了二百多卢布的电报费。他卖了地，把房子抵押给了犹太人。他的头发变白了，背也驼了，脸色发黄，像个痨病鬼。跟人说话的时候，他嘴里结结巴巴，老是嗯嗯嗯的……还泪眼朦胧。他为呈文的事情折腾了七八年。可是，他后来又活过来了，又高兴起来——有新的东西把他迷住了。你猜怎么着，他的女儿长大了。他看着她，心疼她。说实话，她长得真的不错，很漂亮，黑眉毛，性情活泼。父女俩每个礼拜天都会一起去格林诺的教堂。两人并排站在渡船上，她笑容满面，他呢，眼睛一眨不眨地看着她。他说：'是啊，谢苗，即使在西伯利亚，人们也照样能生活。在西伯利亚也照样能幸福。你看，我的女儿多好！恐怕你跑出一千俄里也找不到一个这样的好姑娘。'我嘴上说：'没错，您女儿是好，真的……'心里却想：'等着瞧吧……这个妙龄少女身上的血流得正欢，她想过好日子，可是，这地方过的是什么样的生活？'后来，果然，兄弟，她开始感到烦闷了……她无精打采，整个人都憔悴了，病了，现在连一丝力气都没有了，害了痨病。这就叫西伯利亚的幸福！真见鬼！这就叫西伯利亚人过的日子……他开始四处寻找医生，接回家来。只要听说三百俄里外有医师或巫师，他就赶车去接他们。他在医生身上花了大把的钱！如果是我，这些钱不如拿来换酒喝……她迟早是要死的。等她一死，他也要完蛋，要么伤心得去上吊，要么逃回俄罗斯——事情显而易见。他如果真的逃跑，人家就会抓他，审他，判他服苦役，到那时，他就要尝尝鞭子的滋味了……"

"好，好！"鞑靼人嘀咕着，冻得瑟瑟发抖。

"好什么呀？"明白人问。

"妻子呀，女儿呀……苦役和苦恼之类的，都不算什么，他总算是见到了妻子和女儿……你无论如何也不要。可什么也没有——不好！他和妻子一起过了三年，这是上帝的眷顾。什么也没有——不好；三年——好。你怎么就不懂呢？"

浑身发抖的鞑靼人费劲地搜罗着他所知道的有限的俄语词汇，结结巴巴地说：上帝保佑，在外乡千万别得病，别死掉，别被埋在这片铁锈般冰冷的土地上；又说，只要妻子能待在他身边，哪怕只是一天甚至一个小时，他都愿意承受任何苦难来获得这种幸福。他会感谢上帝。过上一天幸福的生活，总好过什么也没有。

他接着又说到，他留在家里的妻子有多么漂亮聪明。说着说着他便痛哭起来，用双手抱住头。他一再要谢苗相信，他什么罪也没有，他是被冤枉的。他的两个兄弟和叔叔把农民家的几匹马赶走了，那个老头也被打得半死，可是，良心泯灭的村社下了判决，兄弟三人统统被流放到西伯利亚，叔叔因为有钱，倒留在了家里。

“你会习惯的！”谢苗说。

鞑靼人沉默下来，一双眼睛哭得通红，定定地望着篝火。满脸迷茫和惊恐的他仿佛至今都弄不明白为什么会流落到这里，与黑暗和潮湿一起，与陌生人一起，而不是在辛比尔斯克。谢苗挨着火躺下，不知为何冷笑了一声，又轻轻哼起一支曲子来。

“她跟父亲在一起有什么快乐？”谢苗过了一会儿又说，“当然，他爱她，而且也得到了安慰，可兄弟，你在他面前得小心翼翼的。老头严厉，固执，而年轻的姑娘不需要严厉……她需要的是温柔，需要哈哈哈、嘀嘀嘀，还有香水和化妆品。就是这样……唉，事情啊事情！”谢苗叹了口气，费劲地站起身来，“酒已经喝完了，该去睡觉了。怎么样？我走啦，兄弟……”

独自留下的鞑靼人又加了些枯枝，侧身躺下，望着篝火，开始思念起家乡和妻子来。如果她能花一个月的时间住在这里，就算只有一天也是好的！之后，她如果想回去，就让她回去好了！来住上一个月，就算一天，也总比不来好。不过，要是妻子说来就来了，他怎么养活她呢？在这种地方，让她住在哪里呢？

“如果没吃没喝的，她怎么活下去？”鞑靼人大声问道。

他现在从早到晚都在划船，一昼夜只能拿十戈比。是的，过路人会给点茶钱和酒钱，但都被那几个伙计私下分了，鞑靼人一个子儿也分不到，只有被取笑的份。他穷得挨饿受冻，整天提心吊胆……他现在浑身酸痛、发抖，应该进屋去躺下睡觉，可是连被子也没有的木屋里，比这岸边还冷。虽然这里也没有可以盖的东西，但终归还有一堆火……

等这里的水在一周后退下去，他们要把平底渡船安置好，除了谢苗之外的所有船工，也就没事可做了。鞑靼人到时不得不到各村各户去乞讨，找活干。他那漂亮的妻子才十七岁，娇滴滴，羞答答，难道要她不戴面纱也去各村讨饭吗？不，想想都觉得可怕……

天亮了。驳船、水中的柳丛和水上的波纹都清晰地显露出来。可回头望去，那边是一片粘土高坡。坡底下有一间屋顶上铺着褐色干草的农舍；上边一点的地方，有不少挤作一团的乡村木屋。村子里的公鸡正喔喔啼叫着。

红土高坡，驳船，河流，不怀好意的异乡人，饥饿，寒冷和疾病，或许所有这一切并不存在，仅仅是从梦中看到的这一切——鞑靼人这样想着。他觉得自己睡着了，甚至听到了自己的鼾声……当然，他这是在辛比尔斯克的家里，他妻子肯定会在他叫她的第一时间回应，母亲在隔壁的房间里……不过，天下竟有这么可怕的梦！干吗要做这种梦呢？鞑靼人微笑着睁开眼睛。这是什么河？伏尔加吗？

天正下着雪。

“喂！”有人在对岸喊叫，“把渡船放过来！”

鞑靼人醒了，连忙跑去叫起同伴，好把船划到对岸去。几个船工穿着皮袄朝岸边走来，睡眼朦胧地操着嘶哑的嗓子骂街，一个个冻得缩起了脖子。他们刚从睡梦中醒来，显然对从河上飘来的那股刺骨的寒气既厌恶又害怕，不慌不忙地跳上驳船……鞑靼人和三名船工拿着的宽叶长桨，在黑暗中看上去像是虾螯。谢苗把长长的船舵压在肚子下面。叫喊声继续从对岸传过来，甚至传来了两次枪声，以为船工多半睡着了，或者去村里的酒馆了。

“行了，急什么！”明白人说，那种口气好像他深信，这个世界上没有什么可急的事情，因为他认为急也没用。

离了岸的笨重的驳船漂浮在柳丛中间。只有通过慢慢后退的柳树，才知道驳船没有停在老地方，而是在移动。几名船工动作划一地摇着桨。谢苗把船舵压在肚子下面，身子不时在空中划出一道弧线，从这一侧飞到船帮的另一侧。黑暗中，这些人好像坐在某个长着好些长爪、生活在洪荒年代的怪兽身上，它要把他们送到一个即使在噩梦中也难以见到的寒冷而荒凉的国度。

从柳树丛穿过后，驳船进入到宽阔的水面。对岸已经可以听到木桨的吱嘎声和有节奏的溅水声。有人在喊："快点！快点！"十几分钟后，驳船沉重地撞在了码头上。

"下个没完没了，下个没完没了！"谢苗嘀咕着，把脸上的雪抹掉，"天知道这么多雪是从哪儿来的！"

一个瘦高的老头在等船，他穿着狐皮短袄，戴一顶白羔皮帽子，一动不动地站在靠近码头的地方。他似乎正在极力回忆某件事情，对自己差劲的记性很是生气，神色忧郁而专注。谢苗走到他跟前，笑嘻嘻地摘下帽子时，他说：

"我赶着去阿纳斯塔西耶夫卡。女儿又不好了，听说那里来了一位新医生。"

他们把马车拖上驳船，又往回划去。那个人就是谢苗所说的瓦西里·谢尔盖伊奇，大家划船的时候，他一直站着不动，紧紧地咬住厚厚的嘴唇，望着一个地方发呆。马车夫请求他允许在他面前抽烟，他好像没听见似的，一声不吭。谢苗把船舵压在肚子底下，看着他挖苦道：

"即使在西伯利亚，人们也能生活。照样活得下去！"

明白人一副洋洋得意的表情，就好像他的说法得到了证实，好像他正在为事情的结果在自己意料之内而感到高兴。他分明因为身穿狐皮短袄的人那副不幸而又无可奈何的样子而十分高兴。

"瓦西里·谢尔盖伊奇，现在路上全是烂泥，"他看见车夫在岸上套马便说，"您最好过两个礼拜再出门，那时路会干些。否则，干脆别出门……出门办事要是能管用，那也没什么，可您也知道，人们一辈子不分昼夜地东奔西跑，到头来没有得到任何好处。我说的都是实话！”

瓦西里·谢尔盖伊奇沉默地赏了酒钱，坐上远程马车，赶路去了。

“看吧，他又去找医生了！”谢苗冷得缩起脖子，“好，去找真正的医生吧，去追野地里的风、抓住魔鬼的尾巴吧，真见鬼！这些个怪人，主啊，饶恕我这个罪人吧！”

鞑靼人走到谢苗面前，眼神中充满了恨意和厌恶，他浑身发抖，用夹着鞑靼话的蹩脚的俄语说：

“他好……好，你……坏！你坏！老爷好，他是好人；你坏，你是畜生！老爷是活人，你是活尸……上帝创造人是让他活着、高兴、发愁，甚至让他痛苦，可你什么也不要，所以你不是活人，你是石头，是泥土！你和石头一样什么也不要……你是石头……所以上帝讨厌你，喜欢老爷。”

大家都笑了起来。鞑靼人厌恶地皱起眉头，挥了挥手，把破衣衫裹紧，走向篝火。几个船工和谢苗拖着沉重的脚步，走进了小木屋。

“好冷啊！”一个声音嘶哑的船工说。他躺在潮湿的泥地上，伸直身子。

“是啊，不暖和！”另一个附和道，“苦役犯的生活！……”

大家都躺下了。风把门吹开了，雪从外面飘进来。谁也不想起身去关门——怕冷的他们懒得去关门。

“我很好！”谢苗在快要入睡时迷迷糊糊地说，“上帝保佑，但愿这种生活人人都能拥有。”

“你呀，当然，一辈子都在服苦役，连鬼都抓不住你。”

狗吠似的呜呜声从外面传来。

“什么声音？是谁在那儿？”

“是鞑靼人的哭声。”

“他真是……怪人！”

“他会习……习惯的！”说完，谢苗立即进入了梦乡。

其他人也很快睡着了。门就这样一直开着。

卡什坦卡的故事

第一章 表现不好

一条嘴脸极像狐狸的栗色小狗，达克斯狗和看家狗杂交的后代，忽前忽后地跑在人行道上，不安地张望着四周。它偶尔停下来，发出呜呜的哀号声，一会儿抬起这只冻僵的爪子，一会儿抬起另一只，竭力想弄清楚这是怎么回事，它怎么迷路了？

它清楚地记得自己是怎么度过这一天的，最后又怎么来到这条不熟悉的人行道上。

这一天是这样开始的，它的主人、细木匠卢卡·亚历山德雷奇，戴上帽子，在胳肢窝里夹了一件红头巾包着的细木活，叫道：

"我们走，卡什坦卡！"

这条杂种狗听到自己的名字，就从工作台底下钻了出来——它躺在那里的刨花上，伸了个舒服的懒腰，跟着主人跑了。卢卡·亚历山德雷奇的客户都住得很远，为了提神，细木匠每到一个客户家里之前，都会多次光顾小酒馆。卡什坦卡记得自己的举止一路上都极不雅观。它因为被主人带出门溜达，高兴得蹦来跳去，汪汪叫着扑向见到的公共马车，数次跑进人家的院子里，还追逐别的狗，经常跑到细木匠看不到的地方。他生气地站住叫唤它。有一次，他的脸上甚至带着解气的神情，抓住它那狐狸样的耳朵拧了一阵，咬着牙一个字一个字地说：

“叫、你、死、了、才、好！讨厌鬼！”

卢卡·亚历山德雷奇跑完客户后顺道去看他的姐姐，在她家喝了点酒，吃了点东西。离开姐姐家里后，他又去看望他的朋友装钉匠，离开装钉匠家后又去小酒馆，然后又去找他的干亲家，等等。就这样，天快黑的时候，卡什坦卡来到了这条陌生的人行道，细木匠醉得一塌糊涂。他挥舞着胳膊，嘴里呼呼地喘着气，嘟囔道：

“我娘把我这孽障生下来！唉，简直是造孽！我们现在走在街上，能看见路灯，但是死后我们就要去地狱里遭火烧。”

有时他又把小狗叫到跟前，用和善的语气对它说：

“卡什坦卡，你只是一条毛毛虫。拿你跟人比，就像拿粗木匠和细木匠比一样。”

当他对狗说话的时候，忽然有音乐声响起。卡什坦卡回头一看，街上有一队士兵正朝它这边走来。它受不了音乐对神经的刺激，急得到处乱窜，发出呜呜的哀号声。让它吃惊的是，细木匠不仅没有害怕地呼喊、吠叫，还咧着嘴笑，挺胸凸肚，把五个指头举到帽檐旁。看到主人并不反抗，叫得更凶的卡什坦卡一时昏了头，竟然跑到大街对面的人行道上去了。

等它清醒过来的时候，那队士兵和音乐声都消失了。它连忙穿过大街，跑回刚才离开主人的地方，可是，糟糕！细木匠不见了。它先是往前跑，然后又掉头往后跑，穿过大街，怎么都找不到细木匠……卡什坦卡开始仔细地闻着人行道的路面，希望能发现主人脚印的气味，可是，有一个穿着新胶皮套鞋的坏蛋刚从这里经过，现在，所有细微的气味都混在了刺鼻的橡胶臭气里，无法分辨清楚了。

来回奔跑的卡什坦卡一直没有找到主人，天色已经完全黑了下来。大街两侧的路灯亮了起来，灯光从各家各户的窗户里透出来。天上飘着鹅毛大雪，马路、马背和车夫的帽子都被染成了白色。所有东西天越黑便显得越白。一些不认识的客户步履匆匆地来来往往，从卡什坦卡前面走过，把它的视线挡住，有时还用脚踢它。卡什坦卡把人类分成两个极不平等的部分：主人和客户。这两种人天差地别：第一种人有权利打它；第二种人呢，它有权利咬他们的腿肚子。那些匆忙赶路的客户根本不理会它。

天色漆黑下来，卡什坦卡变得绝望、恐慌起来。它在一户人家的门洞里缩起身子，发出呜呜的抽泣声。跟着卢卡·亚历山德雷奇奔走了一整天，它已经累了，耳朵和爪子也被冻僵了，再说它也很饿。它这一天只吃过两次东西：一次在装钉匠家吃了点糨糊，一次在小酒馆柜台边找到一小块腊肠皮——只有这点东西。它如果是人，一定会这样想：

"不，这样是活不下去的！我要开枪自杀！"

第二章　神秘的陌生人

但只知道呜呜抽泣的小狗什么也不想。当柔软蓬松的雪花落满它的头背时，它已经筋疲力尽得快要昏昏入睡了，街门突然发出一声吱嘎的响声，然后砰的一下撞在它的身上。它跳起来。一个客户之类的人从打开的街门里走进来。卡什坦卡尖叫一声，扑向他的脚，这样一来，这个人注意到它是必然的。他弯腰凑近它，问道：

"小狗，你从哪里跑来的？我把你碰痛了吧？真可怜，可怜……算了，别生气，别生气……都怪我不好。"

透过挂在眉毛上的雪花，卡什坦卡打量着这个陌生人。它看见眼前这个又矮又胖的人圆脸上刮得很干净，戴着一顶高礼帽，身上的皮大衣没有扣上纽扣。

"你为什么发出呜呜的叫声？"他接着说，用一个指头把它背上的雪掸掉，"你的主人呢？你是迷路了吧？唉，可怜的小东西！我们现在该怎么办呢？"

卡什坦卡从陌生人的声音里听出一种温和好心的语气，它舔了舔他的手，更加伤心地呜咽着。

“你是一条好狗，真好笑！”陌生人说，“就像一只狐狸！嗯，也没别的办法了，跟我走吧！将来你说不定能派上用场……好了，走吧！”

他吧嗒了一下嘴，对卡什坦卡做了个“跟我来”的手势，卡什坦卡便跟着他去了。

它在大约半个小时后蹲在了一个明亮的大房间里。它歪着头，用带着感动和好奇的眼神望着陌生人。他正坐在桌旁吃饭，一边吃，一边扔点东西给它吃……他先给了它一点面包和一块发绿的干酪皮，然后是一小块肉、半个馅饼和几根鸡骨头。饿极了的它来不及分辨滋味，很快就吞下了所有的东西，而且它越是吃得多，就越是觉得饿。

“显然你的主人并没有把你喂好！”陌生人看着它没有咀嚼就把这些东西囫囵吞枣地咽下去，说道，“你真瘦！瘦得只剩下皮包骨头了……”

虽然吃了很多，但卡什坦卡并没有吃饱，不过它已经很满足了。吃完后，它舒舒服服地伸展四肢在房子中央躺下，全身感到一股愉快的倦意，摇起尾巴来。当新主人放松身子在圈椅里懒洋洋地躺下时，它摇着尾巴在想一个问题：陌生人这里和细木匠家里，哪个地方好？陌生人房里的摆设很难看，而且只有几把圈椅、一张沙发、一盏灯和一块地毯，房间就像空的一样。而细木匠把所有的房间都堆满了东西。他有桌子、工作台、刨花堆、刨子、凿子、锯子、被装在鸟笼里的黄雀，还有很大的洗衣盆……陌生人这里没有气味，细木匠家里则经常烟雾弥漫，什么胶水味，油漆味，刨花味，好闻极了。不过，陌生人这里有个很大的好处——他给它很多食物，而且说句公道话，当卡什坦卡讨好地躺在桌旁看着他时，他一次也没有打过它，没有用脚踢它，也没有骂它："滚开，该死的！"

新主人抽完一支雪茄后，走了出去，不久又拿着一块小垫子回来了。

"喂，小狗，到这儿来！"他说着，在沙发旁的墙角里放下小垫子，"你就躺在这里睡吧！"

他把灯熄灭，出去了。卡什坦卡舒服地躺在垫子上，闭上了眼睛。有狗叫声从街上传来，它本想回应几声，可是，它忽然意外地伤心起来。它想起了卢卡·亚历山德雷奇，想起费久什卡——卢卡·亚历山德雷奇的儿子，想起了工作台底下那舒适的小窝……它想起细木匠有时在漫长的冬夜里刨木头，有时大声读报，费久什卡经常和它一起玩……他抓住它的后腿，把它从工作台下面拖出来，想尽办法戏弄它，经常弄得它眼前发黑，全身酸痛。他逼它用后腿走路，把它当铃铛玩，也就是使劲拽住它的尾巴，它痛得大声尖叫，咆哮起来。有时，他还让它闻鼻烟……特别令它难受的是：费久什卡把一块肉吊在绳子上，让它吃，然后在它把肉吞到肚子里后哈哈大笑，从它胃里把那块肉拖出来。这些回忆越是鲜明，卡什坦卡就越是伤心，发出的呜咽声也越响。

但不久，忧伤被疲劳和温暖战胜了……它渐渐进入了梦乡。有许多狗在它的想象中跑来跑去，其中有一条卷毛老狗从它身边跑过去。那是它今天在街上看到的一条狗，眼睛里有一块白斑，鼻子两边生着一绺绺毛。费久什卡手里拿着凿子，跑着追那条卷毛狗，后来，他全身忽然也长出卷毛来，高兴地发出汪汪的叫声，站在卡什坦卡身边。卡什坦卡和他友好地闻了一阵对方的鼻子，一起沿着大街奔跑……

第三章　投缘的新朋友

卡什坦卡睡醒后，天色已经大亮，夜晚没有的喧闹声从街上传来。房间里没有人。卡什坦卡伸了个懒腰，打了个哈欠，沉下脸，在房间里气呼呼地走来走去。它把所有的角落和家具都闻了一遍，看了一眼外间，没有发现任何有趣的东西。这间屋子除了通往外间的门，还有另一道门。卡什坦卡用前爪在门上抓挠了一阵，门开了，它进了另一个房间。一个客户躺在那里的床上，身上盖着毛毯。它认出他就是昨天那个陌生人。

"呜呜……"它发怒了，但是想起昨天那顿晚饭，它就摇晃尾巴，四处闻起来。

它闻了闻陌生人的衣服和靴子，发现有一股马的味道。睡房里还有一扇关着的不知通往哪儿的门。卡什坦卡又用爪子去抓挠这扇门，还用胸抵住它，门又开了，一股奇怪而又可疑的气味立即传了出来。卡什坦卡猜想会有不愉快的事情发生，于是呜呜地发起怒来，小心翼翼地走进这个糊着肮脏壁纸的小房间，又吓得立即往后退。它看到了一个可怕的意想不到的场景：一只灰鹅把脖子和头贴着地面，张开翅膀，嘎嘎叫着向它扑来。一只白猫躺在离它不远的小垫子上。猫看到小狗，立刻跳起来，拱起背，竖起尾巴，毛发耸立，发出凶狠的叫声。被吓坏了的狗不想露怯，便大叫着朝猫扑过去……猫更高地拱起背，喵喵叫着，用爪子打了一下卡什坦卡的头。卡什坦卡赶忙跳开，四条腿趴在地上，拿嘴脸去够猫，发出响亮的尖叫声。这时，鹅走到它后面，拼命用嘴啄它的背。卡什坦卡又跳起来，转身朝鹅扑过去……

"这是怎么回事？"一个生气、洪亮的声音传来，穿着睡袍的陌生人叼着雪茄走了进来，"这是什么意思？全部归位！"

他走到猫那儿，伸出手指在它拱起的背上弹了一下，说：

"费奥多尔·季莫费伊奇，这是什么意思？打架了吧？哼，给我躺下！你这个老油条！"

然后他又转身对鹅喝道：

"伊凡·伊凡内奇，回你的地方去！"

老猫乖乖地回到它的小垫子上躺下，闭上眼睛。看它那触须的神态和嘴脸，它也为自己刚才大发脾气和打架感到内疚。卡什坦卡委屈地发出呜咽声，鹅则把脖子伸长，嘎嘎地很快地说着什么，但小狗显然听不懂它热烈而明确的话。

“好了，好了！”主人打着哈欠说，“你们要友好相处。”他抚摸着卡什坦卡说，“小红狗，你不要害怕……它们是好伙伴，不会欺负你的。慢着，我们该叫你什么呢？一定要有名字，朋友。”

陌生人想了一会儿，说：

“好吧……就叫你——姑姑……你明白吗？姑姑！”

他又说了几遍“姑姑”后，便离开了。卡什坦卡蹲下来，开始观察周围的动静。老猫躺在垫子上一动也不动地装睡。鹅伸长脖子，原地踏步，继续急速热烈地说着什么。显而易见，这只鹅绝顶聪明。它每发表完一次激昂的长篇大论，就会吃惊地后退一步，做出一副非常欣赏自己演说的模样……听了它的演说，卡什坦卡“汪汪”地应和了几声，之后把各个墙角都闻了一遍。有一个小木盆放在角落里，它在里面看到了泡过的豌豆和泡软的面包皮。它尝了尝豌豆，不好吃；又尝了尝面包皮，吃了起来。鹅看到自己的口粮被一条不认识的狗吃了，不仅没有生气，反而更热烈地说着，还亲自吃了小盆里的几颗豌豆，以表明自己的信任。

第四章　稀奇古怪的把戏

不久，陌生人又走了进来，带着一件既像一扇门，又像字母n的古怪东西。这个做工粗糙的木架的横梁上挂着一个铃铛，还系着一把手枪。有两根细绳从铃铛的摆锤和手枪的扳机上垂下来。陌生人在房子中间放下木架，系好一个东西，然后又解开，花了很长时间，然后看着鹅说：

“请，伊凡·伊凡内奇！”

鹅走到他面前，摆出等候的姿势。

“好，”陌生人说，“我们从头开始。你先鞠躬，行屈膝礼！快！”

伊凡·伊凡内奇把脖子伸长，连连向四面点头，两个脚掌碰了一声。

“好，做得不错……你现在去死吧！”

鹅仰面躺下，把两条腿翘起来。他们又做了几个这样的小把戏，陌生人突然抱头做出一副惊吓的样子，大喊道：

“着火啦！救命啊！我们要被烧死了！”

伊凡·伊凡内奇跑到横梁下，用嘴叼住绳子，铃铛发出当当的响声。

陌生人非常满意。他摸着鹅的脖子说：

“干得好，伊凡·伊凡内奇！假定你现在是卖金银首饰和钻石的珠宝商人，再假定你刚回到店铺，发现里面有贼。在这种情况下，你该怎么办？”

鹅用嘴叼住另一根绳子，拽了一下，立即有震耳欲聋的枪声响起。卡什坦卡很喜欢铃声，枪声让它更加兴奋，它一边绕着木架奔跑，一边发出汪汪的叫声。

“姑姑，回原位！”陌生人喝道，“保持沉默！”

伊凡·伊凡内奇并没有因枪声而结束它的把戏。陌生人把鹅脖子用调马索套住，赶着它兜了整整一个小时的圈子，马鞭抽得啪啪响。鹅这时就得跳过横栏，钻过圆环，像马那样直立起来，一屁股坐在地上，挥动两个鹅掌。卡什坦卡死死地盯着伊凡·伊凡内奇，高兴地汪汪叫着，好几次干脆大声吠叫着跟它跑。陌生人把鹅和自己都弄累了，擦着头上的汗，叫道：

“玛丽亚，去叫哈夫罗尼娅·伊凡诺夫娜来！”

没多久，就有咕噜咕噜的声音传来……卡什坦卡怒吼着，装出一副勇敢的样子，不过为了保险起见，它还是走到了陌生人的身旁。有个老太婆从打开的门探进头来，说了一句什么，把一头极其难看的黑猪放了进来。它对卡什坦卡的吠叫毫不理会，昂起猪嘴，发出快活的咕噜咕噜的叫唤。显然它很高兴见到自己的主人、猫和伊凡·伊凡内奇。它从猫的身旁走过时，轻轻用猪嘴拱了拱它的肚子，随后又跟鹅谈了几句。它心地的和善通过它的动作、声调和抖动的小尾巴流露了出来。卡什坦卡立即知道，没有必要对这样的家伙发凶和吠叫。

主人收走木架，叫道：

"请，费奥多尔·季莫费伊奇！"

猫慢悠悠地站起来伸了个懒腰，很不乐意地走到猪面前，就像给主人赏脸一样。

"好，我们现在从埃及金字塔做起。"主人说。

他在下命令前花了很长时间说明：一……二……三！伊凡·伊凡内奇一听到"三"就扇动翅膀，跳到猪背上……等它扭着脖子、拍打翅膀保持了平衡，在长着硬毛的猪背上站稳了，费奥多尔·季莫费伊奇露出一脸蔑视的表情，好像认为自己的本领一文不值似的，先是有气无力、懒洋洋地爬上猪背，接着不高兴地爬到鹅的身上，把前爪举起，直立起来。这就是陌生人所说的"埃及金字塔"。卡什坦卡发出兴奋的尖叫声，这时老猫打了个哈欠，失去平衡，从鹅身上摔了下来。伊凡·伊凡内奇晃了一下身子，也掉了下来。陌生人大声喊叫着，又挥舞胳膊做了一番说明。毫不懈怠的主人为这金字塔忙碌了整整一个小时，之后又教鹅骑到猫背上，教猫抽烟，等等。

总算结束了训练，陌生人把额上的汗擦掉，然后离开了。老猫费奥多尔·季莫费伊奇嚏了一下鼻子表示厌恶，然后闭着眼睛躺在小垫子上。伊凡·伊凡内奇走到盆子面前，老太婆则牵走了那头猪。卡什坦卡在种种的新鲜印象下，不知不觉就过了一天。傍晚，它和它的小垫子被安置在糊壁纸的小房间里，跟老猫和鹅一起过夜了。

第五章　天才！天才！

一个月过去了。

现在，每天晚上吃一顿可口的饭食已经成了卡什坦卡的习惯。它和陌生人及新伙伴也熟悉了，听任主人叫它姑姑，生活十分自在。

每天总是这样开始的。伊凡·伊凡内奇通常最早醒来，它一醒来便走到姑姑或者猫面前，弯下脖子，发表热烈而恳切的演说，但小狗依然听不懂。有时鹅把头高高抬起，独自说上很长时间。它们相识的头几天，卡什坦卡以为它是因为聪明才说那么多话，但不久之后，它就失去了对鹅的一切尊敬。小狗不再在它唠叨着走到身边的时候摇晃尾巴，而把它看成一个讨厌的、打扰大家睡觉的饶舌鬼，总是用“呜呜呜”毫不客气地回敬它……

作为另一类老爷的费奥多尔·季莫费伊奇，醒过来后总是默不作声，一动不动，连眼睛也不睁开。它恨不得一直睡着，因为它对生活的不热爱是显而易见的。没有任何东西能引起它的兴趣，它对一切都冷漠无比，敷衍了事。蔑视一切的它，在吃可口的饭食时也厌恶地直喷鼻子。

卡什坦卡醒来后就在各个房间里来回跑动，闻遍所有的屋角。能在整个住宅里走动的只有它和猫，鹅是没有权利离开那个有着肮脏壁纸的房间的，至于住在后院小板棚里的哈夫罗尼娅·伊凡诺夫娜，只有上课时才会被带进来。向来起得很晚的主人喝过茶后，就开始玩那些把戏。木架、鞭子和圆环每天都被搬进小房间，每天做的几乎都一样。一节课总要花上三四个小时，因此，有时费奥多尔·季莫费伊奇累得像喝醉了酒似的东倒西歪，伊凡·伊凡内奇不停地张大嘴巴喘气，主人则满脸通红，额头上的汗怎么也擦不干。

因为上课吃饭，卡什坦卡白天的生活很有意思，晚上却有点无趣。主人晚上通常会外出，一同带走的还有鹅和猫。姑姑则孤单地躺在垫子上，发起愁来……不知不觉中袭来的愁闷逐渐占据了它的心灵，就像黑暗把这个房间占满一样。在这种情况下，小狗先是没有心思吠叫、进食、在屋子里来回跑动，连睁眼看东西都不想了。后来，两个模糊不清、像狗又像人的身影出现在它的想象中，那亲切可爱的模样有点古怪。他们出现的时候，姑姑摇晃着尾巴，好像自己在什么地方见过他们，爱过他们……它昏昏欲睡的时候，每一次都感到这些东西身上有胶水、刨花和油漆的气味。

完全习惯了新生活的卡什坦卡，从一条瘦巴巴的看家狗，变成了一条肥壮、皮毛光亮的狗。在一次训练前，主人抚摸着它说：

“姑姑，我们现在该干点正经事了。你也闲够了。我想让你当演员……你愿意当演员吗？”

他开始给它传授各种技能。第一节课它学会了用后腿站立和行走，而且做得十分开心。它在第二节课用后腿跳跃，把教练放在它头顶上空的糖块叼住。随后的几节课，它学会了跳舞，套着绳子跑圆圈，跟着音乐汪汪叫，拉铃和放枪。一个月后，它完全可以替代老猫费奥多尔·季莫费伊奇搭金字塔了。乐于学习的它，十分满意自己的成绩。把绳子套在脖子上，伸出舌头跑圆圈，钻圆环，就连骑在老猫背上都令它感到高兴。每完成一种把戏，它总会响亮快活地汪汪叫上几声，教练也很惊奇，高兴得直搓手。

“天才！天才！”他说，“真是天才！你一定会成功的！”

姑姑已经听惯了“天才”，只要主人说起这两个字，它都会跳起来，左顾右盼，就像那是它的外号。

第六章 不安的夜

姑姑做了一个狗梦，梦里，看门人举起扫帚追它。它惊醒了。

房间里很静，很黑，很闷，还有跳蚤在咬它。以前从来不怕黑暗的姑姑现在不知为何感到十分害怕，真想汪汪叫上几声。主人在隔壁房里大声叹气，小板棚里的猪随后发出咕噜咕噜的叫声，之后室内又安静下来。想到吃东西，心里就会轻松些，于是姑姑想起来，它今天把老猫费奥多尔·季莫费伊奇的一个鸡爪子偷了来，藏在客厅立柜后面满是蜘蛛网和灰尘的墙缝里。现在不妨去看看那东西还在不在。主人很可能找到鸡爪子，把它吃了。可是，天亮之前不准离开房间——这是规矩。姑姑把眼睛闭上，想尽快入睡，因为根据经验，它知道睡得快，早晨也醒得快。突然，从它不远的地方传来一声古怪的叫声，它不由得激灵了一下，用四条腿跳了起来。这是伊凡·伊凡内奇在叫唤，而且不如平常那样热烈恳切，叫声有点怪异、刺耳、不自然，跟开门时的吱嘎声很像。在什么也看不清，什么也弄不明白的黑屋子里，姑姑越发感到害怕，便发怒地小声咆哮起来：

"呜呜呜……"

过了不久，叫声停止了，也就是平时把一根好骨头吃完的工夫。逐渐安下心来的姑姑开始打盹。它梦见了两条大腿上和腰旁还留着一绺绺去年的毛的大黑狗，正饿虎扑食般围着一个大木盆吃泔水，有热腾腾的蒸气冒出来，味道很香。它们有时回过头来看姑姑，龇着牙齿，呜呜地咆哮着："不给你吃！"这时，一个穿皮袄的男人从屋里跑出来，用鞭子把它们赶走了。姑姑就走近木盆吃起泔水来，可那人刚进大门，两条黑狗就吼叫着朝它扑过来，突然又有一声刺耳的尖叫响起。

"嘎！嘎嘎！"伊凡·伊凡内奇叫道。

姑姑醒了，跳起来，在垫子上发出阵阵哀号声。它觉得是另一个不相干的东西在尖叫，而不是伊凡·伊凡内奇。小板棚里的猪不知怎的也咕噜咕噜叫起来。

这时有便鞋的沙沙声传来，身穿睡袍的主人拿着蜡烛走了进来。烛光一闪一闪地跳动在肮脏的壁纸和天花板上，把黑暗赶走了。姑姑在屋子里并没有看到别的东西。卧在地板上的伊凡·伊凡内奇没有睡觉，它难看地支棱开翅膀，张大嘴巴，一副又累又困的模样。老猫费奥多尔·季莫费伊奇也醒来了，大概也被尖叫声给弄醒了。

“你怎么啦？伊凡·伊凡内奇！”主人问鹅，“叫什么？你生病了吗？”

鹅一声不吭。主人碰了下它的脖子，抚摸着它的背，说：

“你这家伙真古怪！自己不睡也不让别人睡。”

主人走了出去，把亮光也带走了，屋子里又陷入一片漆黑。姑姑心惊肉跳。鹅倒是不叫了，但小狗仍觉得有一个无关的东西站在黑暗中。最可怕的是，它无法去把那个东西咬上一口，因为它是无形的，谁也看不见它。不知怎的，它感到今夜会有凶险的事发生。同样感到不安的还有老猫费奥多尔·季莫费伊奇。姑姑听见它不停地在垫子上挪动身子，打哈欠，晃脑袋。

有人不知在大街上的哪儿敲门，猪的叫唤声又从小板棚里传来。姑姑呜呜地叫起来，把头架在伸出的前爪上。它觉得那敲门声，那不知为何睡不着的猪的咕噜声，那黑暗，那寂静，都像是伊凡·伊凡内奇的叫声，意义凄凉而可怕。为什么周围的气氛惊慌而不安？这看不见的无形的东西究竟是什么？这时，忽然有两个暗淡的绿点闪现在姑姑身边。这是老猫费奥多尔·季莫费伊奇自相识以来第一次靠近它。它需要什么呢？姑姑舔了一下猫的爪子，没问缘由，轻轻地用几种声调吠叫起来。

“嘎！”伊凡·伊凡内奇又叫道，“嘎嘎嘎！”

主人又打开门拿着蜡烛走进来。鹅仍然没有改变姿势，还是叉开翅膀，张着大嘴。它的眼睛闭上了。

“伊凡·伊凡内奇！怎么了？你要死了吗？哎呀，现在我记起来了，记起来了！”他喊着抱住了头，“我知道为什么了！你今天被马踩到了。上帝，我的上帝！”

姑姑听不懂主人的话，但从他的脸色可以看出，他也料到有可怕的事情发生了。它把嘴脸伸向黑暗的窗户，觉得那里好像有个东西正贴着窗户往里张望，于是哀号起来。

“姑姑，它快死了！”主人说着，伤心地把手轻轻合起来，“是啊，是啊，它快死了！死神已经来到你们的房间了。我们该怎么办呢？”

主人脸色惨白、烦躁不安地叹着气，摇着头，回了自己的睡房。由于害怕待在漆黑的屋子里，姑姑跟在他的身后。主人坐在床上，反复说道：

“上帝啊，怎么办呀？”

姑姑来回在他脚边走动，不知道自己这样愁闷的原因，也不知道大家这样不安的原因，它竭力想搞清楚，于是看着主人的每一个动作。总是待在垫子上的老猫费奥多尔·季莫费伊奇，这时也跟着进了主人的睡房，在主人腿旁蹭来蹭去。它一直摇晃着脑袋，就好像想把里面沉重的思想摔出去似的，同时还怀疑地朝床底下探望着。

主人倒了一点脸盆里的水到一个小碟子里，又走到鹅的身边。

“伊凡·伊凡内奇，喝吧！”他温柔地说，在它面前放下碟子，“喝点水，亲爱的。”

可是，伊凡·伊凡内奇既没有动，也没有睁开眼睛。主人把它的头按到碟子上，把它的嘴泡在水里，鹅仍然没有喝水，翅膀更大地劈叉着，它的头就这样一直留在碟子上。

“不行，已经救不了了！”主人叹了一口气，“彻底完了。伊凡·伊凡内奇死了！”

两行闪亮的泪珠从他的脸上滴落下来，就像窗户在下雨时常有的雨滴一样。姑姑和老猫费奥多尔·季莫费伊奇不知发生了什么事，直往主人脚边靠，提心吊胆地望着鹅。

“可怜的伊凡·伊凡内奇！”主人叹着气，伤心地说，“我一直盼望着春天把你带到别墅去，跟你一起在绿草地上散步。可爱的动物，我的好伙伴，没想到你却死了！失去了你，现在我该做些什么呢？”

姑姑仿佛觉得，这种事总有一天也会发生在它身上，也就是说，它也会跟鹅一样，无缘无故就死了，四脚叉开，牙齿龇出，叫人看了心里害怕。显然，老猫费奥多尔·季莫费伊奇的脑子里也有过这样的念头。此刻，老猫的脸色阴沉愁闷，是以前从未有过的。

天色渐渐亮了，那个把姑姑吓坏了的无形的东西已经不在屋子里了。看门人在天完全亮了的时候走了进来，提起鹅腿，不知把它送到哪儿去了。随后，老太婆进来把食盆拿走了。

姑姑跑到客厅的柜子后面看了看，鸡爪子并没有被主人吃掉，还在满是尘土和蜘蛛网的老地方。但姑姑只感到烦闷、伤心，恨不得大哭一场。它连鸡爪子都没闻一下，就钻到沙发底下，蹲在那里，小声哀怨地叫起来：

“呜……呜……呜……”

第七章　不顺利的初次演出

有天晚上，主人走进糊着肮脏壁纸的房间，搓着手说：

“好吧……”

他本想再说点什么，但最后又沉默着走了出去。上课的时候，姑姑仔细研究了主人的面容和声调，猜出他此时很激动、担忧，好像还有点生气。不一会儿，他又回来了，说：

“我今天要带姑姑和费奥多尔·季莫费伊奇出去。姑姑，你要代替去世的伊凡·伊凡内奇搭金字塔。天知道会怎么样！一点准备也没有，不熟练，排演得也少！我们要出丑、倒霉了！”

他说完就离开了，不一会儿又穿着皮大衣、戴着高礼帽走进来。他走到猫的身边，把它的前腿抓住提起来，藏在胸前的皮大衣里。费奥多尔·季莫费伊奇显得很冷淡，连眼睛都懒得睁开。显然，对它来说，不管是躺着，还是被人提起腿来，还是卧在小垫子上，抑或被主人塞进皮大衣里，都已经无所谓了……

“走吧，姑姑！”主人说。

什么都不清楚的姑姑摇着尾巴跟他去了。不一会儿，它已经蹲在雪橇上主人的脚旁，看他冷得一阵发抖，激动地唠叨着：

“我们要出丑了！我们要倒大霉了！”

雪橇停在一座像只倒扣汤盆的古怪的大房子前。在宽大的入口处，十几盏明晃晃的灯把三扇玻璃门照得雪亮。玻璃门发出撞击声，像三张大嘴似的不断打开，把挤在入口处的人们吞进去。人很多，大门外不时有马车停下，但是却看不见有狗。

姑姑被主人抓着前爪塞进皮大衣，和老猫一起待在怀里。又黑又闷的皮大衣里很暖和。这时，有两个暗淡的绿点忽然闪了起来——那是老猫在小狗冰冷的硬爪碰到它时睁开的眼睛。姑姑起先舔它的耳朵，想待得舒服一点，就不安地扭动身子，结果冰冷的爪子在收腿时踩到了老猫。它无意中还把头探到大衣外面，生气地叫起来，然后又立刻缩回去。它好像看见了一个灯光暗淡，堆满稀奇古怪东西的大房间。许多可怕的嘴脸从房间两侧的隔板和栅栏后面探出来：有的是马脸，有的长一对犄角，有的耳朵很长，有个肥头大脸上该长鼻子的地方却长出一条尾巴，两根长长的、被啃光了肉的骨头从嘴里伸出来。

在姑姑的爪子下，老猫发出一声嘶哑的喵呜声，幸好这时大衣敞开了，主人说了声“下去！”费奥多尔·季莫费伊奇和姑姑便跳到地上。他们现在在一间灰木板小屋里。除了一张小小的带镜子的桌子、一张凳子和挂在墙角的几件旧衣服外，没有任何其他的家具。屋子里没有灯和蜡烛，只有扇面形的亮光从固定在墙上的小管子里发出。费奥多尔·季莫费伊奇舔着被姑姑弄乱的皮毛，走到凳子下面躺着。主人仍然焦躁不安，一直搓着手，并开始脱衣服……他脱光了衣服，就像平时在家准备躺进毛毯时那样，脱得只剩下贴身衣裤。然后坐在凳子上照镜子，在自己身上变出了许多古怪的戏法。他先在头上套了个中间有发缝的假发，发缝两边的头发像两个犄角一样竖起来。然后，他把一层厚厚的白东西涂在脸上，又把眉毛、胡子和红脸蛋画到白脸上。他的花样还没完。弄脏了脸和脖子后，他把一件极不像样的古怪衣服穿在身上——在别人家里或者大街上，姑姑从未见过这种衣服。您不妨想象一下：这条用大花布缝成的裤子十分肥大（在小市民家里，这种大花布通常只用来做窗帘和沙发套子），而且裤腰一直束到胳肢窝下面，一条裤腿是褐色的，另一条裤腿是鲜黄色的。套进这条裤子后，主人又把一件花布短上衣穿在身上，这上衣有锯齿形的大领口，后背有一颗金星。最后，他穿上五颜六色的袜子和一双绿皮鞋……

姑姑看得眼花缭乱，心里乱极了。虽说这个肥大笨拙的白脸人身上有主人的气味，声音也是主人那熟悉的声音，但姑姑有时仍十分怀疑，真想逃离这个五彩缤纷的人，或者汪汪叫上几声。新的地方，扇面形的灯光，气味，变样的主人——所有的一切让它产生了一种难以言喻的恐慌，而且预感到一定会发生可怕的事情，就像遇到肥头大脸上不长鼻子却长尾巴的怪物一样。这时，刺耳的音乐从墙外很远的地方传来，有时还传来古怪的吼叫声。只有在看到费奥多尔·季莫费伊奇毫不在意的神情时，它才能安下心来。老猫一直在凳子底下安静地打盹，连凳子被人搬走了，它也没有睁开眼睛。

有个身穿黑礼服、白坎肩的人探头进来说：

“现在上场的是阿拉贝雷小姐。您在她之后出场。”

主人没有说话。他把一只不大的箱子从桌子底下拖出来，又坐下，等着。他的嘴唇和手都表明他很激动，姑姑甚至能听出他的呼吸声都在颤抖。

“乔治先生，请吧！”有人在门外喊道。

主人站起来，连续在胸前画了三次十字，然后把猫从凳子下抓出来，塞进箱子里。

“过来，姑姑！”他低声说。

不明就里的姑姑走到主人手边，主人亲了一下它的头，把它也放到猫那里。接着便是一片黑暗……姑姑踩到了猫，用爪子在箱子四壁抓挠，害怕得发不出任何声音。摇摇晃晃的箱子就像是在波浪上颠簸，不停地抖动着……

“看，我来了！”主人大声喊道，“看，我来了！”

姑姑感到，主人喊完后，箱子撞到了一个硬东西，停止了晃动。这时响起了打雷般沉闷的吼叫声，就像有许多人在拍打一样东西，而那东西大概就是那个肥头大脸上不长鼻子却长尾巴的怪物，怪物于是大声吼叫起来，哈哈大笑，箱子上的锁都被震得摇晃起来。回答这阵吼叫的是主人尖利刺耳的一阵笑声，他从来没有在家里这样笑过。

“哈哈！”他喊道，极力想把这阵吼叫压下去，“可敬的观众们！我刚下火车！我死去的祖母留了一笔遗产给我！箱子里的东西真沉——想必是金子啰……哈哈！我马上就要变成百万富翁啦！现在让我们把箱子打开，瞧一瞧……”

箱子上的锁喀嚓一响。明亮的灯光直刺姑姑的眼睛，它立刻跳出箱子，耳朵几乎被吼叫声震聋，它开始拼命地绕着主人飞速奔跑，发出一连串清脆的吠叫声。

“哈哈！”主人喊道，“亲爱的费奥多尔·季莫费伊奇！亲爱的姑姑！我可爱的亲戚们怎么都来了，真见鬼！”

他趴到地上，抓住猫和姑姑，拥抱它们。姑姑趁自己被主人紧紧抱住的时候，扫了一眼这个命运送它来的天地，它没想到这个地方那么宏大漂亮，惊喜得呆住了。它后来从主人的怀抱挣脱出来，由于强烈的印象，它团团转动起来，就像一个陀螺。新的天地太大了，充满了明晃晃的灯光，不论看向哪儿，从地面到天花板，到处都是人的脸，脸，脸。

“姑姑，请您坐下！”主人喊道。

姑姑知道这句话的意思，于是就跳到椅子上蹲下看着主人。主人的眼睛看上去和平时一样严肃而温和，但他的脸，尤其是嘴和牙齿，因为要做出呆板的大笑而变得十分丑陋。他还哈哈大笑，蹦蹦跳跳，扭动肩膀，做出一副在成千上万的观众面前非常高兴的样子。姑姑相信他真的很高兴，忽然，它感觉到所有的脸都在看它，于是，它便把自己狐狸样的嘴脸抬起来，高兴得汪汪直叫。

“您呢，姑姑，请坐一会儿，”主人对它说，“我先跟大叔跳一曲喀马林舞。”

费奥多尔·季莫费伊奇蹲在那里，冷漠地四处张望，等着主人逼它做蠢事。跳舞的时候，它萎靡不振，应付了事，脸色阴沉，从它的动作、尾巴和触须就可以看出，它看不起这些观众，看不起明亮的灯光，看不起主人和它自己……它跳完了舞，打了个哈欠，又躺下了。

“好，姑姑，”主人说，“我先跟您唱支歌，然后再跳舞，好吗？”

他把一根小木笛从衣袋里掏出来，开始吹奏。由于无法忍受音乐，姑姑开始在椅子上不安地扭动起来，汪汪直叫。一阵欢呼声和鼓掌声从四面八方响起。主人鞠了一躬，等大家静下来后又继续吹奏……当他吹到一个高音时，从楼座上的观众中传来一声惊叫：

“什么姑姑！”只听一个孩子喊道，“这分明是卡什坦卡！”

“没错！”一个带着醉意、声音发颤的男高音附和道，“真的是卡什坦卡！费久什卡，是的，如果我说假话，就让上帝惩罚我！喂，卡什坦卡！快过来！”

有人在最高的楼座上打了一声唿哨，一个童音和一个男高音同时大声喊道：

“卡什坦卡！卡什坦卡！”

姑姑猛然一惊，望向发出喊声的地方，只见那里有两张脸：一张毛发厚重，醉醺醺，得意洋洋地笑着；另一张胖乎乎，红彤彤，一副吃惊的样子。两张脸就像刚才那明晃晃的灯光一样，直刺它的眼睛，扑到它的眼帘……它想起了原先的主人，从椅子上摔落到地上，接着跳起来，发出快活的尖叫声冲向这两张脸。这时，又响起了震耳欲聋的吼叫声，夹杂着唿哨声和一个孩子尖细的呼叫声：

“卡什坦卡！卡什坦卡！”

姑姑跃过横栏，跳过一个人的肩膀，然后落到一个包厢里。它要越过一堵高墙，才能跑到另一层楼座。姑姑纵身一跳，但是没能跳过去，从墙上跌落下来。后来它被人传来传去，舔着一些人的手和脸，升得越来越高，终于到了最高的楼座……

半个小时后，卡什坦卡出现在大街上，跟在两个有胶水和油漆味的人身后奔跑。卢卡·亚历山德雷奇摇晃着身子，凭经验和本能尽量离水沟远点。

“我娘把我这个孽障生下来……”他嘀咕道，“你呢，卡什坦卡，缺少心机。拿你跟人比，就像拿粗木匠跟细木匠比一样。”

费久什卡戴着父亲的便帽，大步跟在他旁边。看着他们的后背，卡什坦卡觉得自己已经跟着他们跑了很久很久，暗自高兴它的生活从来没有中断过。

它又想起了那个糊着肮脏壁纸的房间，想起了鹅和费奥多尔·季莫费伊奇，可口的食物，上课，马戏团……然而，这一切现在对它来说，就像一场漫长而杂乱的噩梦……